JAMES PATTERSON

Czołowy amerykański autor powieści sensacyjnych i młodzieżowych, według rankingu „Forbesa" na rok 2011 najlepiej obecnie zarabiający pisarz świata. W swoim dorobku ma ponad 80 książek w kilku cyklach wydawniczych, m.in. **Alex Cross** (18 tytułów z czarnoskórym detektywem Alexem Crossem; 2 tytuły sfilmowane z Morganem Freemanem w roli Crossa), **Koblecy Klub Zbrodni** (11 tytułów; w latach 2007–2008 serial telewizyjny produkowany przez 20th Century Fox), **Michael Bennett** oraz **Daniel X** i *Witch & Wizard* (dla młodzieży). Patterson jest liderem światowych statystyk sprzedaży; łącznie sprzedano ponad 220 milionów egzemplarzy jego powieści.

Tego autora

DOM PRZY PLAŻY
DROGA PRZY PLAŻY
KRZYŻOWIEC
MIESIĄC MIODOWY
RATOWNIK
NEGOCJATOR
SĘDZIA I KAT
SZYBKI NUMER
OSTRZEŻENIE
BIKINI
REJS
POCZTÓWKOWI ZABÓJCY
(z Lizą Marklund)

Kobiecy Klub Zbrodni

TRZY OBLICZA ZEMSTY
CZWARTY LIPCA
PIĄTY JEŹDZIEC APOKALIPSY
SZÓSTY CEL
SIÓDME NIEBO

Alex Cross

W SIECI PAJĄKA
KOLEKCJONER
JACK I JILL
FIOŁKI SĄ NIEBIESKIE
CZTERY ŚLEPE MYSZKI
WIELKI ZŁY WILK
NA SZLAKU TERRORU
MARY, MARY
CROSS
PODWÓJNA GRA
TROPICIEL
PROCES ALEXA CROSSA
GRA W KOTKA I MYSZKĘ
JA, ALEX CROSS
W KRZYŻOWYM OGNIU

Wkrótce

WYCOFAJ SIĘ ALBO ZGINIESZ
TERROR NA MANHATTANIE
NAJGORSZA SPRAWA
AGENCJA DETEKTYWISTYCZNA
AGENCJA DETEKTYWISTYCZNA: IGRZYSKA
KŁAMSTWO DOSKONAŁE
ZABIJ MNIE JEŚLI POTRAFISZ
ZOO

Kobiecy Klub Zbrodni

ÓSMA SPOWIEDŹ
DZIEWIĄTY WYROK
DZIESIĄTA ROCZNICA
JEDENASTA GODZINA

Alex Cross

ZABIĆ ALEXA CROSSA
UWOLNIĆ ALEXA CROSSA
BOŻE NARODZENIE ALEXA CROSSA

JAMES PATTERSON

W KRZYŻOWYM OGNIU

Z angielskiego przełożył
ZBIGNIEW KOŚCIUK

Wydawnictwo
A. Kuryłowicz

Tytuł oryginału:
CROSS FIRE

Redakcja: Anna Magierska

Ilustracje na okładce:
Knight's Armament Company (*karabin snajperski M110*)
Krisada/Shutterstock (*Waszyngton*)

Projekt graficzny okładki i serii: Andrzej Kuryłowicz

Skład: Laguna

ISBN 978-83-7659-639-6

Dystrybutor
Firma Księgarska Olesiejuk sp. z o.o. sp. k.-a.
Poznańska 91, 05-850 Ożarów Maz.
t./f. 22.535.0557, 22.721.3011/7007/7009
www.olesiejuk.pl

Sprzedaż wysyłkowa – księgarnie internetowe
www.merlin.pl
www.empik.com
www.amazonka.pl

Wydawca
WYDAWNICTWO ALBATROS A. KURYŁOWICZ
Hlonda 2A/25, 02-972 Warszawa
www.wydawnictwoalbatros.com

2012. Wydanie I
Druk: Opolgraf S.A., Opole

Scottowi Cowenowi,
rektorowi Tulane University i bohaterowi
Nowego Orleanu. Dzięki jego natchnionemu przywództwu
i herkulesowym wysiłkom udało się zapewnić
lepszą przyszłość miastu Tulane i Nowemu Orleanowi
po przejściu niszczycielskiego huraganu Katrina

Prolog

Znalezione nie kradzione

1

Kyle Craig od kilku miesięcy nie zabił człowieka. Kiedyś zaliczał się do tych, co to chcą wszystkiego na wczoraj albo jeszcze szybciej. Zmienił się. Jeśli kilka lat spędzonych w pieprzonym ADX we Florence* czegoś go nauczyło, to chyba czekania na upragnione.

Siedział więc cierpliwie w korytarzu mieszkania swojej ofiary w Miami, pieszcząc pistolet na kolanach, obserwując światła migoczące w zatoce i czekając na swój czas. Nie musiał się spieszyć. Podziwiał piękny widok, więc pewnie w końcu nauczył się czerpać radość z życia. No i wyglądał na wyluzowanego — miał na sobie wypłowiałe dżinsy, sandały i podkoszulek z napisem NIE LEKCEWAŻ UCZCIWEGO OSTRZEŻENIA.

O drugiej dwanaście nad ranem w zamku zgrzytnął klucz. Kyle skoczył na nogi, przywierając plecami do ściany i kamieniejąc niczym dzieło sztuki.

---

* Zakład karny o zaostrzonym rygorze w Kolorado.

Max Siegel, bohater ostatniej godziny, wszedł do środka, gwiżdżąc pod nosem. Kyle rozpoznał melodię — stary kawałek z czasów jego dzieciństwa. Z *Piotrusia i wilka* Prokofiewa. Partia smyczków, myśliwski temat Piotrusia. Trzeba przyznać, że zabrzmiało to dość ironicznie.

Odczekał, aż pan Siegel zamknie drzwi i zrobi kilka kroków w głąb ciemnego mieszkania. Po chwili uniósł laserowy celownik i nacisnął spust.

— Witam, panie Siegel — powiedział. — Cieszę się, że pana widzę.

Strumień naładowanego elektrycznością roztworu soli fizjologicznej uderzył w plecy Siegela z mocą pięćdziesięciu tysięcy woltów. Mężczyzna jęknął przez zaciśnięte zęby. Uniósł ramiona, a chwilę później jego ciało zesztywniało i runęło na podłogę jak kłoda.

Kyle nie zawahał się ani sekundy. Trzykrotnie owinął szyję Siegela nylonową linką, a następnie zakręcił ciałem po podłodze, żeby zetrzeć rozlany płyn. Kiedy posprzątał, powlókł go do głównej łazienki w tylnej części mieszkania. Siegel był zbyt słaby, żeby stawiać opór. Wszystkie siły skupił na poluzowaniu nylonowej linki, aby się nie udusić.

— Nie szarp się — poradził mu w końcu Kyle. — To bezcelowe.

Kiedy dotarli do łazienki, włożył go do dużej wanny i przywiązał koniec linki do chromowanej części armatury. Właściwie nie było to konieczne, ale dzięki temu głowa Siegela znajdowała się w górze, by Kyle mógł widzieć twarz.

— Pewnie nawet o tym nie słyszałeś — powiedział, pokazując Siegelowi dziwną broń. — Wiem, że jakiś czas się ukrywałeś, ale uwierz mi, niebawem to cacko stanie się sławne. Broń przypominała pistolet na wodę i właściwie nim była. Zwykłe paralizatory działają maksymalnie trzydzieści sekund. Ta ślicznotka mogła działać bez końca dzięki zbiornikowi o pojemności dwóch galonów, który Kyle miał na plecach.

— Czego... czego chcesz? — wykrztusił zdezorientowany Siegel.

Kyle wyciągnął z kieszeni małego cyfrowego canona i zaczął robić zdjęcia. Z przodu, a następnie z lewego i prawego profilu.

— Wiem, kim jesteś, agencie Siegel. Zacznijmy od tego, dobrze?

Na twarzy Siegela pojawił się wyraz zdumienia, a po nim lęk.

— Jezu, to jakaś koszmarna pomyłka! Nazywam się Ivan Schimmel!

— Nie! — odburknął Kyle, poruszając brwiami, nosem i szczęką. — Jesteś Max Siegel i pracujesz dla FBI. Od dwudziestu sześciu miesięcy działasz pod głęboką przykrywką. Zaskarbiłeś sobie zaufanie kartelu Buenez i powierzyli ci dostawy. Kiedy wszyscy spoglądają na Kolumbię, ty szmuglujesz heroinę z Phuket i Bangkoku do Miami.

Opuścił aparat i spojrzał Siegelowi w oczy.

— Pal sześć moralny relatywizm. Przecież robimy to wszystko w imię wielkiego przejęcia w ostatnim akcie, prawda, agencie Siegel?

— Nie mam pojęcia, o czym mówisz! — zawołał Siegel. — Błagam! Zajrzyj do mojego portfela! — Zaczął się szarpać, ale uspokoiła go kolejna dawka wysokiego napięcia. Prąd przeniknął nerwy sensoryczne i motoryczne. Tolerancja Siegela na ból była bez znaczenia. Amunicja spływała już kanałami wprost do zatoki Biscayne.

— Podejrzewam, że mogłeś mnie zapomnieć — ciągnął Kyle. — Czy nazwisko Kyle Craig coś ci mówi? A może Mastermind? Tak mnie nazywają w Pałacu Tajemnic w Waszyngtonie. Właściwie nawet tam pracowałem, ale bardzo dawno temu.

Oczy Siegela zabłysły, choć Kyle nie potrzebował żadnego potwierdzenia. Był znany z doskonałej umiejętności przeprowadzania rekonesansu.

Max Siegel też był zawodowcem. Nie zamierzał przerywać gry. Szczególnie w takiej chwili.

— Błagam — wybełkotał, gdy ponownie odzyskał głos. — O co ci chodzi? Kim jesteś? Nie wiem, czego chcesz.

— Wszystkiego, Max. Do ostatniego centa.

Kyle wykonał jeszcze kilkanaście zdjęć i wsunął aparat do kieszeni.

— Jeśli to cię pocieszy, padłeś ofiarą własnej dobrej roboty. Nikt o tobie nie wiedział, nawet miejscowi federalni. Dlatego cię wybrałem. Spośród wszystkich agentów pracujących w Stanach Zjednoczonych. Ciebie, Max. Ciekawe, czy zgadniesz dlaczego.

Jego głos uległ zmianie. Stał się bardziej nosowy, ze słabą nutką brooklińskiego akcentu, którą można było dosłyszeć w głosie prawdziwego Maxa Siegela.

— To się nie uda! Odbiło ci?! — krzyknął Siegel. — Odbiło ci, kurwa!

— W pewnym sensie możesz mieć rację — odparł Kyle — ale jestem także najbardziej błyskotliwym sukinsynem, jakiego miałeś przyjemność poznać. — Po tych słowach nacisnął spust, pozwalając, by ciecz wystrzeliła z lufy.

Siegel zwinął się na dnie wanny, by w końcu udusić się własnym językiem. Kyle przypatrywał się jego agonii, zwracając uwagę na każdy szczegół, badając swój obiekt, aż nie było się już czego uczyć.

— Miejmy nadzieję, że się uda — powiedział. — Nie chciałbym, żebyś zginął na marne, panie Siegel.

2

Dwadzieścia dwa dni później mężczyzna uderzająco podobny do Maxa Siegela wymeldował się z hotelu Meliá Habana w eleganckiej dzielnicy Miramar w kubańskiej Hawanie. Turystyka medyczna była tu tak rozpowszechniona jak kradzieże kieszonkowe, więc nikt nie zwrócił większej uwagi na idącego korytarzem barczystego mężczyznę w lnianym garniturze z siniakami wokół oczu oraz opatrunkami z gazy na nosie i uszach.

Podpisał rachunek doskonale podrobionym charakterem pisma i uregulował należność nowiuteńką kartą American Express należącą do Maxa Siegela.

Przed hotelem złapał taksówkę i pojechał do gabinetu doktora Cruza ulokowanego dyskretnie pod nieskończonymi neoklasycznymi arkadami. W środku znajdowała się świadcząca szerokie usługi, doskonale wyposażona nowoczesna klinika, jakiej nie powstydziłby się żaden znany chirurg plastyczny z Miami lub Palm Beach.

— Panie Siegel, muszę przyznać, że jestem bardzo zadowolony z rezultatów — powiedział cicho lekarz, zdejmując ostatni bandaż. — To najlepsza robota, jaką wykonałem, jeśli mogę tak powiedzieć.

Cruz był troskliwy, a jednocześnie rzeczowy i skuteczny. Jednym słowem — niezwykle profesjonalny. Nikt by się nie domyślił, ile granic etycznych był gotów przekroczyć, modelując skórę i kości twarzy swoich pacjentów.

Doktor Cruz przeprowadził siedem oddzielnych zabiegów, co gdzie indziej zajęłoby kilka miesięcy, a może nawet rok. Wykonał plastykę powiek oraz podkładową plastykę nosa z podniesieniem skóry i tkanki miękkiej piramidy nosowej. W wystające kości policzkowe i brodę wstawił nowe implanty z porowatego polietylenu dużej gęstości. Dołożył plastykę brody i szczęki, lekko uwydatnił brwi silikonem i wykonał milutki mały dołek w podbródku — dokładnie taki jak u prawdziwego Maxa Siegela.

Na prośbę pacjenta przed zabiegami ani po nich nie wykonano żadnego elektronicznego obrazowania. Za stosowną sumę doktor Cruz był gotów zrobić wszystko na wzór z powiększonych odbitek cyfrowych bez zadawania zbędnych pytań i przejawiania zainteresowania biofizycznymi szczegółami.

Kiedy podał duże ręczne zwierciadło, żeby Kyle mógł obejrzeć swoje odbicie, efekt okazał się zdumiewający. Implanty spowodowały cudowną zmianę.

W lustrze uśmiechał się Max, a nie Kyle. Czuł lekkie pieczenie w kącikach ust, które nie poruszały się tak jak kiedyś.

Właściwie zupełnie siebie nie rozpoznał. Totalny pojeb w najlepszym możliwym wydaniu. W przeszłości korzystał z innych sposobów zmiany wyglądu, niezwykle drogich protez, które pozwoliły mu uciec z więzienia, ale to, co miał teraz przed oczami, było absolutnym mistrzostwem świata.

— Kiedy znikną siniaki i ustanie pieczenie wokół oczu? — zapytał.

Cruz wręczył mu folder z informacjami o opiece pooperacyjnej.

— Przy należytym wypoczynku odzyska pan normalny wygląd w ciągu siedmiu do dziesięciu dni.

Inne zmiany mógł wprowadzić sam — ostrzyc i ufarbować włosy na krótkiego ciemnego jeża, założyć proste kolorowe szkła kontaktowe. Jeśli coś go rozczarowało, to chyba fakt, że Kyle Craig prezentował się znacznie lepiej od Maxa Siegela.

Pieprzyć to. Znacznie ważniejszy był całościowy obraz. Gdyby chciał, następnym razem mógłby się zrobić na Brada Pitta.

Opuścił klinikę w doskonałym nastroju, zatrzymał kolejną taksówkę i pojechał prosto na międzynarodowe lotnisko imienia José Martíego. Wsiadł na pokład samolotu lecącego do Miami, a stamtąd tego samego popołudnia udał się do Waszyngtonu w Dystrykcie Kolumbii. Żeby zdążyć na główne wydarzenie.

Jego myśli zaczęły już krążyć wokół pewnej sprawy — spotkania z dawnym przyjacielem, a kiedyś partnerem, Alexem Crossem. Czy Alex zapomniał o obietnicy, którą złożył mu przed wielu laty? Nie, to niemożliwe. A może popadł w samozadowolenie? Nie można było tego wykluczyć. Tak czy owak „wielki" Alex Cross musiał umrzeć, i to paskudną śmiercią. Powinien odczuwać ból, a nawet więcej — ból i żal. Na taki finał warto było zaczekać. Bez dwóch zdań.

Przedtem Kyle zamierzał się zabawić. Jako nowy udoskonalony Max Siegel wiedział, że istnieje wiele sposobów odebrania komuś życia.

Część pierwsza

Gotowi do strzału

Rozdział 1

W Georgetown eksplodowała kolejna studzienka włazowa, szybując na wysokość niemal dwunastu metrów. Dziwna mała epidemia, jakby starzejąca się miejska infrastruktura przekroczyła masę krytyczną.

Wraz z upływem czasu biegnące pod ziemią przewody postrzępiły się i nadpaliły, wypełniając przestrzeń pod ulicami wybuchowym gazem. W końcu — co w ostatnich dniach zdarzało się coraz częściej — odsłonięte przewody tworzyły łuk elektryczny, budząc wulkan w kanałach ściekowych i posyłając w powietrze kolejny żelazny dysk o wadze stu trzydziestu kilogramów.

Takie dziwaczne i przerażające zdarzenia były treścią życia dla Denny'ego i Mitcha. Każdego popołudnia zabierali gazety i szli do biblioteki, by na internetowej stronie Rejonowego Wydziału Transportu Drogowego sprawdzić, gdzie są największe korki. Żyli z ulicznych zatorów.

Choć nie było dnia, by most Key, nazywany Zapieczonym

Kluczem Samochodowym, nie zasługiwał na to miano, dzisiaj M Street przypominała coś pomiędzy cyrkiem i parkingiem. Denny szedł środkiem rzeki pojazdów, a Mitch posuwał się bokiem.

— „True Press" za jednego dolca! Wspomóżcie bezdomnych!
— Jezus cię kocha! Pomożesz bezdomnym?

Tworzyli dziwną parę. Wystarczyło spojrzeć. Denny był białym mężczyzną mającym metr dziewięćdziesiąt wzrostu, o zepsutych zębach i twarzy porośniętej szczeciną, która nigdy do końca nie przysłaniała zapadniętych policzków. Z kolei Mitch był swojakiem o chłopięcej ciemnej twarzy i krzepkim ciele mierzącym niespełna metr siedemdziesiąt i szczeciniastych małych dredach na głowie.

— To niezła metafora, co? — zauważył Denny.

Gadali ze sobą ponad dachami samochodów, a raczej Denny gadał, a Mitch odgrywał prostaczka dla klientów.

— Ciśnienie pod ulicami wzrasta. Nikt nie zagląda pod ziemię, bo tylko tam szczury i gówno. Kogo to obchodzi, nie? Aż pewnego dnia... — Denny wydął policzki i wydał dźwięk przypominający eksplozję nuklearną. — Wtedy zwrócą uwagę, bo szczury i gówno rozprysną się wokół. Każdy będzie chciał wiedzieć, czemu nikt tego nie powstrzymał. Jeśli nie jest to wykapany Waszyngton, to nie wiem, co nim jest, u licha!

— Wykapany Waszyngton, brachu! Wy-ka-pa-ny — wydukał Mitch, chichocząc z głupiego żartu.

Na jego wypłowiałym podkoszulku widniał napis: IRAK: JEŚLI TAM NIE BYŁEŚ, TO SIĘ ZAMKNIJ! Miał na sobie workowate spodnie moro jak Denny, tyle że ucięte w połowie

22

łydki. Denny podwinął podkoszulek, żeby odsłonić swoje zgrabne sześciopaki. Nigdy nie zawadzi pokazać odrobinę ciała jakiejś laluni, bo twarz nie była jego najmocniejszym punktem.

— To amerykański styl życia — paplał, żeby usłyszeli go wszyscy, którzy spuścili szyby. — Robić swoje, żeby dostawać swoje, nie? — zapytał ślicznotkę w biznesowej garsonce usadowioną w bmw. Babka nawet się uśmiechnęła i kupiła gazetę. — Bóg zapłać, paniusiu! Panie i panowie, tak właśnie postępujemy!

Szedł między samochodami, oskubując kolejnych kierowców wychylających się przez okno z gotówką w dłoni.

— Hej, Denny! — Mitch dostrzegł parę gliniarzy idących ku nim od Trzydziestej Czwartej Ulicy. — Nie sądzę, żebyśmy przypadli tym dwóm do gustu!

— Proszenie o jałmużnę nie jest przestępstwem, panowie policjanci! — zawołał Denny, zanim któryś z funkcjonariuszy zdążył się odezwać. — Nie jest przestępstwem poza granicami parków federalnych, a kiedy ostatni raz sprawdzałem, M Street nie była parkiem!

Jeden z gliniarzy zaczął obchodzić stojące w korku pojazdy, ciężarówki Pepco i wozy strażackie.

— Żarty sobie robisz! Wynocha! Zmiatajcie stąd!

— Daj spokój! Chyba nie odmówisz dwójce bezdomnych weteranów prawa do uczciwego zarabiania na życie?

— Byłeś pan w Iraku?! — dodał Mitch tak głośno, że ludzie zaczęli się na nich gapić.

— Słyszałeś, co powiedział funkcjonariusz? — odezwał się drugi glina. — Zabierajcie się stąd! Ale już!

— Masz dupę, ale nie musisz być dupkiem — zauważył Denny ku rozbawieniu kilku kierowców. Czuł, że publiczność staje po jego stronie.

Nagle ktoś go pchnął. Mitch nie lubił, gdy go dotykano, więc gliniarz, który to zrobił, wylądował na tyłku między samochodami. Drugi położył dłoń na ramieniu Denny'ego, ale ten błyskawicznie ją zrzucił.

Pora zmiatać.

Ześlizgnął się po masce żółtej taksówki i zaczął biec w kierunku Prospect Avenue z Mitchem po prawej stronie.

— Stać! — krzyknął za nimi jeden z gliniarzy.

Mitch nadal biegł, ale Denny się odwrócił. Dzieliło go od tamtych kilka samochodów.

— Co zrobicie? Zastrzelicie bezdomnego weterana na środku ulicy? — Rozłożył szeroko ramiona. — Śmiało! Strzelaj! Oszczędzisz rządowi kilku dolców!

Zniecierpliwieni ludzie zaczęli trąbić i krzyczeć z samochodów.

— Dajcie mu spokój!

— Wspierajcie żołnierzy!

Denny energicznie zasalutował środkowym palcem i dopędził Mitcha. Chwilę później pognali Trzydziestą Trzecią i zniknęli.

Rozdział 2

Ciągle zanosili się śmiechem, kiedy dotarli do starego suburbana Denny'ego zaparkowanego na parkingu numer dziewięć przy Bibliotece Lauingera na terenie campusu w Georgetown.

— To było niezłe! — Pulchna gęba Mitcha lśniła od potu, choć nie stracił oddechu. — Co zrobisz? — powtórzył jak papuga. — Zabijesz bezbronnego weterana na środku ulicy?

— Gazetka „True Press" kosztuje dolara! — zarechotał Denny. — Lunch w Taco Bell trzy, ale wyraz twarzy tego gliniarza, który zorientował się, że przegrał, był bezcenny. Szkoda, że nie zrobiłem zdjęcia.

Wyjął pomarańczową kopertę spod wycieraczki i wsiadł do wozu. W środku cuchnęło tytoniem i burrito, które jedli poprzedniej nocy. Na tylnym siedzeniu leżały zwinięte poduszki, koce i plastikowa torba pełna puszek na wymianę.

Za siedzeniem, pod stertą kartonowych pudeł, kilkoma starymi dywanami i fałszywym dnem ze sklejki, spoczywały dwa dziewięciomilimetrowe walthery PPS, półautomatyczny M21 i wojskowy karabin snajperski M110. Był tam również celownik termiczno-optyczny, mała luneta i zestaw do czyszczenia broni oraz kilka pudełek amunicji, wszystko zawinięte w dużą plastikową płachtę wraz z kilkoma elastycznymi linami do bungee.

— Dałeś niezły pokaz, Mitchie — powiedział Denny. — Poważnie. Ani na sekundę nie straciłeś nerwów.

— Jasne — odparł Mitch, wypróżniając zawartość kieszeni do plastikowej tacki leżącej między nimi. — Nie stracę zimnej krwi, Denny. Jestem jak te, jak im tam, no, jak te Ogórki*.

Denny przeliczył dzienny utarg. Czterdzieści pięć dolców. Nieźle jak na tak krótką zmianę. Dał Mitchowi dziesięć jednodolarowych monet i garść ćwierćdolarówek.

— Jak myślisz, Denny? Jestem gotowy? Bo tak sobie myślę, że jestem gotów.

Denny rozsiadł się wygodnie, zapalając jednego z petów leżących w popielniczce. Po chwili podał go Mitchowi i zapalił drugiego. Jednocześnie podpalił pomarańczową kopertę z mandatem za złe parkowanie i rzucił na chodnik.

— Taak, Mitch, może i jesteś gotowy. Pytanie brzmi, czy oni są gotowi na nas.

Kolana Mitcha zaczęły dygotać jak wiertarka udarowa.

— Kiedy zaczynamy? Dziś wieczór? Co powiesz na dziś wieczór? No, Denny?

Denny wzruszył ramionami i odchylił się w tył.

— Rozkoszuj się ciszą i spokojem, póki możesz, bo wkrótce staniesz się sławny. — Wydmuchnął pierścień dymu, a po nim

---

* *Cucumber*, telewizyjny serial dla dzieci.

kolejny, który przeszedł przez środek pierwszego. — Jesteś gotów stać się sławny?

Mitch spojrzał przez okno na parę uroczych studentek w spódniczkach mini idących przez parking. Kolana nadal mu dygotały.

— Jasne, że jestem!

— Dobry chłopak. Co jest naszą misją, Mitchie?

— Posprzątać cały ten pieprzony burdel w Waszyngtonie, jak mawiają politycy.

— Racja, tak właśnie gadają...

— Musimy coś z tym zrobić. Bez dwóch zdań. Bez dwóch zdań, brachu.

Denny podniósł dłoń, żeby przybić piątkę, i uruchomił samochód. Wycofał kawałeczek, żeby przyjrzeć się paniom od tyłu.

— Skoro mowa o taco... — zaczął, wywołując rechot Mitcha. — Na co masz dziś ochotę? Mamy kasę do przepuszczenia.

— Na Taco Bell, koleś — odrzekł bez zastanowienia Mitch.

Denny energicznie wrzucił bieg i ruszyli.

— Czemu nie jestem zaskoczony?

Rozdział 3

W ostatnim czasie głównym obiektem mojej uwagi była Bree — Brianna Stone, w waszyngtońskiej policji metropolitalnej nazywana Skałą — kobieta spolegliwa, przenikliwa i urocza. Stała się tak ważną częścią mojego życia, że nie potrafiłem sobie wyobrazić, bym mógł się bez niej obyć. Dodam, że od lat nie byłem taki trzeźwy i ustatkowany.

Oczywiście nie przeszkadzało mi, że w wydziale zabójstw policji Dystryktu Kolumbii panował ostatnio taki błogi spokój. Jako glina nie mogłem się powstrzymać przed pytaniem, kiedy zwali się na nas kolejna tona cegieł, ale na razie Bree i ja udaliśmy się na niespotykany wcześniej dwugodzinny lunch.

Był czwartek i siedzieliśmy sobie w kącie knajpy Ben's Chili Bowl pod fotkami z autografami gwiazd. Restauracja ta może i nie jest światową stolicą romansu, ale w Waszyngtonie to prawdziwa instytucja. Warto tam wstąpić choćby dla pikantnych wędzonych kiełbasek.

— Wiesz, jak ostatnio nazywają nas w biurze? — spytała Bree w połowie mleczno-kawowego koktajlu. — Breelex.

— Breelex? Jak Brada i Angelinę? To okropne.

Roześmiała się. Nawet ona nie potrafiła się opanować.

— Mówię ci, gliniarze nie mają wyobraźni.

— Hm. — Położyłem delikatnie dłoń na jej nodze pod stołem. — Oczywiście zdarzają się wyjątki.

— Oczywiście.

Dalszy ciąg pieszczot musiał poczekać i to nie tylko dlatego, że łazienki w Ben's Chili Bowl absolutnie się do tego nie nadawały. Tego dnia musieliśmy gdzieś wstąpić w ważnej sprawie.

Po lunchu ruszyliśmy ręka w rękę U Street do sklepu jubilerskiego Sharity Williams. Sharita była starą przyjaciółką z ogólniaka, a do tego potrafiła czynić cuda z antykami.

Tuzin małych dzwoneczków zadźwięczał nad naszymi głowami, gdy wchodziliśmy do środka.

— Czyż nie wyglądacie na zakochanych? — Sharita uśmiechnęła się do nas zza lady.

— Właśnie dlatego przyszliśmy — odrzekłem. — Bardzo polecam ten stan.

— Jestem za. Tylko znajdź mi odpowiedniego faceta, Alex.

Wiedziała, po co przyszliśmy, więc wyciągnęła spod lady małe czarne pudełeczko obszyte aksamitem.

— Udał się cudownie — powiedziała. — Uwielbiam go.

Pierścionek należał do mojej babci Nany Mamy, która miała niewyobrażalnie małe dłonie. Poprosiliśmy o jego przerobienie, żeby pasował na palec Bree. W platynowej oprawie w stylu art déco tkwiły trzy doskonałe moim zdaniem diamenty — po jednym za każde dziecko. Może wyda się to odrobinę ckliwe, ale pierścionek symbolizował wszystko, czemu byliśmy z Bree oddani. Była to transakcja wiązana, a ja czułem się jak najszczęśliwszy człowiek pod słońcem.

— Dobrze leży? — spytała Sharita, kiedy Bree wsunęła cacko na palec.

Żadna nie potrafiła oderwać oczu od pierścionka, a ja nie mogłem oderwać oczu od Bree.

— Doskonale — odpowiedziała Bree, ściskając moją dłoń. — To najpiękniejsza rzecz, jaką widziałam.

Rozdział 4

Późnym popołudniem zaszedłem do gmachu Daly'ego, uznając, że to pora dobra jak każda inna na uporanie się z papierami, które bez końca zalewały moje biurko.

Gdy dotarłem do sali zespołu do ścigania poważnych przestępstw, komendant Perkins właśnie wychodził na korytarz z jakimś nieznajomym facetem.

— Alex — zagadnął — dobrze, że jesteś. Oszczędziłeś mi podróży. Przejdziesz się z nami?

Najwyraźniej coś się święciło, coś niedobrego. Kiedy szef chce spotkania, wzywa cię do siebie, a nie na odwrót. Wykonałem zwrot o sto osiemdziesiąt stopni i wszyscy ruszyliśmy w kierunki wind.

— To Jim Heekin, Alex. Jim jest nowym zastępcą dyrektora wywiadu FBI.

Uścisnęliśmy sobie dłonie.

— Wiele o tobie słyszałem, detektywie Cross — zagaił Heekin. — Strata FBI okazała się zyskiem waszyngtońskiej policji.

— Uhm — skwitowałem. — Pochlebstwo nigdy nie jest dobrym znakiem.

Roześmialiśmy się, choć była to prawda. Nowi szefowie FBI lubią wywracać wszystko do góry nogami, aby ludzie wiedzieli o ich istnieniu. Pozostawało pytanie, co nowa robota Heekina miała wspólnego ze mną.

Kiedy rozgościliśmy się w wielkim gabinecie Perkinsa, Heekin przeszedł do konkretów.

— Słyszałeś o FIG? — zapytał.

— Field Intelligence Groups? O grupach zwiadu w terenie? Słyszałem, ale nigdy nie współpracowaliśmy ze sobą bezpośrednio — odrzekłem.

Wspomniane zespoły stworzono z myślą o pozyskiwaniu i udostępnianiu materiałów wywiadowczych we współpracy z odpowiednimi organami stojącymi na straży porządku publicznego. Na papierze wszystko prezentowało się wspaniale, ale po jedenastym września niektórzy krytycy dostrzegali w tym próbę zrzucania odpowiedzialności na krajowe organa do zwalczania przestępczości.

— Jak pewnie wiesz, grupa z Waszyngtonu utrzymuje kontakt ze wszystkimi wydziałami policji w naszym rejonie, także z waszyngtońską policją metropolitalną. Pozostaje również w kontakcie z NSA, ATF* i Secret Service. Spotykamy się raz w miesiącu. Oprócz tego w miarę potrzeb odbywają się doraźne spotkania.

Zaczęło mi to wyglądać na zachwalanie towaru i domyśliłem się, co zamierza mi wtrynić.

---

* Bureau of Alcohol, Tobacco, Firearms and Explosives (Biuro ds. Alkoholu, Tytoniu, Broni Palnej oraz Materiałów Wybuchowych), agencja federalna Stanów Zjednoczonych.

— Chociaż to zwykle komendanci reprezentują swoje wydziały na spotkaniach FIG — ciągnął równym, starannie odmierzonym głosem — chcielibyśmy, żebyś był przedstawicielem policji metropolitalnej.

Spojrzałem na Perkinsa, a ten wzruszył ramionami.

— Co mam powiedzieć, Alex? Jestem cholernie zajęty.

— Nie daj się zwieść — stwierdził Heekin. — Rozmawiałem z komendantem, a wcześniej z dyrektorem Burnesem z FBI. Tylko twoje nazwisko padło podczas obu rozmów.

— Dzięki — odparłem. — To bardzo miłe, ale dobrze mi tu, gdzie jestem.

— Właśnie. Grupa do zadań specjalnych idealnie do tego pasuje. To ci tylko ułatwi robotę.

Zrozumiałem, że jest to nie tyle oferta, ile polecenie. Kiedy wstąpiłem do służby, Perkins dał mi niemal wszystko, o co poprosiłem. Teraz byłem mu winien przysługę, a obaj wiedzieliśmy, że lubię grać fair.

— Żadnej zmiany tytułu — powiedziałem. — Przede wszystkim jestem śledczym, nie jakimś tam administratorem.

Perkins uśmiechnął się z drugiej strony biurka. Wyglądał, jakby mu ulżyło.

— W porządku. Będziesz w tej samej grupie zaszeregowania.

— Moje sprawy będą miały pierwszeństwo przed innymi obowiązkami?

— Nie sądzę, żeby pojawiły się tu jakieś problemy — stwierdził Heekin, podnosząc się do wyjścia. W drzwiach ponownie uścisnął mi dłoń. — Gratuluję, detektywie. Pniecie się w górę.

Tak, pomyślałem. Czy tego chcę, czy nie.

Rozdział 5

Denny szedł przodem, a Mitch podążał za nim jak dorosłe dziecko z *Myszy i ludzi* poczciwego Steinbecka.

— To tu, stary. Nie zatrzymujemy się.

Dziesiąte piętro było jednocześnie ostatnim. Płachty plastiku wisiały na ramach ścian działowych o wymiarach dwa na cztery, a na podłodze leżała surowa sklejka. Stos palet przy oknach wychodzących na Osiemnastą Ulicę tworzył idealną grzędę.

Denny rozwinął płachtę brezentu na podłodze. Kiedy położyli swoje pakunki, oparł dłoń na plecach Mitcha i wskazał miejsce, z którego przyszli.

— To główne wyjście — powiedział, a następnie odwrócił się o dziewięćdziesiąt stopni tak, by znaleźć się naprzeciw drugich drzwi. — A to wyjście zapasowe. — Mitch ponownie skinął głową. — Co zrobisz, jeśli będziemy musieli się rozdzielić?

— Mam wytrzeć i porzucić broń. Spotykamy się w samochodzie.

— Mój chłopak.

Powtórzyli wszystko z pięćdziesiąt razy od początku do końca. Ćwiczenie było kluczem do sukcesu. Mitch miał rozliczne talenty, ale to Denny musiał myśleć za nich obu.

— Jakieś pytania? — zapytał. — Teraz jest na to pora. Później przestaną mieć znaczenie.

— Nie — odpowiedział Mitch.

Jego głos stał się płaski i daleki jak zawsze, gdy był skoncentrowany na czymś innym. Ustawił M110 na nóżkach, przykręcił tłumik, skierował karabin na cel i wyregulował celownik optyczny.

Denny złożył swój M21 i zarzucił na plecy. Jeśli wszystko pójdzie zgodnie z planem, nie będzie musiał go używać, ale warto było się zabezpieczyć. Miał też walthera w kaburze na udzie.

Diamentowym cyrklem wyciął w szybie idealny otwór średnicy pięciu centymetrów, a następnie wyciągnął kawałek szkła małą przyssawką. W świetle ulicznych latarni migoczących w dole okna działały niczym zwierciadło.

Kiedy Mitch zajmował pozycję, Denny uprzątnął miejsce po lewej stronie, skąd mógł spoglądać Mitchowi przez ramię na lufę karabinu. Różnica wzrostu zadziałała idealnie.

Wyciągnął lunetę z futerału. Z tego miejsca wejście do lokalu Taberna del Alabardero było doskonale widoczne. Stukrotne powiększenie powodowało, że Denny widział pory na twarzach ludzi wchodzących i wychodzących z popularnej restauracji.

— No chodź, świnko — wyszeptał. — Słuchaj, Mitch! Wiesz, kiedy świnia wie, że już dość zjadła?

— Nie.

— Kiedy ją nafaszerują.

— Dobre — odparł Mitch tym samym bezbarwnym głosem co poprzednio.

Zajął pozycję strzelecką i prezentował się nieco dziwacznie z tym sterczącym tyłkiem i przekrzywionymi łokciami, ale widać tak mu pasowało. Kiedy już się ustawił, nie poruszał się ani nie odwracał głowy, dopóki nie było po wszystkim.

Denny ostatni raz zlustrował okolicę. Para z wentylatora szybowała w górę. Temperatura powietrza wynosiła około piętnastu stopni. Wszystko było gotowe.

Potrzebowali jedynie celu, a ten miał się pojawić lada chwila.

— Jesteś gotów wypuścić dżina z butelki, Mitchie? — zapytał.

— Co za jedna ta Dżina, Denny?

Zarechotał nisko. Z Mitchem trudno było czasem wytrzymać. Trudno jak cholera.

— To dziewczyna twoich marzeń, koleś. Dziewczyna z twoich najdzikszych pieprzonych marzeń.

Rozdział 6

Około dziewiętnastej trzydzieści pięć przed Taberna del Alabardero, modną waszyngtońską knajpę odwiedzaną przez gwiazdy, zajechał czarny lincoln navigator.

Tylnymi drzwiami z lewej i prawej strony wysiedli dwaj mężczyźni. Trzeci wygramolił się z przodu, a kierowca został w środku. Wszyscy trzej mieli na sobie czarne garnitury i praktycznie nieodróżnialne krawaty.

Bankierski krawat, pomyślał Denny. Nie założyłby takiego nawet na własny pogrzeb.

— Dwóch z tyłu. Widzisz?

— Tak, Denny.

Wszystko mieli ustawione. Luneta była wyposażona w urządzenie kompensujące odchylenie spowodowane przez dwie główne siły działające na kulę — wiatr i grawitację. Choć lufa mogła się wydawać uniesiona zbyt wysoko, dla Mitcha krzyżyk celownika znajdował się dokładnie tam, gdzie powinien.

Denny obserwował cele przez własną lunetę. Miał najlepsze miejsce w całym domu. No dobrze, drugie.

— Strzelec gotów?

— Gotów.

Mitch powoli wypuścił powietrze, a następnie oddał dwa strzały w dwie sekundy.

W górę uniosły się dwie tasiemki dymu. Obaj mężczyźni upadli niemal równocześnie — jeden na chodnik, drugi na drzwi restauracji. Nieźle to nawet wyglądało — dwa idealne strzały w podstawę czaszki.

Ludzie na ulicy rozpierzchli się w popłochu. Trzeci z mężczyzn dosłownie dał nura do samochodu, a wszyscy inni biegli albo pochylali się i osłaniali głowy.

Nie mieli się czym martwić. Misja została wykonana. Mitch zaczął już składać broń. Poruszał się tak szybko jak mechanik na wyścigach.

Denny zdjął z ramienia M21, wyciągnął magazynek i zaczął się pakować. Czterdzieści sekund później obaj byli na schodach i szybko znaleźli się na ulicy.

— Hej, Mitch! Chcesz się ubiegać o jakiś wybieralny urząd?

Mitch zarechotał.

— Może pewnego dnia wystartuję w wyścigu o prezydenturę.

— Wspaniale się spisałeś. Nikt nie będzie się już musiał przejmować tymi dwiema martwymi szumowinami.

— Dwie martwe świnie na ulicy.

Mitch zapiszczał, naśladując świński kwik. Denny do niego dołączył, a ich głosy odbiły się echem w klatce schodowej. Obaj byli upojeni sukcesem. Cóż za przypływ emocji!

— Wiesz, kto jest bohaterem tej opowieści, prawda, Mitch? — zapytał.

— My, człowieku.

— Właśnie. Dokonaliśmy tego sami. Dwóch prawdziwych amerykańskich bohaterów!

Rozdział 7

Kiedy dotarliśmy na miejsce, przed Taberna del Alabardero panowało istne piekło. Nie była to jakaś zwyczajna brudna robota albo zabójstwo. Wiedziałem to bez wysiadania z samochodu. W radiu trąbili o strzałach oddanych z dużej odległości. Oczywiście nikt nie widział snajpera ani nie słyszał strzałów.

No i były ofiary. Zginęli kongresman Victor Vinton i dobrze znany bankowy lobbysta Craig Pilkey. Obaj nie znikali ostatnio z pierwszych stron gazet. Ich zamordowanie było skandalem w długim szeregu skandali. Czas spokoju w wydziale zabójstw dobiegł końca.

W sprawie obu zabitych toczyło się śledztwo federalne w związku z podejrzeniem o niedozwolone działanie na rzecz instytucji finansowych. Zarzucano im zakulisowe transakcje, nielegalne datki na kampanie oraz to, że dzięki nim niewłaściwi ludzie stawali się bogaci lub jeszcze bogatsi, podczas gdy przeciętni obywatele tracili domy w rekordowym tempie.

Nietrudno sobie wyobrazić, że ktoś pragnął śmierci Vintona i Pilkeya. Pewnie wielu ludzi chętnie by ich sprzątnęło. Motywy nie były jednak główną rzeczą, o której rozmyślałem. Moją uwagę przykuła metoda. Czemu strzelano z dużej odległości? Jak to możliwe, że zrobiono to z taką łatwością na zatłoczonej ulicy?

Oba ciała leżały przykryte na chodniku, kiedy mój partner John Sampson i ja dotarliśmy do zadaszonego przedsionka przed restauracją. Policja z Kapitolu była już na miejscu, a FBI miało się pojawić lada chwila. W Waszyngtonie „duża sprawa" oznacza „duże naciski", więc miałem wrażenie, jakby napięcie gęstniejące za żółtą policyjną taśmą można było ciąć nożem.

Dostrzegliśmy swojaka, Marka Grieco z trzeciego okręgu stołecznej policji, a ten zapoznał nas z sytuacją. Z powodu zgiełku panującego na ulicy musieliśmy krzyczeć, żeby się wzajemnie usłyszeć.

— Są świadkowie? — zapytał Sampson.

— Ze dwunastu — odparł Grieco. — Zebraliśmy wszystkich w restauracji. Jeden bardziej dziwaczny od drugiego. Żaden nie widział strzelającego.

— A strzały?! — wykrzyczałem Grieco do ucha. — Wiemy, skąd strzelano?

Wskazał ponad moim ramieniem w górę Osiemnastej Ulicy.

— Stamtąd, jeśli potrafisz w to uwierzyć. Nasi już sprawdzają budynek.

Na północnym rogu K Street, kilka przecznic dalej, stał gmach poddawany jakiejś renowacji. Wszystkie piętra były ciemne z wyjątkiem jednego, na którym widać było poruszających się ludzi.

— Żartujesz? — wybąkałem. — Jaka to odległość?

— Dwieście pięćdziesiąt metrów, może więcej — odrzekł Grieco.

Wszyscy trzej zaczęliśmy biec truchtem w tamtą stronę.

— Powiedziałeś, że zostali postrzeleni w głowę? — zapytałem po drodze. — Tak?

— Taak — odrzekł ponuro Grieco. — Prosto w czachę, wybacz określenie. Mam nadzieję, że facet nas nie obserwuje.

— Musiał mieć niezły sprzęt — zauważyłem. — Biorąc pod uwagę dystans...

Jeśli broń była z tłumikiem, strzelec mógł odejść niezauważony przez nikogo.

Usłyszałem, jak Sampson mówi do siebie:

— Jasna cholera, już mi się to nie podoba.

Obejrzałem się przez ramię. Z tego miejsca nie można już było dostrzec restauracji, a jedynie czerwone i niebieskie światła na sąsiednich budynkach.

Modus operandi sprawcy — odległość, z jakiej strzelano, pozornie niemożliwy kąt i wreszcie same zabójstwa (nie jeden, ale dwa idealne strzały w zatłoczonej okolicy) — był niezwykle brawurowy. Pomyślałem, że facet chciał zrobić na nas wrażenie, i rzeczywiście, czysto profesjonalnie rzecz biorąc, byłem lekko zaszokowany.

Czułem też strach i ssanie w żołądku, bo wiedziałem, że tony cegieł, o których rozmyślałem, właśnie zwaliły się nam na głowę.

Rozdział 8

Wróciwszy do domu, przestąpiłem drugi i trzeci schodek na werandzie, żeby deski nie skrzypnęły pod moimi długimi nogami. Była pierwsza trzydzieści nad ranem, ale w kuchni nadal pachniało ciasteczkami z czekoladą. Ciasteczka były dla Jannie, która pełniła jakąś funkcję w szkole. Dałem sobie pół punktu za to, że wiedziałem o tej funkcji, i odjąłem kilka za to, że nie wiedziałem, na czym polegała.

Podkradłem jedno ciasteczko — przepyszne, z nutką cynamonu w czekoladzie — i zdjąłem buty, a następnie przekradłem się na piętro.

W korytarzu zauważyłem, że w pokoju Alego nadal pali się światło, a gdy zajrzałem do środka, zauważyłem, że Bree śpi przy łóżku. Chłopak miał lekką gorączkę, a Bree drzemała na starym skórzanym fotelu z naszej sypialni, którego używaliśmy do wieszania prania.

Na jej kolanach leżała wypożyczona z biblioteki książka *The Mouse and the Motorcycle* (Mysz i motocykl).

Czoło Alego było chłodne, ale zrzucił kołdrę na podłogę. Obok leżał jego miś Truck przewrócony do góry nogami. Odłożyłem jedno i drugie na miejsce.

Kiedy próbowałem zabrać książkę Bree, zacisnęła na niej dłoń.

— A później żyli długo i szczęśliwie — szepnąłem jej do ucha.

Uśmiechnęła się, ale nie otworzyła oczu, jakbym zdołał przeniknąć do świata jej snów. Było to przyjemne miejsce, więc wsunąłem dłonie pod jej kolana i ramiona, a następnie zaniosłem ją do naszego łóżka.

Kusiło mnie, by rozpiąć guziki jej pidżamy, zdjąć T-shirt i pozostałe części garderoby, ale wyglądała tak pięknie i spokojnie, że nie miałem serca niczego zmieniać. Zamiast tego położyłem ją i przez chwilę patrzyłem, jak śpi. Bardzo ładny widok.

Moje myśli nieuchronnie powróciły do ostatnich wydarzeń.

Wbrew sobie pomyślałem o mrocznych dniach 2002 roku, kiedy po raz ostatni mieliśmy do czynienia z podobną sprawą. Słowo „snajper" nadal budziło złe skojarzenia u wielu ludzi w Waszyngtonie, w tym także u mnie. Tym razem jednak dostrzegłem pewne przerażające różnice, na przykład umiejętności strzelca. Wszystko wydawało mi się też znacznie dokładniej zaplanowane. Dzięki Bogu zasnąłem, licząc zwłoki zamiast owiec.

Rozdział 9

Kiedy zszedłem na dół o piątej trzydzieści rano, Nana Mama zdążyła już rozłożyć najnowszy numer „Washington Post" na kuchennym stole. O zabójstwie pisano na pierwszej stronie, powyżej zgięcia: „Snajper morderca zostawia dwa ciała w centrum miasta".

Postukała nagłówek kościstym palcem, jakbym mógł go przeoczyć.

— Nikt, nawet największy chciwiec, nie zasługuje na to, żeby umrzeć, Alex — powiedziała wprost. — To okropne, choć ci dwaj nie zaliczali się do aniołów. Mimo że pewni ludzie mogą czerpać z tego satysfakcję, będziesz musiał się tym zająć.

— Dzień dobry.

Pochyliłem się, by pocałować ją w policzek, instynktownie sprawdzając kubek z herbatą, który przed nią stał. Zimny kubek oznaczał, że nie spała od jakiegoś czasu, a ten był lodowaty. Nie lubię narzekać, ale staram się pilnować, żeby miała wystarczająco dużo snu, szczególnie po ostatnim ataku serca. Nana wydawała się silna, ale w końcu miała na karku dziewięćdziesiąt lat.

Nalałem sobie kawy do turystycznego kubka i usiadłem, żeby szybko przejrzeć gazetę. Zawsze ciekawiło mnie to, co zabójca może o sobie przeczytać. Artykuł był utrzymany w przemądrzałym tonie, choć w kilku ważnych miejscach dostrzegłem błędy. Nigdy nie zwracałem większej uwagi, gdy rzekomo inteligentni ludzie wypisywali idiotyczne rzeczy. Pomyślałem, że to kolejna wiadomość, którą należy zignorować.

— To wielkie szachrajstwo — ciągnęła Nana, najwyraźniej się rozgrzewając. — Ktoś zostaje przyłapany z ręką w słoiku z ciasteczkami, a wszyscy udajemy, że tylko znani ludzie robią coś złego. Sądzisz, że ten kongresman był pierwszym i ostatnim, który wziął łapówkę w Waszyngtonie?

Zaszeleściłem gazetą, szukając ciągu dalszego na dwudziestej stronie.

— To straszna rzecz utracić optymizm, Nano.

— Nie pozwalaj sobie za dużo z samego rana — powiedziała. — Poza tym nadal jestem optymistką, ale mam otwarte oczy.

— Czy były otwarte całą noc? — spytałem nieco niezręcznie.

Pytanie o zdrowie Nany przypominało próbę przemycenia warzyw do dziecięcych kanapek z żółtym serem. Trzeba być sprytnym, bo w przeciwnym razie niczego się nie zwojuje. Zresztą zwykle i tak skutki są opłakane.

Podniosła głos, aby mieć pewność, że zostanie usłyszana i potraktowana poważnie.

— Mam dla ciebie złotą myśl. Gdy zabijają kogoś w tym

mieście, ofiara jest zwykle czarna i uboga albo bogata i biała. Dlaczego, Alex?

— Niestety, dziś rano nie mam czasu na dłuższą rozmowę — uciąłem, przesuwając krzesło do tyłu.

Wyciągnęła do mnie rękę.

— Co robisz o tak wczesnej porze? Chcesz jajecznicy? Gdzie zabierasz tę gazetę?

— Chcę trochę poczytać w gabinecie przed pierwszym przesłuchaniem — powiedziałem. — Czy chwilowo nie zadowolisz się częścią z rozrywką?

— Że niby w Hollywood nie ma rasizmu? Otwórz oczy.

Roześmiałem się i pocałowałem ją na do widzenia, jednocześnie podkradając ze stołu kolejne czekoladowe ciasteczko.

— Moja dziewczyna! Życzę udanego dnia, Nano. Kocham cię!

— Nie traktuj mnie protekcjonalnie, Alex. Ja też cię kocham.

Rozdział 10

Był późny ranek, a ja siedziałem naprzeciw Sida Dammlera, jednego ze starszych wspólników w firmie lobbingowej Dammler-Mickelson przy L Street. Craig Pilkey był jednym z największych zaklinaczy deszczu, jak nazywano ważniaków w tej branży. W minionym roku gość zgarnął jedenaście milionów z tytułu różnych opłat. Pomyślałem, że będzie im go brakowało.

Do tej pory oficjalne stanowisko firmy brzmiało, że „nie mają żadnej wiedzy" na temat nagannego postępowania swoich pracowników. W katalogu zagrywek taktycznych stosowanych w Waszyngtonie oznaczało to krycie swoich bez zapędzania się w prawniczy kozi róg.

Zacznę od tego, że nie żywiłem urazy do Dammlera. Nie żywiłem jej, chociaż czekałem czterdzieści minut w recepcji, a później zmarnowałem dwadzieścia kolejnych na wysłuchiwaniu monosylabowych niezobowiązujących odpowiedzi udzielanych z takim wyrazem twarzy, jakby szykował się na leczenie kanałowe, a raczej jakby właśnie był mu poddawany.

Tyle to sam wykombinowałem. Przed podjęciem pracy w DM pochodzący z Topeka w Kansas Craig Pilkey przepracował trzy dwuletnie kadencje w Kongresie, gdzie zyskał reputację rzecznika branży bankowej na Kapitolu. Nieoficjalnie nazywano go Re-deregulatorem, bo sponsorował w pojedynkę lub z innymi co najmniej piętnaście ustaw zmierzających do poszerzenia praw kredytodawców.

Z informacji na stronie DM wynikało, że specjalnością Pilkeya było pomaganie instytucjom finansowym w dziedzinie „współpracy z rządem federalnym". Jego największym klientem była grupa dwunastu średniej wielkości banków z całego kraju, które łącznie dysponowały aktywami przekraczającymi siedemdziesiąt miliardów dolarów. Te same banki łożyły na kampanię drugiego z zabitych, kongresmana Vintona, co zresztą spowodowało wszczęcie śledztwa federalnego.

— Czemu mówi mi pan to wszystko o Craigu i firmie Dammler-Mickelson? — zaciekawił się Sid Dammler, choć wcześniej w żaden sposób nie dał do zrozumienia, że to dla niego jakaś nowina.

— Podejrzewam, że wiecie o ludziach, którzy byliby zadowoleni ze śmierci Craiga Pilkeya — odpowiedziałem.

Dammler spojrzał na mnie z nieskrywanym oburzeniem.

— Jak pan może!

— Kto mógł pragnąć jego śmierci? Ma pan jakieś podejrzenia? Wiem, że mu grożono.

— Nie! Na Boga, żadnych!

— Trudno mi w to uwierzyć — odrzekłem. — Nie pomaga nam pan w znalezieniu mordercy.

Dammler wstał. Zaczerwieniona szyja i twarz kontrastowały z bielą ciasnego kołnierzyka koszuli.

— Spotkanie jest zakończone — oznajmił.

— Proszę usiąść — powiedziałem. — Proszę.

Poczekałem, aż ponownie zajmie miejsce.

— Rozumiem, że nie chce pan dostarczać argumentów krytykom — ciągnąłem. — Wiem, że jesteście firmą public relations, ale nie pracuję dla „Post", Sid. Muszę znać wrogów Craiga Pilkeya. Tylko mi nie mów, że gość nie miał żadnych wrogów.

Dammler splótł dłonie za głową. Wyglądał tak, jakby czekał, aż go skuję.

— Możesz zacząć od krajowych stowarzyszeń posiadaczy domów — rzekł w końcu. — Nie zaliczali się do fanów Craiga. — Westchnął i spojrzał na zegarek. — Oprócz nich jest całe lobby konsumenckie oraz stuknięci autorzy blogów i nienawistnych anonimów. Wybieraj, co chcesz. Pogadaj z Ralphem Naderem, skoro tu jesteś.

Zignorowałem sarkazm.

— Czy te informacje są przechowywane w jakimś miejscu?

— Tak, w takim zakresie, w jakim dotyczą naszych klientów, ale nie pozwolę ci wejść do pokoju, w którym się znajdują, dopóki nie przyniesiesz nakazu. To prywatne, poufne sprawy.

— Pomyślałem, że możesz być tego zdania — odrzekłem i położyłem na biurku dwie koperty. — Jeden z nakazem na kartotekę, drugi na e-maile. Zacznę od gabinetu Pilkeya. Możesz mi go pokazać albo znajdę sam.

Rozdział 11

Drogi Fiucie,

MAM NADZIEJĘ, że jesteś z siebie zadowolony. Może pewnego dnia stracisz tę SWOJĄ pieprzoną robotę i SWÓJ dom, a wtedy, KURWA, ZROZUMIESZ, na co narażasz niewinnych ludzi w RZECZYWISTYM świecie.

Wiele listów było utrzymanych w powyższym tonie. Coś wam powiem: kiedy ludzie są naprawdę wściekli, zaczynają przeklinać!

Autorzy anonimów byli wściekli, rozczarowani, dyszeli od gróźb, byli oszalali i załamani. Cały wachlarz emocji. Mój nakaz obowiązywał do dwudziestej drugiej, ale mógłbym spędzić całą noc na czytaniu obraźliwych listów przechowywanych w gabinecie Pilkeya.

Po pewnym czasie zmęczyłem się widokiem przechadzających się wolnym krokiem pracowników, więc zamknąłem drzwi i zacząłem sortować listy.

51

Pisma pochodziły z całego kraju, choć głównie z Kansas, rodzinnego stanu Pilkeya. Były wśród nich opowieści o bezdomności, utracie oszczędności całego życia i rozbitych rodzinach — o wszelkiego rodzaju ludziach, którzy ucierpieli z powodu kryzysu finansowego i obarczali całą winą K Street i Waszyngton.

Wpisy na blogach, a przynajmniej te, które namierzył DM, były bardziej radykalne, raczej o politycznym niż osobistym charakterze. Wydawało się, że stawce przewodzi jedna z grup, Ośrodek Odpowiedzialności Publicznej. Oni, a raczej jakiś samotny facet ukryty w piwnicy, prowadzili regularną rubrykę zatytułowaną „Walka o władzę". Ostatni wpis nosił tytuł „Nowy Robin Hood: Okradać biednych i dawać bogatym".

Używając zasad wolnego rynku jako teflonowej osłony, członkowie Waszyngtońskiego Klubu dla Dziewcząt i Chłopców, czyli bankowi lobbyści i nasi wybieralni urzędnicy, wystawiają kolejne czeki in blanco swoim korporacyjnym kolesiom. Ludzie, którzy rzucili na kolana gospodarkę tego kraju, są nadal traktowani niczym królowie na Kapitolu. Zgadnijcie, kto płaci za ten proceder? Mówię o pieniądzach z waszych podatków, o waszej forsie. W moim słowniku coś takiego nazywa się kradzieżą, a wszystko to rozgrywa się na naszych oczach.

Kliknij w to miejsce, żeby uzyskać adresy i domowe telefony najbardziej zuchwałych baronów rabusiów z Waszyngtonu. Zadzwoń do nich któregoś wieczoru w porze kolacji i powiedz, jak się czujesz. Albo zaczekaj, aż wyjdą z domu, włam się i poczęstuj ich ciężko zapracowanym groszem. Przekonaj się, czy przypadnie im to do gustu.

Najbardziej nieoczekiwaną rzeczą, którą znalazłem w gabinecie Pilkeya, okazała się jednak kolekcja wycinków prasowych poświęconych skandalom związanym z jego osobą. Całkiem świeży artykuł leżał w nieopisanej teczce na jego biurku. Był to artykuł wstępny z „New York Timesa".

Pilkey i Vinton są podejrzanymi w kolejnym długim, przeciągającym się śledztwie, które niczego nie dowiedzie, nikogo nie ukarze i nie zapewni ochrony najważniejszym ludziom — przeciętnym zjadaczom chleba próbującym związać koniec z końcem.

Nic dziwnego, że Pilkey miał ponadprzeciętną liczbę wrogów. Było to skrajne przeciwieństwo braku tropów, a to, co przeczytałem, stanowiło zaledwie wierzchołek góry lodowej. Zaznaczyłem wszystkie pisma, w których pojawiały się konkretne groźby, ale informacji były całe stosy, a lista podejrzanych wydawała się nieskończenie długa.

Jedno stało się dla mnie jasne: będziemy potrzebowali liczniejszego zespołu.

Rozdział 12

Denny nienawidził schroniska przy Trzynastej Ulicy tak bardzo, że na myśl o nim mógłby zabić, szczególnie tej nocy. Spanie w schronisku było istną potwornością, zwłaszcza gdy reszta narodu dostawała świra z powodu ich snajperskiego popisu na Osiemnastej. Taki kop! Niepowetowana strata dobrej nocy, w którą on i Mitch powinni byli świętować.

Oczywiście takie postępowanie miało teraz więcej sensu niż kiedykolwiek, aby ludzie widzieli, że robią to co zwykle. No to robili.

Mitch trzymał się reguł, kiwając głową i dygocząc kolanami jak zawsze, gdy był podekscytowany. Dzięki temu wyglądał jak każdy inny rozdygotany świr, który nazywał to miejsce swoim domem, co było w porządku, dopóki wielki człowiek trzymał gębę na kłódkę.

— Z nikim nie gadaj — przypomniał mu Denny, kiedy ładowali się jak armia zombie do zbiorowej sypialni. — Nie podnoś głowy i spróbuj się trochę przekimać.

— Będę milczał jak grób, Denny, ale coś ci powiem. Wolałbym łyknąć kapkę jima beama.

— Jutro będziemy świętować, Mitchie. Obiecuję.

Dla odmiany Denny umieścił Mitcha na dolnej pryczy, a sam wgramolił się na górę, aby mieć na wszystko oko z tego gniazdka.

Jak zwykle wkrótce po zgaszeniu świateł Mitch się podniósł. Co tym razem?

— Dokąd? — wyszeptał Denny.

— Muszę się odlać. Zaraz wrócę.

Denny nie miał paranoi — podjął tylko dodatkowe środki ostrożności. Usiadł na łóżku, odczekał minutę, a później polazł za Mitchem, żeby się upewnić.

W korytarzu panowała cisza. Kiedy schronisko było szkołą, szafki służyły do przechowywania drugiego śniadania oraz podręczników i całego majdanu dzieciaków. Teraz dorośli mężczyźni chowali w nich ruchomy majątek, jaki im został przy duszy.

Popierdolone życie! Bez dwóch zdań.

Kiedy Denny dotarł do łazienki, wszystkie prysznice były odkręcone, choć w środku nikogo nie było. Zły znak. Niedobry.

Zajrzał za róg, gdzie znajdowały się zlewy, i ujrzał dwóch rosłych facetów przypierających Mitcha do ściany. Z miejsca ich rozpoznał. Tyrone Peters i Cosmo „Coz" Lantman. Takie typy sprawiały, że przyzwoity człowiek wolał raczej spać na ulicy niż ryzykować nocleg w jednym ze stołecznych przytulisk. Kieszenie Mitcha były wywrócone na drugą stronę, a na płytkach u jego nóg nadal leżało kilka ćwierćdolarówek.

— Jakiś problem? — spytał Denny.

— Żadnego — odparł Tyrone, nawet się nie odwracając, by na niego spojrzeć. — Spieprzaj, do kurwy nędzy!

— Chyba jednak masz problem.

Cosmo zmierzył go wzrokiem i się pochylił. Jego dłonie wydawały się puste, ale najwyraźniej chował coś w środku.

— Chcesz w to wejść? No to wszedłeś. — Chwycił Denny'ego za gardło kciukiem i palcem wskazującym, podtykając mu pod nos ostrze w kształcie sierpa. — Przekonajmy się, co możesz wnieść do interesu...

Dłoń Denny'ego w jednej chwili zacisnęła się na nadgarstku dupka i wykręciła go o trzysta sześćdziesiąt stopni, aż Cosmo musiał się zgiąć wpół, żeby łapsko nie pękło mu na dwoje. W takim położeniu można było dźgnąć Coza w zadek jego własnym nożem, co było dobrym ostrzeżeniem, bo Denny równie łatwo mógłby przedziurawić mu wątrobę. Cosmo runął na podłogę, krwawiąc na płytki.

Tymczasem Mitch wpadł w szał. Oplótł ramionami znacznie większego Tyrone'a i pchnął go na przeciwległą ścianę. Tyrone zdołał zadać dwa szybkie dźgnięcia — nos Mitcha trysnął krwią, ale napastnik odsłonił szczękę. Mitch to dostrzegł i uderzył nasadą dłoni, wprawiając Tyrone'a w ruch obrotowy. Dla pewności Denny chwycił go w locie i obrócił ponownie, żeby w drodze na dół jego twarz rąbnęła w zlew. Zostawił w nim kilka zębów i gęsty czerwony ślad na brudnej porcelanie.

Kiedy już pozbierali forsę Mitcha i zgarnęli to, co Tyrone i Cosmo mieli przy sobie, Denny zaciągnął zbirów do kabin.

— Szumowiny nie wiedzą, z kim zadzierają! — zapiał na korytarzu Mitch. Oczy mu błyszczały, choć krew spływała z warg na koszulę.

— Racja. I niech tak zostanie — odrzekł Denny. Chciał, żeby tej nocy widziano ich w schronisku, ale w tym momencie z nawiązką zrealizowali ten cel. — Wiesz co? Weź swoje rzeczy. Chodźmy na butelczynę jima beama.

Rozdział 13

Podobnie jak wielu stróżów prawa agent FBI Steven Malinowski był rozwiedziony. Mieszkał sam — chyba że odwiedziły go dwie córki, co zdarzało się raz na dwa tygodnie i przez jeden miesiąc lata — w schludnym z zewnątrz i żałosnym w środku małym domu w Hyattsville w Maryland.

Malinowski nie miał wielu powodów, aby wracać do domu, więc zajechał na podjazd po dwudziestej trzeciej trzydzieści. Kiedy wygramolił się ze swego range rovera, jego chód wskazywał na spożycie kilku piw oraz jednej lub dwóch lufek, ale nie był pijany. Raczej wstawił się razem z chłopakami.

— Hej, Malinowski!

Agent drgnął, sięgając do kabury pod marynarką.

— Nie strzelaj. To ja. — Kyle wyszedł zza rogu garażu w światło ulicznej lampy, żeby było widać jego twarz. — Jestem Max Siegel, Steve.

Malinowski wytężył wzrok w ciemności.

— Siegel? Co, u licha...? — Poła marynarki opadła. — Mało

nie dostałem cholernego ataku serca. Co tu, do diabła, robisz? Która godzina?

— Możemy pogadać w środku? — spytał Kyle. Od czasu ich ostatniej rozmowy minęły trzy lata. Jego głos musiał być niezły, choć nie doskonały. — Zajdę od tyłu, dobra? Wpuść mnie.

Malinowski spojrzał w jedną i drugą stronę ulicy.

— Dobra, dobra.

Kiedy wpuścił Siegela do kuchni przez rozsuwane drzwi, zgasił światła od frontu i zaciągnął zasłony. Paliło się tylko górne oświetlenie nad kuchnią.

Włożył pistolet do kuchennej szuflady, wyciągnął z lodówki dwie butelki piwa i podał jedną Maxowi.

— O co chodzi, Siegel? Co jest grane? Co tu robisz o tak późnej porze?

Kyle odmówił piwa. Nie chciał dotykać niczego, czego nie musiał.

— Operacja jest spalona — powiedział. — Nie wiem jak, ale się o mnie dowiedzieli. Nie miałem wyboru, musiałem się ujawnić.

— Marnie wyglądasz. Te sińce pod oczami...

— Trzeba było mnie zobaczyć tydzień temu. Kilku chłopaków Artura Bueneza porządnie nade mną pracowało. — Kyle poklepał zielony wojskowy worek na plecach. W środku był wodny paralizator i zbiornik owinięte grubym kocem. — To wszystko, co zdołałem ocalić.

— Czemu nie dałeś sygnału? — spytał Malinowski.

Kyle nie potrafił wykombinować tylko jednej rzeczy — jak

Max Siegel kontaktował się ze swoim prowadzącym w sytuacjach awaryjnych.

— Miałem szczęście, że w ogóle udało mi się uciec — powiedział. — Przyczaiłem się na Florydzie, dopóki nie udało mi się tu dotrzeć. Fort Myers, Vero Beach, Jacksonville.

Może był to skutek działania piwa, ale Malinowski nie zorientował się, że Kyle nie odpowiedział na zadane pytanie. No bo jakby mógł? Nie znał odpowiedzi.

— Z kim miałem gadać? — spytał Kyle.

Agent pokręcił głową.

— Z nikim.

— Może z kimś z DEA*? Z kimś w Waszyngtonie?

— Nie, Siegel. Byłeś zdany na własne siły. — Nagle podniósł głowę. — Czemu o to pytasz?

— Daj spokój, człowieku. W głowie mi wiruje. Tylko na mnie spójrz. — Kyle podszedł do Malinowskiego, który stał oparty o kuchenkę. — Nie żartuję. Popatrz na mnie. Co widzisz?

Malinowski uśmiechnął się współczująco.

— Potrzebujesz odpoczynku, Max. Dobrze, że przyszedłeś.

Facet niczego się nie domyślał, nie? Kyle miał za dużo frajdy, żeby to teraz przerwać.

— Widziałem Kyle'a Craiga, Steve.

— Co? Zaczekaj... tego Kyle'a Craiga?

Kyle rozłożył ramiona i się uśmiechnął.

— Tak, tego Kyle'a Craiga. We własnej osobie.

---

* Drug Enforcement Administration, amerykańska agencja federalna zajmująca się legalnym obrotem lekami i walką z narkotykami.

— Nie rozumiem. Jak, u licha...

Obserwował jego twarz, gdy składał kawałki układanki. Kiedy agent zbliżył się do uzyskania właściwej odpowiedzi, Kyle wykonał swój ruch. Wyciągnął berettę i wetknął ją pod brodę Malinowskiego, zanim ten zdążył się zorientować.

— Zdumiewające, co potrafi zdziałać dzisiejsza chirurgia plastyczna — powiedział.

Niedopita butelka piwa brzęknęła o podłogę.

— Co ty mówisz? To... to niemożliwe!

— Jestem pewien, że możliwe... na dziewięćdziesiąt dziewięć i dziewięćdziesiąt dziewięć setnych procenta — odrzekł Kyle. — Chyba że to wszystko mi się śni. Uznaj to za zaszczyt, Steve. Jesteś pierwszym i ostatnim, który wie, jak teraz wyglądam. Czujesz się zaszczycony? — Malinowski nie drgnął, więc Kyle wcisnął mu głębiej berettę w twarz. — Czujesz się zaszczycony?

Skinął głową.

— Powiedz to, proszę.

— Czuję się... zaszczycony.

— Doskonale. Powiem ci, co teraz zrobimy. Udamy się na tył domu, a później wejdziesz do tej brudnej wanny, której nigdy nie czyścisz. — Kyle ponownie klepnął marynarski worek na plecach. — A później to rozpakuję i trochę sobie pogadamy. Muszę się dowiedzieć kilku rzeczy o Maxie Siegelu.

Rozdział 14

Kyle odczekał kolejne dwa dni i spędził kilka nocy w okolicy Waszyngtonu, ulokowawszy się w hotelu Princess, a później raz na zawsze przywrócił do łask Maxa Siegela.

Czuł nieopisany dreszczyk emocji, mijając znajomą budkę strażnika w drodze na parking pod gmachem Hoovera nowym bmw, który Siegel wziął w leasing. Mimo najlepszych środków bezpieczeństwa na świecie strażnik wpuścił Pana Najbardziej Poszukiwanego do kwatery głównej FBI.

Urocze.

Legitymacja Siegela pozwoliła Kyle'owi dotrzeć na piąte piętro. Spotkali się z nim w Centrum Informacyjnym Operacji Strategicznych — oni, to znaczy dwaj przedstawiciele sekcji kryminalnej i przestępczości zorganizowanej, gość z sekcji wywiadu i dwóch zastępców dyrektora z głównego i terenowego oddziału w Waszyngtonie.

Spotkanie prowadziła zastępca dyrektora Patty Li.

— Wiem, że to dla ciebie bardzo trudny okres, agencie

Siegel, ale musimy cię o czymś powiadomić. Twój agent prowadzący Steven Malinowski zginął dwa dni temu.

Kyle przybrał profesjonalną minę, okazując właściwy poziom emocji.

— Mój Boże, co mu się stało?

— Prawdopodobnie miał atak serca pod prysznicem we własnym domu.

— To niewiarygodne. Byłem u niego wczoraj. Pukałem do drzwi. — Przerwał, przesuwając dłonią po wartej milion dolców twarzy. Istny mistrz kamuflażu.

— Miałeś rację, kontaktując się z nami bezpośrednio — powiedziała Li. — Kiedy złożysz raport i zostaniesz przesłuchany, przeniosę cię do administracyjnej roboty...

— Nie. — Kyle podniósł głowę i spojrzał w oczy Li. — Proszę mi wybaczyć, ale to ostatnia rzecz, jakiej teraz potrzebuję. Jestem gotów wrócić do pracy.

— Musisz się zaaklimatyzować. Wyspać, pozbierać i tak dalej. Przez lata udawałeś kogoś innego, Max. Taka praca zbiera swoje żniwo.

Wszystko to przypominało wspaniałe żarcie, świetny seks i gnanie dwieście kilometrów na godzinę z wyłączonymi reflektorami razem wzięte. Najlepsze było to, że te przyjacielskie ignoranckie ptasie móżdżki pożerały to, co im podsunął, niczym darmowe pączki.

— Z całym szacunkiem — oznajmił zgromadzonym w pokoju. — Moje wyniki mówią same za siebie. Jeśli chcecie, zróbcie mi test przydatności do służby, ale nie kierujcie mnie na boczny tor. Chcę pracować. Zaufajcie, że tego potrzebuję.

Zebrani przy stole spojrzeli na siebie. Gość z sekcji do zwalczania narkotyków wzruszył ramionami i zamknął teczkę Siegela, którą miał przed sobą. Decyzja należała do Li.

— Spytam czysto teoretycznie — powiedziała — jaką robotę masz na myśli?

— Chciałbym pracować jako SAP — odparł zgodnie z prawdą. — Tego pragnę.

— Specjalny agent prowadzący? Widzę, że nie straciłeś ambicji.

— Chciałbym również pozostać w biurze terenowym w Waszyngtonie na czas nieokreślony. Myślę, że na tym stanowisku mogę spowodować największe szkody — powiedział z odrobiną przesadnej skromności, aby utrzymać ich uwagę.

Wiedział, że tego dnia niczego mu nie obiecają, ale czuł, że zapewnił sobie pozytywną odpowiedź. Ulokowanie w biurze rejonowym, choć niekonieczne, byłoby smakowitym kawałkiem pieczeni.

Biuro mieściło się przy Judiciary Square, rzut beretem od gmachu Daly'ego. Mogliby z Alexem rozwiesić sznurek z blaszanymi puszkami między gabinetami i zacząć nadrabiać zaległości. Byłby niezły ubaw, co?

Teraz ich ponowne spotkanie było tylko kwestią czasu.

Rozdział 15

Podarowałem paru ziomkom z Waszyngtonu darmowe bilety do sekcji odcisków palców w celu szybkiego sprawdzenia po ataku snajperów. Tego ranka otrzymałem wyniki.

Na starannie wytartej szybie w pomieszczeniu, z którego oddano strzały, pozostał jeden odcisk palca. Jak się okazało, pasował do dwóch innych znalezionych w miejscu popełnienia przestępstwa — jednego na poręczy schodów między ósmym i dziewiątym piętrem i drugiego na barierce bezpieczeństwa przed stalowymi drzwiami na parterze, którymi sprawca niemal na pewno opuścił budynek.

Na tym kończyły się dobre wiadomości, a przynajmniej te dające się uznać za interesujące. Złą wiadomością było to, że nasz odcisk nie pasował do żadnej z dziesiątków milionów próbek w bazie IAFIS. Domniemany zabójca nie miał kryminalnej przeszłości, która pozwoliłaby go ująć.

Postanowiłem poszerzyć obszar poszukiwań. Niedawno wróciłem z Afryki, gdzie tropiłem masowego zabójcę, który określał się mianem Tiger. Skutkiem ubocznym prowadzonego śledztwa było nawiązanie dobrych stosunków z facetem o nazwisku Carl Freelander. Carl pracował w wojskowym wydziale kryminalnym współpracującym z komórką FBI w Lagos, stolicy Nigerii, powołaną do zwalczania terroryzmu. Miałem nadzieję, że Carl pomoże mi w kilku sprawach związanych ze śledztwem.

Zadzwoniłem na jego komórkę, gdy w Lagos był późny wieczór.

— Cześć, Carl! Tu Alex Cross z Waszyngtonu. Czy mógłbym najpierw poprosić cię o przysługę? Później moglibyśmy pogadać.

— Brzmi całkiem nieźle, Alex, z wyjątkiem pogaduszek. Co mogę dla ciebie zrobić? — Między innymi dlatego tak go lubiłem. Gość miał podobny styl pracy jak ja.

— Mam odcisk palca z miejsca popełnienia morderstwa. Oddano dwa śmiertelne strzały z dwustu czterdziestu metrów. Facet musiał przejść snajperskie szkolenie, nie wspominając o dobrym sprzęcie. Zastanawiam się, czy nie ma jakiegoś związku z wojskiem.

— Pozwól, że zgadnę, Alex. Chcesz, żebym go sprawdził w bazie tych, którzy odeszli do cywila.

— Coś w tym guście — odparłem.

— W porządku. Sprawdzę w CJIS — obiecał. — To nie powinno długo potrwać.

CJIS to Criminal Justice Information Services*, komórka FBI z siedzibą w Clarksburgu w Wirginii Zachodniej. Typowy idiotyzm — musiałem dzwonić na drugi koniec świata, żeby

---

* Kartoteka Kryminalna Federalnego Biura Śledczego.

mieć dostęp do czegoś znajdującego się tak blisko domu. Zresztą nie pierwszy raz.

Niecałe dwie godziny później oddzwonił z przygnębiającą wiadomością.

— Twój chłoptaś nie jest amerykańskim żołnierzem, Alex. Nie pracuje również dla FBI ani Secret Service. Mam nadzieję, że się nie obrazisz, ale sprawdziłem także w kartotece ABIS Departamentu Obrony. Gość nigdy nie został zatrzymany przez siły amerykańskie, nie jest też obcym obywatelem, który miał wstęp do jednej z naszych baz. Nie wiem, czy to ci jakoś pomoże.

— Przynajmniej pozwoli wykluczyć kilka możliwości. Dzięki, Carl. Następnym razem, gdy będziesz w Waszyngtonie...

— Jasne, drinki i tak dalej. Nie mogę się doczekać. Dbaj o siebie, Alex.

Potem zadzwoniłem do Sampsona, żeby podzielić się wiadomościami, jakiekolwiek były.

— Nie martw się, kotku, dopiero zaczęliśmy — powiedział John. — Może ten odcisk w ogóle nie należy do naszego faceta. Na miejscu przestępstwa tamtej nocy roiło się od naszych ludzi, a mogę się założyć, że nie wszyscy nosili rękawiczki.

— Taak — odparłem, a moją głowę zaczęła drążyć inna możliwość. — Słuchaj, John, a jeśli to morderca zostawił odcisk palca, bo chciał, żebyśmy go znaleźli? Może go wkurza, że tracimy czas, tropiąc...

— Daj spokój! Nie, nie i jeszcze raz nie. — Sampson wiedział już, do czego zmierzam.

— Może daje mu to pewność siebie, której potrzebuje, żeby ponownie zabić.

Rozdział 16

Zaczaiłem się na Bree przed Penn Branch, kiedy tego popołudnia skończyła robotę. Nie mogłem się jej doczekać, więc gdy w końcu wyszła z budynku, uśmiechnąłem się szeroko.

— Cóż za miła niespodzianka! — zawołała, obdarzając mnie całusem. Przestaliśmy się już powstrzymywać od takich zachowań w miejscu pracy. — Czemu zawdzięczam tę przyjemność? Zapraszasz na obiad?

— Bez dwóch zdań — odparłem, otwierając przed nią drzwi samochodu. — Chcę ci coś pokazać.

Planowałem to od pewnego czasu. Choć roboty zaczęło ponownie przybywać, byłem zbyt uparty, żeby zrezygnować z pomysłu. Pojechaliśmy North Capitol Street do Michigan Avenue, a później do granicy kampusu Uniwersytetu Katolickiego, gdzie zaparkowałem auto.

— Coś ty, Alex! — Spojrzała przez przednią szybę i niemal wstała. — Żałuję, że nie wyrażałam się jaśniej, kiedy rozmawialiśmy o skromnym ślubie.

Narodowa Bazylika Niepokalanego Poczęcia należy do dziesięciu największych świątyń na świecie i jak na mój gust jest najpiękniejszym kościołem w Waszyngtonie, a może i w całym kraju.

— Nie przejmuj się — uspokoiłem ją. — Tylko przejeżdżaliśmy obok. No, chodź.

— W porządku, Alex. Rozumiem.

Romańsko-bizantyńska architektura wnętrza była niemal przytłaczająca, choć w środku panował niewiarygodny spokój. Niebotyczne łuki sprawiały, że człowiek czuł się mały, a miliony złocistych kawałków mozaik wypełniały każdy kąt bursztynowym światłem, którego nie widziałem nigdzie indziej.

Wziąłem Bree za rękę i ruszyliśmy jedną z bocznych naw przez transept do rozległej części z tyłu gmachu. Zamykał ją rząd arkadowych witraży, a z przodu była otwarta na całą długość kościoła.

— Mógłbym zobaczyć twój pierścionek, Bree? — zapytałem.

Uśmiechnęła się lekko zdumiona, ale wręczyła mi go bez słowa. Wtedy przyklęknąłem na jedno kolano i ująłem jej dłoń.

— Chcesz się oświadczyć? — spytała. — Jeśli tak, mam dla ciebie nowinę, kotku. Jestem już zaręczona.

— W takim razie oświadczę się ponownie w obliczu Boga — oznajmiłem, biorąc głęboki oddech, bo nagle zdałem sobie sprawę, że jestem zdenerwowany. — Bree, nie potrzebowałem cię, zanim się poznaliśmy. Sądziłem, że dobrze sobie radzę... wiesz, dobrze sobie radziłem, ale teraz... teraz tu jesteś i to nie bez powodu. — Nie przećwiczyłem mowy, więc trochę gubiłem się w słowach, nie wspominając o grudzie w gardle. — Sprawiłaś, że na nowo uwierzyłem, Bree. Nie wiem, czy potrafię wytłumaczyć, co to znaczy dla kogoś takiego jak ja, ale pozwól, że spędzę resztę życia na wyjaśnianiu ci tego. Brianno Leigh Stone, czy wyjdziesz za mnie?

Nadal się uśmiechała, ale widziałem, że wstrzymuje łzy. Nawet w takim miejscu Bree starała się być twarda.

— Wiesz, że jesteś lekko stuknięty? — spytała. — Zdajesz sobie z tego sprawę?

— „Jeśli miłość jest błędem — zanuciłem szeptem — nie chcę mieć racji".

— Dobrze, dobrze, tylko nie śpiewaj — powiedziała i roześmialiśmy się jak para dzieciaków wygłupiających się w bibliotece, choć był to dla nas śmiech przez łzy.

Uklęknęła naprzeciw mnie i oparła dłoń na mojej ręce, ponownie wsuwając na palec zaręczynowy pierścionek. Kiedy pocałowała mnie delikatnie w usta, poczułem drżenie i falę ciepła rozchodzącą się po plecach.

— Alexandrze Josephie Cross, możesz mnie pytać, ile razy zechcesz, bo zawsze odpowiem: tak. Zawsze chciałam i będę chciała.

Rozdział 17

Jestem romantycznym durniem, więc na tym nie poprzestałem. Z bazyliki Niepokalanego Poczęcia pojechaliśmy do centrum, gdzie zarezerwowałem pokój w hotelu Park Hyatt. Wcześniej uprzedziłem Nanę, że nie wrócimy do domu.

Kiedy hotelowy boy wprowadził nas do apartamentu, Bree rozejrzała się wokół i spytała:

— Ile to kosztowało, Alex?

Kazałem przygotować butelkę schłodzonego prosecco, więc podałem jej lampkę.

— Nie jestem pewien, czy po tym numerze będziemy mogli zmienić college dla Damona, ale widok jest wspaniały, prawda?

Później usiadłem przy fortepianie — dodam, że dlatego wybrałem właśnie ten pokój — i zacząłem grać. Trzymałem się repertuaru standardowych przebojów miłosnych, takich jak *Night and Day* i *Someone to Watch Over Me*, a każdy z nich zawierał małe przesłanie dla Bree. Na jej wyraźną prośbę powstrzymałem się od śpiewania.

71

Usiadła obok mnie na stołku, słuchając i sącząc wino.

— Czym sobie zasłużyłam na to wszystko? — spytała w końcu.

— Za chwilę do tego dojdziemy — odparłem. — To jest do zdejmowania części garderoby. Powoli. Kawałek po kawałeczku.

Najpierw jednak przynieśli nam obiad z Blue Duck Tavern. Dzieliliśmy wszystko — sałatkę z pomarańczami i rukolą, świeżego tuńczyka żółtopłetwego, kraby oraz ciastko dla dwojga z ciepłą czekoladą w środku.

Do deseru otworzyłem butelkę cristala, który skończyliśmy, mocząc się w ogromnej wannie z wapienia.

— Czuję się, jakbyśmy już byli w podróży poślubnej. Najpierw kościół, a teraz to.

— Uznaj to za zapowiedź — powiedziałem, przesuwając kostką lawendowego mydła po jej plecach i długich nogach. — Jako mały przedsmak przyszłości.

— Mmm, podoba mi się ta przyszłość. — Przywarła ustami do mojego ramienia i delikatnie mnie ugryzła. W takiej sytuacji musiałem zrezygnować z mydła i zacząłem używać dłoni.

W końcu wyskoczyliśmy z wanny na podłogę. Zrobiłem prowizoryczną niedźwiedzią skórę z dwóch grubych hotelowych szlafroków i kilka następnych godzin spędziliśmy na cieszeniu się sobą.

Kiedy pierwszy raz doprowadziłem Bree do orgazmu, przechyliła głowę i bezgłośnie rozwarła wargi, jednocześnie ściskając mnie w pasie ze zdumiewającą siłą.

— Bliżej, Alex! Boże, bliżej! Bliżej!

Miałem wrażenie, jakby nic nie mogło nas rozdzielić, dosłownie i w przenośni. Czułem się oddalony miliony kilometrów od wszystkiego z wyjątkiem jej i nie chciałem, by ta noc dobiegła końca.

Niestety się skończyła, i to jakże szybko.

Rozdział 18

Hotelowy telefon zadzwonił niemal dokładnie o północy. Dopiero później zdałem sobie sprawę, że nie był to przypadek. O północy zaczynał się nowy dzień, a dzwoniącemu właśnie o to chodziło. Dokładnie.

— Alex Cross — powiedziałem.

— Tyle roboty, a tu jeszcze romans? Jak pan sobie z tym wszystkim radzi, detektywie Cross?

Głos Kyle'a Craiga był jak lodowata woda i jak ona w jednej chwili wszystko zmienił.

— Kyle — odezwałem się, żeby Bree wiedziała, z kim mówię. — Od dawna jesteś w Waszyngtonie?

Siedziała już na łóżku, ale gdy usłyszała, z kim rozmawiam, złapała komórkę z nocnego stolika i poszła do łazienki.

— Czemu sądzisz, że jestem w Waszyngtonie? — zapytał Kyle. — Wiesz, że mam wszędzie oczy i uszy. Nie muszę siedzieć w Waszyngtonie, żeby tam być.

— Fakt — odparłem, próbując zachować spokój — ale jestem jednym z twoich ulubieńców.

Zaśmiał się cicho.

— Chciałbym powiedzieć, że sobie schlebiasz, ale nie mogę. Jak tam twoja rodzina? Jak się miewa Nana Mama? Co słychać u dzieciaków?

Obaj wiedzieliśmy, że nie były to pytania, ale groźby. Kyle lubił gadać o rodzinie, może dlatego, że jego własna była taka pokręcona. Właściwie facet zabił oboje rodziców przy różnych okazjach. Próbowałem nie połknąć przynęty. Udało mi się zapanować nad nerwami.

— Czemu dzwonisz, Kyle? Nigdy nie robisz niczego bez powodu.

— Nie widziałem Damona — ciągnął. — Pewnie nadal jest w Cushing Academy, co? To na zachód od Worcester, prawda? No, ale został Ali! Wspaniały dorastający chłopak.

Ścisnąłem krawędź materaca drugą ręką. Obecność dzieci w myślach Kyle'a Craiga była zbyt trudna do zniesienia.

Wiedziałem, że to przypuszczalnie jedynie puste groźby i ostrzeżenia podsycające jego nienawiść. Zawsze obłąkańczo ze mną rywalizował, dosłownie obłąkańczo. Za pierwszym razem myślałem, że jego schwytanie jest niemożliwe.

Jak, u licha, mam tego ponownie dokonać?

— Kyle — mówiłem tak spokojnie, jak umiałem. — Nie będę prowadził tej rozmowy, jeśli nie dowiem się, do czego zmierza. Jeśli chcesz mi coś powiedzieć...

— Proch do prochu, popiół do popiołu — odparł. — To żaden sekret, Alex.

— Jak mam to rozumieć?

— Pytałeś, do czego to wszystko zmierza. Proch do prochu, popiół do popiołu. Wszystko idzie w to samo miejsce. Oczywiście jedni docierają tam wcześniej od innych, prawda? Na przykład twoja pierwsza żona, choć nie mogę sobie przypisać tej zasługi.

W końcu jego życzenie się spełniło.

— Posłuchaj mnie, ty kupo gówna! — warknąłem, tracąc panowanie nad sobą. — Trzymaj się od nas z daleka! Przysięgam na Boga, że jeśli choć raz...

— Jeśli co? — odpalił równie mocno. — Jeśli skrzywdzę twoją wspaniałą rodzinę? Pozbawię cię twojej bezcennej narzeczonej?! — W jego głosie zabrzmiała czysta wściekłość. — Jak śmiesz mówić mi o tym, czego zostaliśmy pozbawieni! Co ci zostało?! Ile istnień odebrałeś, Alex? Ile rodzin zniszczyłeś swoim dziewięciomilimetrowym gnatem? Nie masz zielonego pojęcia, czym jest strata... Jeszcze nie, ty cholerny hipokryto!

Nigdy wcześniej się tak nie zachowywał. Właściwie Kyle rzadko przeklinał, a przynajmniej ten Kyle, którego znałem.

Czyżby uległ degeneracji? A może było to kolejne z jego starannie zaplanowanych posunięć?

— Wiesz, co nas różni, Alex? — ciągnął.

— Tak — odpowiedziałem. — Ja nadal jestem zdrowy, czego nie można powiedzieć o tobie.

— Różnica jest taka, że ja żyję, bo żaden z was nie potrafił mnie schwytać, a ty dlatego, że nie postanowiłem jeszcze cię zabić. Czyżby umknął ci ten oczywisty fakt?

— Nie zamierzam cię zabić, Kyle — wyrzuciłem z siebie. —

Dopilnuję, żebyś zgnił w celi. Żebyś powoli skonał w tej dziurze w Kolorado, z której uciekłeś. Bo zapewniam cię, że do niej wrócisz.

— Coś mi przypomniałeś — stwierdził, nagle kończąc rozmowę.

Wykapany Kyle. Jeszcze raz dał mi do zrozumienia, że to on zaczął i skończy, kiedy zechce. Władza była dla niego jak tlen.

Nagle zjawiła się Bree, otaczając mnie ramionami.

— Rozmawiałam z Naną — rzekła. — Wszystko jest w porządku. Powiedziałam, że wracamy do domu. Poprosiłam, żeby natychmiast wysłali tam radiowóz.

Wstałem i zacząłem się ubierać tak szybko, jak mogłem. Moje ciało drżało z gniewu, nie tylko z powodu Kyle'a.

— Schrzaniłem sprawę, Bree — przyznałem. — Kiepsko jest. Nie mogę pozwolić, aby kontaktował się ze mną w taki sposób. Nie mogę! To tylko pogorszy sytuację.

Jeśli można ją było pogorszyć.

Rozdział 19

To ten cholerny sukinsyn! Akurat on.

Kyle osiągnął dokładnie to, czego pragnął — ponownie wtargnął w moje życie. Znał numer mojego telefonu i wiedział dużo więcej. Nie miałem wyboru. Musiałem zareagować.

Gdy dotarłem na miejsce, radiowóz policji metropolitalnej już stał przed domem, a drugi z funkcjonariuszem ubranym po cywilnemu zaparkował obok garażu. Był też Sampson. Nie wiedziałem, kto go wezwał, ale byłem rad, że przyjechał.

— Wyluzuj, złotko. Jesteśmy przy tobie — powiedział, kiedy wszedłem do środka.

Siedzieli z Naną w kuchni. Nana Mama zdołała mu nawet zrobić kanapkę z szynką i frytkami.

— To się nie skończyło — odezwałem się cicho, żeby nie obudzić dzieci na górze. — Musimy pogadać o przeniesieniu rodziny.

— Naprawdę? — spytała Nana i temperatura spadła przynajmniej o sześć stopni.

— Nano...

— Nie, Alex. Nie przerabiajmy tego ponownie. Zrób z dzieciakami, co musisz. Kiedy mówiłam, że to ostatni raz, właśnie to miałam na myśli. Nie ruszę się z domu. To moje ostatnie słowo.

Zanim zdążyłem zareagować, dodała:

— Jeszcze słówko. Jeśli ten Kyle Craig jest taki dobry, jak mówisz, nie ma znaczenia, gdzie umieścisz dzieci. Ważne jest jedynie to, detektywie Cross, żebyś je chronił tam, gdzie się znajdują. — Głos jej drżał, ale palcem celowała pewnie w moją twarz. — Broń swojego domu, Alex. Zrób wszystko, co w twojej mocy. Powinieneś być dobry w tym, co robisz.

Dwukrotnie grzmotnęła dłonią w blat i odchyliła się do tyłu. Teraz moja kolej.

Najpierw wziąłem głęboki oddech i policzyłem do dziesięciu. Później poprosiłem Bree, żeby jak najszybciej przesłała komunikat do wszystkich posterunków.

— Skontaktuj się z WALES* i ze wszystkimi rejonami, a potem z NCIC** w FBI.

Był nam do tego potrzebny nakaz sądowy, ale tym zajmie się Sampson.

Sam zadzwoniłem do biura okręgowego FBI w Denver.

---

* Washington Area Law Enforcement System — System Ochrony Porządku w Waszyngtonie.

** National Crime Information Center — Narodowe Centrum Informacji Kryminalnej.

Technicznie rzecz biorąc, sprawa Kyle'a należała do nich, bo facet uciekł z więzienia w Kolorado.

Podczas telefonicznej rozmowy agent Tremblay poinformował mnie, że nie mają nic nowego, ale obiecał, że skontaktuje się niezwłocznie ze wszystkimi biurami w środkowoatlantyckich stanach. Ta sprawa miała dla nich priorytet nie tylko z powodu szkód, które Kyle wyrządził reputacji FBI. Miałem przeczucie, że z samego rana zadzwoni do mnie Jim Heekin z centrali w Waszyngtonie.

Później obudziłem telefonem dobrego kumpla, a czasami adwersarza, Rakeema Powella.

Rakeem przepracował w policji piętnaście lat, z czego osiem jako detektyw sto trzeciego posterunku. Potem w ciągu sześciu miesięcy ożenił się i został postrzelony, dokładnie w takiej kolejności, a następnie przeszedł na wcześniejszą emeryturę.

Nikt nie sądził, że Rakeem odejdzie z wydziału ani że się ustatkuje. Obecnie prowadził firmę ochroniarską w Silver Spring, a ja zamierzałem zostać jego klientem.

Do siódmej rano zainstalowaliśmy cały system. Dzieci miały być chronione przeze mnie i Bree w drodze do szkoły i z powrotem, z Sampsonem w roli wsparcia. Firma Rakeema miała zapewniać ochronę w nocy od frontu i od tyłu oraz w miarę potrzeby za dnia. Pierwszy dzień poświęciliśmy na przeanalizowanie słabych punktów, które można było wykorzystać, by wejść do domu, i staraliśmy się je zabezpieczyć, zanim dzieciaki wrócą ze szkoły.

Nana próbowała się postawić agentom FBI, ale pokrzyżowałem jej szyki. Zgodnie z jej instrukcjami zrobiłem wszystko, żeby moi bliscy byli bezpieczni. Prawie ze sobą nie rozmawialiśmy. Żadne z nas nie czuło się szczęśliwe z powodu zastosowanych środków, lecz nie było innego wyjścia.

Musieliśmy żyć w oblężonej twierdzy, bo Kyle Craig zjawił się ponownie w naszym życiu.

Rozdział 20

A życie biegło dalej obojętne na to, czy jesteśmy przygotowani.

Kiedy odwiozłem dzieci do szkoły, zajechałem przed szpital Świętego Antoniego w samą porę na drugie spotkanie zaplanowane tego ranka, spóźniwszy się na pierwsze. Odkąd zakończyłem prywatną praktykę, pracowałem pro bono jako szpitalny terapeuta. Byłem rad, że mogę pomóc gościom w potrzebie, których nie było stać nawet na podstawowe leczenie psychiatryczne. Dzięki temu miałem także kontakt z praktyką lekarską.

Bronson „Pop-Pop" James wszedł do mojego zawilgoconego małego gabinetu chwiejnym, kołyszącym się krokiem z charakterystyczną postawą gościa zbyt wyluzowanego na szkołę. Teraz był tylko ciut starszy i bardziej utwierdzony w cynicznej ocenie świata niż kiedyś.

Od czasu, gdy zaczął do mnie przychodzić, zginęli dwaj jego kumple, a większość bohaterów — ulicznych zbirów niewiele starszych od niego — też już nie żyła.

Czasami miałem wrażenie, że byłem jedyną osobą na świecie, której zależało na Bronsonie, co wcale nie znaczy, że łatwo się z nim pracowało.

Chłopak usiadł na winylowej kozetce naprzeciw mnie, unosząc szczękę i gapiąc się w sufit, jakby czegoś tam szukał lub po prostu mnie ignorował.

— Wydarzyło się coś nowego od ostatniego razu? — spytałem.

— Nic ważnego — odparł. — Człowieku, czemu zawsze tu przynosisz tego starbucksa?

Spojrzałem na kubek w mojej ręce.

— Co? Nie lubisz kawy?

— Nie, nie tykam tego gówna. Jest okropne, ale lubię ich frappuccino.

Zauważyłem, że sonduje, czy nie zabrałbym go tam następnym razem. Żeby podnieść mu poziom cukru. Była to jedna z rzadkich chwil, gdy przez szczelną zbroję, którą dzień i noc miał na sobie, ukazywało się dziecko.

— Bronson, czy kiedy mówisz, że nie ma o czym gadać, znaczy, że nic się nie dzieje?

— Ogłuchłeś? — burknął. — Powiedziałem: nie ma o czym mówić.

Jego noga drgnęła, gdy akcentował słowa, kopiąc mały stolik stojący między nami.

Bronson był typem bohatera nieskończonej liczby artykułów psychologicznych — rzekomym nieuleczalnym przypadkiem.

Tylko że ja znałem mały sekret Bronsona. Pod skorupą ulicznego twardziela z zaburzeniami psychicznymi krył się przerażony mały dzieciak, który nie rozumiał, czemu tak się czuje. Pop-Pop tułał się po naszym systemie opieki od wczesnego dzieciństwa, a ja wierzyłem, że zasługiwał na lepsze życie od tego, które otrzymał. Dlatego spotykałem się z nim dwa razy w tygodniu.

— Słuchaj, Bronson, pamiętasz, że treść tych rozmów pozostanie między nami, prawda? — spróbowałem ponownie.

— Chyba że stanę się zagrożeniem dla siebie... — wyrecytował — albo kogoś innego.

Druga część zdania sprawiła, że uśmiechnął się pod nosem. Lubił poczucie siły, którego dostarczała mu ta rozmowa.

— Czyżbyś komuś zagrażał? — zapytałem.

Chodziło mi głównie o gangi. Nie zauważyłem u niego żadnych sznytów ani podobnych obrażeń — oparzeń, siniaków lub czegoś, co przypominałoby znak inicjacji. Z drugiej strony wiedziałem, że jego nowy dom zastępczy znajdował się niedaleko Valley Avenue, gdzie działały gangi z Dziewiątej Ulicy i Yumy, walcząc ze sobą o wpływy.

— Mówię, że nic się nie dzieje — powtórzył z naciskiem. — Same gadki.

— O czym się ostatnio gada? Na Dziewiątej Ulicy? W Yumie?

Bronson zaczął tracić cierpliwość i próbował przetrzymać mnie wzrokiem. Milczałem, żeby się przekonać, czy odpowie. Zamiast tego skoczył na równe nogi, odepchnął stolik i przysunął twarz do mojej twarzy. Zmiana, która w nim nastąpiła, była niemal natychmiastowa.

— Przestań się na mnie gapić, człowieku! Zabierz ode mnie te cholerne oczy!

Później się zamachnął.

Jakby nie wiedział, jaki jest mały. Musiałem go obezwładnić i posadzić, trzymając za ramiona. Mimo to zaatakował ponownie.

Pchnąłem go na kanapę drugi raz.

— Zapomnij o tym, Bronson. Nawet nie próbuj ze mną takich numerów.

Nie lubiłem używać wobec niego siły fizycznej, bo znałem jego historię, ale przekroczył granicę. Właściwie to Bronsonowi było wszystko jedno, gdzie ona przebiega. I właśnie to najbardziej mnie przerażało.

Chłopak zmierzał w kierunku przepaści, a ja nie byłem pewny, czy zdołam go powstrzymać.

Rozdział 21

— Chodź, Bronson — powiedziałem, wstając. — Chodźmy stąd.

— Dokąd? — spytał zaintrygowany. — Do izby zatrzymań dla nieletnich? Przecież cię nie uderzyłem.

— Nie, nie pójdziemy do izby zatrzymań — odparłem. — Nawet się do niej nie zbliżymy. Chodź.

Spojrzałem na zegarek. Nadal mieliśmy około trzydziestu minut. Bronson ruszył za mną korytarzem pewnie z czystej ciekawości. Kiedy wychodziliśmy razem, zwykle odprowadzałem go do jego społecznego opiekuna.

Gdy znaleźliśmy się na dworze i otworzyłem samochód pilotem, stanął ponownie.

— Jesteś zbokiem, Cross? Zabierasz mnie w jakieś ustronne miejsce czy co?

— Taak. Jestem zbokiem, Pop-Pop. Pakuj się do wozu.

Wzruszył ramionami i wsiadł. Zauważyłem, że przesuwa dłonią po skórzanym fotelu i spogląda na stereo, choć zachował dla siebie wszelkie komplementy lub zarzuty.

— Co to za wielki sekret? — spytał, gdy włączyliśmy się do ruchu. — Dokąd, kurna, jedziemy?

— To żaden sekret — odrzekłem. — W okolicy jest kawiarnia Starbucksa. Postawię ci frappuccino.

Bronson odwrócił się do okna, ale wcześniej dostrzegłem słaby uśmiech na jego twarzy. Nie było to wiele, lecz tego dnia choć przez kilka minut będzie mógł sobie pomyśleć, że gramy po tej samej stronie.

— Venti* — powiedział.

— Taak, venti.

---

* Napój kawowy.

Rozdział 22

Federalnym Biurem Śledczym nadal rządzili debile, a przynajmniej wszystko na to wskazywało. Kyle Craig nie zauważył, by ktokolwiek mrugnął okiem, kiedy reaktywowany agent Siegel załatwił sobie przydział do sprawy tego snajpera z Waszyngtonu. Poprzednia robota Siegela w kolumbijskim Medellín, kiedy nazywano to miasto „światową stolicą zbrodni", została wpisana do akt i stanowiła mocną kartę atutową. Mieli szczęście, że mogli go oddelegować do tej sprawy.

Właściwie mieli więcej szczęścia, niż sądzili — dwóch agentów za cenę jednego! Siedział przy swoim nowym biurku w biurze rejonowym, gapiąc się na legitymację ze zdjęciem, którą wydano mu z samego rana. W kubku odbijała się twarz Maxa Siegela. Nadal dostawał kopa, gdy na siebie patrzył, na wpół oczekując, że w każdym mijanym lustrze ujrzy dawnego Kyle'a.

— Musisz się dziwnie czuć.

Podniósł głowę i spostrzegł jednego z agentów opartego

o ścianę boksu. Agenta Jak-Mu-Tam, którego wszyscy nazywali Scooter. Ze wszystkich absurdalnych imion wybrali akurat Scooter. Gość miał entuzjastyczne spojrzenie i stale pogryzał słodkie węglowodany.

Kyle wsunął legitymację do kieszeni.

— Dziwnie?

— No, powrót do operacyjnej roboty... po tak długim czasie.

— W Miami miałem operacyjną robotę — odparł Kyle, doprawiając swoją gadkę ociupinką nowojorskiej postawy i akcentu Siegela.

— Wiem. Niczego nie sugerowałem — odparował Jak--Mu-Tam. Kyle milczał, pozwalając, by niezręczna chwila trwała nadal, oddzielając ich niczym szyba. — W porządku... Potrzebujesz czegoś, zanim wyjdę?

— Od ciebie? — spytał Kyle.

— No, taak.

— Dzięki, Scooter. Niczego mi nie trzeba.

Max Siegel miał być aspołecznym osobnikiem. Kyle wcześniej o tym zdecydował. Inni mogą sobie gruchać nad zdjęciami niemowląt podczas przerw i dzielić prażoną kukurydzą w pokoju socjalnym. Im szerszym łukiem będą go omijali, tym więcej zdoła osiągnąć, a jego maskarada będzie bardziej bezpieczna.

Dlatego tak lubił pracować po godzinach. Spędził w biurze znaczną część ostatniej nocy, dowiadując się wszystkiego, co można, o strzelaninie przy Osiemnastej Ulicy. Skoncentrował się na zdjęciach z miejsca popełnienia morderstwa i wszystkim, co miało związek z metodą działania snajpera. Profil sprawcy zaczynał nabierać wyraźnego kształtu.

Kiedy pracował, stale przychodziły mu do głowy takie słowa, jak „czysty", „chłodny" i „profesjonalny". Sprawca nie pozostawił żadnej wizytówki, nie bawił się z nimi w chowanego, co zdarza się tak często w podobnych wypadkach. Zabójstwo wydawało się niemal sterylne — strzał z dwustu czterdziestu metrów, co z punktu widzenia Kyle'a było absolutną nudą, nawet jeśli wywołało szok i zdumienie, cytując określenie z gazet.

Pracował kilka godzin i zatracił poczucie czasu, dopóki jakiś telefon nie przerwał ciszy panującej w biurze. Kyle zbytnio się tym nie przejmował, ale minutę później zadzwonił jego aparat.

— Agent Siegel — oznajmił radośnie, choć na jego twarzy nie było uśmiechu.

— Mówi Jamieson z łączności. Otrzymaliśmy zawiadomienie o zabójstwie od policji metropolitalnej. Wygląda na kolejny atak snajpera. Tym razem w rejonie Woodley Park.

Kyle nie zawahał się ani chwili. Wstał i wygładził marynarkę.

— Dokąd mam jechać? — zapytał. — Gdzie dokładnie?

Kilka minut później wyjechał z garażu i ruszył Massachusetts Avenue z prędkością prawie stu kilometrów na godzinę. Im szybciej znajdzie się na miejscu, tym szybciej pozbędzie się miejscowych gliniarzy, którzy bez wątpienia zacierali ślady na jego miejscu zbrodni.

Co ważniejsze — panie i panowie, uwaga — od dawna czekał na tę chwilę. Jeśli dopisze mu szczęście, Alex Cross i Max Siegel niebawem się spotkają.

Rozdział 23

Byłem w domu, kiedy otrzymałem wiadomość o kolejnym zabójstwie dokonanym przez snajpera w okolicy Woodley Park.

— Detektyw Cross? Mówi sierżant Ed Fleischman z drugiego okręgu. Mamy tu paskudne morderstwo. Bardzo możliwe, że to dzieło snajpera.

— Kim jest ofiara? — zapytałem.

— To Mel Dlouhy, proszę pana. Dlatego zadzwoniłem. Pasuje do pańskiej sprawy.

Dlouhy wyszedł niedawno z pudła za kaucją, ale nadal znajdował się w samym środku czegoś, co wyglądało na jeden z największych skandali podatkowych z wykorzystaniem poufnych informacji w historii Stanów Zjednoczonych. Zarzucano mu, że wykorzystał swoją pozycję w rejonowym urzędzie podatkowym i przelał dziesiątki milionów dolarów podatników na własne konto oraz na konta rodziny i przyjaciół, zwykle za pośrednictwem nieistniejących organizacji charytatywnych działających na rzecz dzieci.

Kolejny zamach snajpera i kolejny zły facet z nagłówków gazet. No i mieliśmy schemat.

Sprawa przeskoczyła na nowy poziom. Postanowiłem sobie, że od początku zrobię wszystko jak należy. Jeśli miał być cyrk, niech przynajmniej będzie mój.

— Gdzie jesteś? — spytałem sierżanta.

— Na Trzydziestej Drugiej przy Cleveland Avenue, proszę pana. Zna pan ten rejon?

— Tak.

Drugi okręg był jedynym rejonem w mieście, gdzie w ostatnim roku nie odnotowywano żadnych zabójstw. Tyle, jeśli chodzi o statystykę. Już czułem, jak w okolicy narasta fala paniki.

— Czy ekipa dotarła na miejsce?

— Tak, proszę pana. Potwierdzono zgon ofiary.

— Dom czysty? — spytałem.

— Przeczesaliśmy wszystko. Pani Dlouhy jest bezpieczna. Jeśli pan chce, mogę poprosić o zgodę na przeszukanie.

— Nie, niech wszyscy wyjdą. Wezwij zespół kryminalistyczny. Mogą zacząć robić zdjęcia, ale niech niczego nie ruszają, dopóki nie przyjadę — poleciłem sierżantowi Fleischmanowi. — Wiecie, skąd strzelano?

— Z tylnego podwórka albo z budynku za domem Dlouhy'ego. Nie ma tam nikogo — poinformował mnie Fleischman.

— Zrozumiałem. Zorganizujcie punkt dowodzenia na ulicy, a nie na podwórku, sierżancie. Postawcie ludzi przed frontowymi i tylnymi drzwiami oraz przy domu w sąsiedztwie. Jeśli ktoś będzie chciał wejść, niech najpierw skontaktuje się z wami, a wtedy wy przekażcie mu odmowną odpowiedź. Dopóki nie przyjadę. To miejsce zbrodni należy do jurysdykcji policji metropolitalnej, a ja kieruję wydziałem zabójstw. Niebawem zjawi się FBI i ATF, może sam szef. Mieszka bliżej ode mnie. Jeśli chce, może zadzwonić na mój numer w samochodzie.

— Coś jeszcze, detektywie? — Sierżant Fleischman sprawiał wrażenie lekko przytłoczonego. Trudno go było winić. Większość funkcjonariuszy drugiego okręgu nie była przyzwyczajona do takich wydarzeń.

— I porozmawiajcie ze świadkami. Tylko bez plotkowania z mediami i sąsiadami. Zero przecieków. Niczego nie widzieliście i niczego nie wiecie. Po prostu zabezpieczcie miejsce do mojego przyjazdu.

— Postaram się — odpowiedział.

— Nie, sierżancie. Po prostu to zróbcie. Zaufajcie mi, trzeba dokładnie ogrodzić teren.

Rozdział 24

Gdy dotarłem na miejsce, reporterzy dostali istnego amoku. Za taśmą policyjną rozciągniętą od frontu na polecenie sierżanta Eda Fleischmana w stronę białego kamiennego domu Mela i Niny Dlouhych skierowały się tuziny kamer. Podobnie było na Trzydziestej Drugiej Ulicy, gdzie postawiono inny oddział, żeby ludzie nie mogli zajść od tyłu, na co mieli wyraźną ochotę.

Większość ciekawskich, nie licząc reporterów, była przechodniami spacerującymi Cleveland Avenue. Odniosłem wrażenie, że sąsiedzi postanowili zostać w domu. Gdy dojeżdżałem, widziałem kontury postaci w oknach. Zameldowałem się u funkcjonariusza dowodzącego na miejscu popełnienia przestępstwa i poleciłem wysłać policjantów od drzwi do drzwi.

Sampson przyjechał wprost z zebrania rady wydziału Georgetown University, gdzie jego żona Billie nauczała pielęgniarstwa.

— Nie mogę powiedzieć, żeby mnie to uradowało — stwierdził — choć z drugiej strony, ile wina i sera można pochłonąć?

Zaczęliśmy od salonu, gdzie państwo Dlouhy oglądali serial *Closer*. Telewizor był włączony i jak na ironię pokazywano dom, w którym się znajdowaliśmy.

— To upiorne — zauważył Sampson. — Dziennikarze uwielbiają gadać o naruszaniu prywatności, ale nie wtedy, gdy sami to robią.

Pani Dlouhy zeznała, że usłyszała brzęk szyby. Spojrzała na wybite okno i dopiero wówczas zauważyła, że mąż ma wytrzeszczone oczy, a jego głowa opadła bezwładnie na sąsiedni fotel. Nadal słyszałem jej płacz dochodzący z kuchni, w której przebywała z naszym psychologiem. Zrobiło mi się jej żal. Co za koszmar!

Mel Dlouhy wciąż siedział w fotelu. Mała rana postrzałowa skroni wydawała się czysta, z niewielką sinoczarną obwódką wokół wlotu. Sampson wskazał ją czubkiem długopisu.

— Powiedzmy, że kula przeleciała tędy. — Uniósł długopis o piętnaście centymetrów, na wysokość głowy Dlouhy'ego. — Weszła tędy. — Zatoczył łuk długopisem, wskazując pękniętą szybę. — O tu...

— Strzelano w dół — zauważyłem.

Kula przebiła jedną z górnych szybek okna wychodzącego na tylne podwórze, mającego sześć elementów u góry i jeden większy u dołu. Bez dalszych dyskusji okrążyliśmy salon i wyszliśmy na zewnątrz balkonowymi drzwiami.

Wyłożone cegłami patio prowadziło na długie wąskie podwórko. Dwa boczne reflektory oświetlały połowę przestrzeni, ale nie wyglądało, by dalej znajdowały się jakieś budynki lub drzewa wystarczająco duże, by utrzymały ciężar strzelającego.

W oddali majaczył tył sąsiedniego trzypiętrowego domu w stylu Tudorów oświetlony latarnią stojącą przy Trzydziestej Pierwszej Ulicy. Na podwórku dominowały dwa ogromne dęby, niemal ukryte w cieniu rzucanym przez dom.

— Powiedziałeś, że nikogo tam nie było? — spytał Sampson. — Tak?

— Właściciele wyjechali z miasta — odparłem. — Ktoś doskonale wiedział, co robi. Może chciał się popisać. Po pierwszym zabójstwie musiał sprostać własnej reputacji.

— Zakładając, że to on.

— To on — powiedziałem.

— Przepraszam, detektywie. — Sierżant Fleischman wyłonił się nagle obok nas. Spojrzałem na jego dłonie, aby się upewnić, że założył rękawiczki.

— Co tu robicie, sierżancie? Nie macie dość roboty od frontu?

— Dwie sprawy, proszę pana. Kilku sąsiadów widziało dziwne pojazdy.

— Pojazdy? Użyli liczby mnogiej?

Fleischman skinął głową.

— Tak. Stary buick z nowojorską rejestracją parkował tu z przerwami kilka dni. — Zajrzał do trzymanego w dłoni notatnika. — Widzieli też dużego ciemnego SUV-a, być może suburbana. Sfatygowanego. Wczoraj stał tu kilka godzin późnym wieczorem.

Nie było to sąsiedztwo, do którego pasowały stare samochody, a przynajmniej po godzinach pracy. Należało natychmiast sprawdzić oba pojazdy.

— A druga sprawa? — zapytałem.

— Przyjechało FBI.

— Poproś, żeby przysłali ekipę ERT* na sąsiednie podwórko — powiedziałem sierżantowi.

— Nie ma żadnych ich. Zjawił się tylko jeden agent. Pytał o pana.

Zajrzałem do środka i zobaczyłem wysokiego białego faceta w anonimowym garniturku federalnych. Pochylał się, opierając na kolanach dłonie w niebieskich rękawiczkach i oglądając dziurę w głowie Mela Dlouhy'ego.

— Hej! — zawołałem przez pękniętą szybę. — Co pan tam robi?

Nie usłyszał albo nie chciał mnie usłyszeć.

— Jak się nazywa? — spytałem Fleischmana.

— Siegel.

— Hej, Siegel! — tym razem krzyknąłem, ruszając do środka. — Niczego nie dotykaj!

---

* Emergency Response Team, zespół szybkiego reagowania.

Rozdział 25

Kiedy Alex wszedł do salonu, Kyle wyprostował się i spojrzał mu w oczy. Żywy trup, pomyślał, uśmiechając się i wyciągając rękę na powitanie.

— Max Siegel z biura rejonowego w Waszyngtonie. Jak się miewacie? Wyobrażam sobie, że nieszczególnie.

Chociaż Cross niechętnie uścisnął podaną dłoń, był to elektryzujący moment, jak przekazanie poufnej wskazówki podczas meczu NBA. No to gramy, gramy, gramy! Już!

— Co tu robisz? — spytał Cross.

— Oglądam tego tutaj — wyjaśnił Kyle.

— Nie chrzań! Czego chcesz od ciała?

To było wspaniałe. Cross nie miał pojęcia, na kogo patrzy! Jego twarz była nieskazitelna. Jeśli groziło mu jakieś niebezpieczeństwo, kryło się w uszach, a nie oczach Alexa. W końcu opłacą się długie tygodnie podsłuchiwania Maxa Siegela w Miami.

Najpierw jednak zrobił coś, czego Cross by się nie spodziewał. Odwrócił się i ukłęknął, by ponownie obejrzeć ranę wlotową.

Skórę wokół otworu pokrywał sinoczarny osad. Wraz z kulą do wnętrza czaszki dostało się trochę włosów, gdy pocisk przenikał kość. Tak sprawnie. Tak bezosobowo. Zaczynał lubić zabójcę.

— Będą potrzebne badania balistyczne — powiedział Siegel, podnosząc się. — Stawiam na kaliber siedem przecinek sześćdziesiąt dwa, oznaczenie pięćdziesiąt jeden w numeracji NATO, ale bez otuliny. Strzelec musiał odbyć wojskowe szkolenie.

— Widzę, że zapoznałeś się z aktami — odrzekł Alex tonem pozbawionym pochwały. — Fakt, moglibyśmy skorzystać z pomocy ekspertów FBI od balistyki, ale wcześniej trzeba wezwać koronera. Tymczasem musisz stąd wyjść.

Nie miał problemu z przejrzeniem Crossa. Pewnie facet liczył na to, że wybuch wściekłości utemperuje agresywnego nowego agenta FBI, bez wątpienia kolejnego przemądrzałego dupka przekonanego o przysługujących mu prawach — takiego samego jak Alex, kiedy był agentem.

— Posłuchaj — rzekł Kyle — nie zamierzam się spierać, kto zyska na tej sprawie. Za chwilę przyjedzie prokurator i sprzątnie nam wszystko sprzed nosa, nie?

— Siegel, nie mam czasu na takie gadki...

— Nie popełnij błędu. — Kyle pozwolił, aby resztki przyjaznego uśmiechu Siegela zgasły. — Mamy dwa zamachy i trzy ofiary, wszystkie w Dystrykcie Kolumbii. To przestępstwo federalne. Jeśli chcesz, możesz z nami współpracować albo spadać.

Pokazał Crossowi swoją śliczną czarodziejską legitymację prosto z drukarni.

— Jeden telefon i miejsce zabójstwa stanie się moim prywatnym klubem golfowym, detektywie. To jak będzie?

Rozdział 26

Potrzebowałem dziesięciu sekund, aby przejrzeć Maxa Siegela i uznać, że nie mam ochoty na najmniejszy kawałeczek takiego towaru.

— Posłuchaj, Siegel, nie będę udawał, że mogę cię pozbawić tej sprawy podobnie jak ty mnie — powiedziałem. — Wyrażę się jasno: to miejsce przestępstwa podlega jurysdykcji policji metropolitalnej. Kieruję wydziałem zabójstw. Jeśli chcesz pogadać z moim szefem, droga wolna. Czeka na zewnątrz. Skoro muszę ci tłumaczyć, jak szybko może ostygnąć miejsce popełnienia morderstwa, to w ogóle nie powinno cię tu być.

Nie miałem wątpliwości, że po dzisiejszym wieczorze przydzielą nam całą grupę zadaniową i pewnie skończy się na tym, że będę pracował z tym palantem z FBI. Ale teraz nie pora na jakieś durne wyścigi. Ani dla mnie, ani dla niego.

Sampson wrócił z podwórka i spojrzał na mnie, jakby chciał zapytać, co za jeden. Przedstawiłem ich sobie.

— Dyskutowaliśmy właśnie z agentem Siegelem o różnych

teoriach — stwierdziłem, aby nieco poprawić sytuację i skierować nas na właściwe tory. — Robota zabójcy wskazuje na wojskowe szkolenie.

Siegel zaczął ponownie trajkotać, choć lepszym określeniem byłoby „perorowanie".

— Wojskowi snajperzy wybierają sobie ważne cele, oficerów, a nie szeregowców — oznajmił. — Takie też są ofiary zabójcy. Facet nie wybrał prezesa banku, ale kongresmana i lobbystę, który pomaga mu go doić. Nie podatnika, który jest obdzierany przez Wuja Sama, ale poborcę podatkowego.

— Dla zwykłego człowieka to zabójca — wtrącił Sampson.

— Który otrzymał najlepsze szkolenie na świecie. — Siegel wyciągnął palec, niemal dotykając czarnego otworu znajdującego się dwa i pół centymetra nad lewym uchem Mela Dlouhy'ego. — Taka precyzja nie kłamie.

Słuchałem, niewiele się odzywając. Gość chciał wygłosić wykład i nie zależało mu na współpracy, choć muszę przyznać, że był całkiem dobry. Jeśli w pokoju znajdowały się rzeczy, których nie dostrzegłem, powinienem się ugryźć w język, żeby się o nich dowiedzieć.

Przypomniałem sobie stary magnes na lodówce Nany: JEŚLI COŚ SPIEPRZYSZ, ZRÓB PIEPRZÓWKĘ.

Rozdział 27

Ulica przed domem Dlouhy'ego wypełniała się wolno, ale jednostajnie. Po prostu cudny widok. Denny i Mitch stali na skraju tłumu, zbliżając się dokładnie tyle, ile trzeba. Po spędzeniu chałowej nocy w schronisku po pierwszym zabójstwie, Denny wykombinował sobie, że Mitchowi przyda się odrobina zachęty.

Albo ciało Mela Dlouhy'ego nadal znajdowało się w środku, albo przeszmuglowali je, kurna, tyłem. Gliniarze w garniturach i krawatach ciągle przesuwali się w oknach salonu, a za domem widać było jaskrawy potok świateł.

Mitch prawie się nie odzywał, ale Denny czuł, że jest podekscytowany. Ogrom ich misji zaczął przytłaczać tego wielkiego faceta, a raczej wielkiego dzieciaka.

— Przepraszam, panie władzo. Złapali gościa, który to zrobił? — spytał Denny jednego z gliniarzy pilnujących domu. Ot, zrobił przedstawienie dla Mitcha.

— Będzie pan musiał sprawdzić w gazecie albo telewizji, proszę pana — odparł policjant. — Szczerze mówiąc, nie wiem.

Denny odwrócił się lekko i szepnął:

— Dasz wiarę? Proszę pana! Pewnie pochodzi z dobrego domu.

Mitch spojrzał w bok i podrapał się w szczękę, żeby powstrzymać śmiech.

Gliniarz zaczął sięgać po krótkofalówkę, ale Denny zagadał ponownie.

— Przepraszam, może ma pan papierosa? — spytał, pokazując niebieską zapalniczkę Bic. Ludzie lubili, gdy bezdomny ma własny ogień. Tłuścioch sięgnął do radiowozu po paczkę cameli ligth.

— Wystarczy jeden — rzekł Denny, upewniwszy się, że nie zasłania ramieniem Mitcha. — Podzielimy się.

Gliniarz wysunął z pudełka dwa papierosy.

— W jakim oddziale służyliście?

Denny spojrzał na swoją wyblakłą wojskową kurtkę.

— Trzecia Brygada Bojowa, Czwarta Dywizja Piechoty, najlepszy oddział pełniący służbę za morzem.

— Drugi — poprawił go Mitch. — Ja służyłem w Gwardii Narodowej z New Jersey, w irackim Balad.

Prawdę mówiąc, nigdy nie nosił munduru, ale Denny tak go wyszkolił, że mógł być pozorantem. Ludzie lubili weteranów. Mundur zawsze działał na ich korzyść.

Denny wziął fajki od tłuściocha z przyjaznym skinieniem głowy i podał jedną Mitchowi.

— Na ulicy gadają, że facet może być jednym z nas. Że dobrze strzela — powiedział.

Gliniarz wskazał ręką w kierunku pochyłego podwórka przed domem.

— Słowa nie płyną zbyt obficie z tego wzgórza. Powinniście spytać reportera. Ja mam pilnować tłumu.

— W porzo, jasne. — Denny zapalił papierosa, wydmuchnął obłok dymu i się uśmiechnął. — Nie będziemy pana zadręczać. Bóg zapłać, oficerze. Dzięki za pana robotę.

Rozdział 28

Piątek po zabójstwie Dlouhy'ego był wietrznym wiosennym dniem — jednym z tych, kiedy w delikatnym powiewie można poczuć nadchodzące lato, choć pogoda nadal zmuszała do noszenia kurtki.

Kyle zapiął marynarkę, skręcając na północ w Mississippi Avenue i — by tak rzec — wtapiając się w lokalny koloryt. Peruka, makijaż i szkła kontaktowe były absolutnie niezbędne, nawet jeśli wydawały się komicznie trywialne. Od czasu operacji plastycznej twarzy inne środki kamuflażu uznawał po prostu za niegodne, jeśli nie były wręcz złem koniecznym.

Tej podupadłej okolicy nie wybrałby na spędzenie pięknego wiosennego popołudnia. Takie miejsca budziły poczucie winy w sercu białego liberała i całej Ameryki, bo nigdy nie można było zrobić wystarczająco dużo.

Nie był to jednak problem ani przedmiot troski Kyle'a.

Szedł wolno w górę ulicy, tak by się znaleźć przed domem kultury Southeast Community Center przed szesnastą trzydzieści. Podobno rozdawali tam dzieciakom darmowe bilety na mecz Washington Wizzards wraz z ostatnią broszurą *Po prostu powiedz „nie"*. Przyszli nawet najwięksi twardziele, a kiedy Kyle dotarł do solidnego budynku z cegły, wylewali się na zewnątrz podwójnymi szklanymi drzwiami.

Jego uwagę zwrócił jeden chłopak. Ominął frontowe schody i zeskoczył z niskiego murku, a później stanął, rozwinął czekoladowy baton i ruszył dalej.

Kyle szedł na tyle blisko, by zarejestrował go radar chłopaka, a jednocześnie wystarczająco daleko, by nikt ich nie usłyszał, zanim cokolwiek zacznie się dziać.

Półtorej przecznicy dalej chłopak stanął i gwałtownie się odwrócił. Nadal żuł batonik i mówił z pełnymi ustami.

— Czemu, kurna, za mną łazisz?

Był dzieciakiem, ale nic w jego brązowych oczach nie wskazywało na strach. Szyderczy uśmiech był wierną kopią wyrazu twarzy każdego niedoszłego gangstera, który włóczył się nędznymi ulicami, żeby zarobić na życie.

Uniósł krawędź przydługiego białego podkoszulka, odsłaniając owiniętą czarną skórą rękojeść noża sięgającego do połowy chudej nogi.

— Chcesz coś powiedzieć, koleś? — zapytał.

Kyle uśmiechnął się z aprobatą.

— Jesteś Bronson, nie? A może wolisz, żeby ci mówić Pop-Pop?

— A kto pyta?

Instynkt go nie mylił, był wystarczająco głupi. Bronson lekko wysunął nóż, odsłaniając stal.

Kyle odsunął się od ulicy, rozpinając marynarkę. W kaburze u boku miał niewielki pistolet Beretta. Wyciągnął go i podał chłopakowi za lufę.

Małe źrenice Bronsona się rozszerzyły, nie ze strachu, ale z nagłego zainteresowania.

— Mam dla ciebie robotę, młodzieńcze. Oczywiście, jeśli się nadasz. Chcesz zarobić pięćset dolców?

Część druga

Lisy w kurniku

Rozdział 29

W końcu nadeszły wyniki analizy balistycznej.

Wszyscy czekali na raport, więc postarałem się, żeby jego nadejście zbiegło się z telekonferencją operacyjnej grupy wywiadu. Na linii mieliśmy cały zespół z policji metropolitalnej oraz ludzi FBI, ATF i policji Kapitolu, bo niemal wszyscy zaangażowali się w tę sprawę.

Wyniki raportu mieli przedstawić Cailin Jerger z wydziału analiz kryminalnych laboratorium FBI w Quantico oraz Alison Steedman z zespołu ds. broni palnej i narzędzi.

Po krótkim wprowadzeniu oddałem im głos.

— Na podstawie fragmentów znalezionych w czaszkach trzech ofiar można rozstrzygająco stwierdzić, że posłużono się tą samą bronią — zakomunikowała grupie Jerger. Otrzymałem tę wiadomość, ale większość pozostałych usłyszała ją pierwszy raz. — Pocisk kalibru siedem sześćdziesiąt dwa może wskazywać na różne rodzaje broni, ale zważywszy na sposób działania zabójcy i odległość, z jakiej strzelano, sądzimy, że sprawca posługuje się bardzo dobrym sprzętem snajperskim. To zawęża pole wyboru do kilku rodzajów broni.

— Tu sytuacja przedstawia się nieco lepiej — dodała agentka Steedman. — Cztery z siedmiu karabinów to modele z ryglem. Z posiadanych informacji wynika, że dwie pierwsze ofiary, Vinton i Pilkey, padły na ziemię w odstępie dwóch sekund. To za szybko jak na broń z ryglem, więc pozostają trzy karabiny półautomatyczne — M dwadzieścia jeden, M dwadzieścia pięć i nowszy, M sto dziesięć, który jest prawdziwym dziełem sztuki. Nie możemy wykluczyć żadnego z nich, choć strzały oddano nocą, w różnym oświetleniu, a M sto dziesięć jest standardowo wyposażony w termiczny celownik optyczny.

— Wynika z tego, że wasz snajper jest bardzo dobrze uzbrojony — podjęła Jerger.

— Trudno dostać M sto dziesięć? — Rozpoznałem głos Jima Heekina z wywiadu FBI.

— Produkują je tylko w jednym miejscu — wyjaśniła Steedman. — W Knight's Armament Company w Titusville na Florydzie.

— Nic im ostatnio nie zginęło — wtrąciłem — ale gdy broń dotrze na pole walki, głównie do Iraku i Afganistanu, może zginąć i faktycznie ginie. Pamiątki z wojny, wiecie. Trudno wyśledzić, co się z nią stało.

— Detektywie Cross, mówi kapitan Oliverez z policji Kapitolu. Czy nie wspomniał pan w raporcie, że odciski palców znalezione w domu przy Osiemnastej Ulicy nie należą do wojskowego?

— Tak — odparłem. — Jednak broń i sposób jej użycia

mogą wskazywać, że sprawców łączą jakieś związki z armią. Prowadzi nas to do kolejnego punktu. Ślęczałem nad tym pół dnia, ale nie widziałem powodu, by to przed nimi zataić.

— Chciałbym zwrócić uwagę na pewien fakt — powiedziałem. — Nie mówcie o tym prasie, dopóki nie zdobędziemy dowodów. Wiem, że może to przypominać próbę zapanowania nad chaosem... tylu ludzi uczestniczy w dochodzeniu... ale liczę na waszą dyskrecję.

— Cokolwiek wydarzy się w Vegas, pozostanie w Vegas... — zażartował ktoś, wywołując kilka stłumionych chichotów.

— Przed chwilą rozmawialiśmy o różnych karabinach, które wymagają zespołowej obsługi — ciągnąłem. — Zwykle przez jednego snajpera i jednego obserwatora. — Usłyszałem, jak ludzie szepczą do siebie w różnych salach konferencyjnych. — Rozumiecie, do czego zmierzam? Możemy mieć ponownie do czynienia z sytuacją z dwa tysiące drugiego roku. Przypuszczalnie nie poszukujemy samotnego strzelca, ale dwuosobowego zespołu.

Rozdział 30

Kiedy wyszliśmy z Sampsonem z sali konferencyjnej, pod drzwiami czekała na nas Joyce Catalone z biura prasowego.

— Już miałam was wyciągnąć — powiedziała. — Cieszę się, że nie musiałam tego robić.

Spojrzałem na zegarek. Czwarta czterdzieści pięć. Oznaczało to, że na dole czekały przynajmniej trzy tuziny reporterów gotowych przypiec mnie za wiadomości o piątej i szóstej. Niech to szlag. Pora nakarmić bestię.

Joyce i Sampson zeszli ze mną na dół. Wybraliśmy schody, aby po drodze omówić kilka rzeczy, o których powinienem wiedzieć.

— Keisha Samuels z „Post" chce dać profil sprawcy do niedzielnego numeru.

— Nie — odpowiedziałem. — Lubię Keishę. Jest inteligentna i sprawiedliwa, ale jeszcze za wcześnie na tak głęboką analizę.

— Przyszli ludzie z CNN i MSNBC. Chcą ci dać trzydzieści minut najlepszego czasu antenowego, jeśli tylko się zgodzisz.

— Joyce, nie wystąpię w programie specjalnym, dopóki nie będziemy mogli czegoś zaprezentować. Cholernie żałuję, ale jeszcze niczego nie mamy.

— Nie ma problemu — stwierdziła — ale nie przychodź do mnie z płaczem, kiedy będziesz chciał, żeby zrobili program, a oni przejdą do innej sprawy.

Joyce od dawna pracowała w wydziale i była nieoficjalną matką serwisów śledczych.

— Nigdy nie płaczę — odparłem.

— Chyba że ci przyłożę — zauważył Sampson, wymierzając mi kuksańca w bok.

— Płaczę z powodu twojego oddechu, a nie kuksańców — rzuciłem.

Kiedy dotarliśmy na parter, Joyce stanęła, opierając dłoń na klamce.

— Beavis? Butt-Head? Jesteście gotowi?

Wspaniale wykonywała swoją robotę i byłem rad, mogąc mieć ją przy sobie w charakterze wsparcia podczas odpraw dla prasy, które potrafiły przebiegać w dość gorącej atmosferze.

Czy powiedziałem „dość"? Gwarna chmara reporterów otoczyła nas, gdy tylko stanęliśmy na frontowych schodach gmachu Daly'ego.

— Alex! Co wydarzyło się w okolicy Woodley Park?

— Detektywie Cross!

— Czy to prawda, że...

— Ludzie! — zawołała Joyce, próbując przekrzyczeć tumult. — Pozwólcie, żeby najpierw przeczytał oświadczenie! Proszę!

Szybko przedstawiłem fakty z ostatnich dwudziestu czterech godzin i powiedziałem to, co mogłem, o wynikach badań balistycznych przeprowadzonych przez analityków FBI bez wdawania się w zbędne szczegóły. Później wróciliśmy do pytań i odpowiedzi.

Pierwszy dopadł mnie reporter Channel 4. Rozpoznałem mikrofon, ale nie faceta, który wyglądał na starszego dwanaście lat ode mnie.

— Czy masz jakąś wiadomość dla snajpera, Alex? Chciałbyś mu coś przekazać?

Na schodach prawie zapanowała cisza. Wszyscy chcieli usłyszeć moją odpowiedź.

— Chcielibyśmy nawiązać kontakt z osobą stojącą za zamachami — zwróciłem się do kamer. — Wiesz, gdzie nas znaleźć.

Nie była to żadna głęboka myśl ani celna uwaga, jaką niektórzy chcieliby usłyszeć. Wszyscy uczestniczący w śledztwie umówili się, że nie będzie żadnego prowokowania, wykreślania linii na piasku lub publicznego opisywania zabójcy — albo zabójców — dopóki nie dowiemy się o nim czegoś więcej.

— Następne pytanie, James! — zawołała Joyce, aby powrócić do tematu i nadać tempo konferencji.

James Dowd był jednym z krajowych korespondentów NBC. Trzymał w ręku gruby plik notatek, który przeglądał w trakcie mówienia.

— Detektywie Cross, czy jest ziarnko prawdy w pogłoskach o niebieskim buicku skylark z nowojorskimi tablicami albo ciemnym zardzewiałym suburbanie, które parkowały w pobliżu miejsca morderstwa w Woodley Park? Czy któryś z tych pojazdów został odnaleziony i połączony z zabójcą? Od razu się wkurzyłem. Problem w tym, że Dowd był zbyt dobry.

Prawdą było również to, że miałem starego przyjaciela — Jerome'a Thurmana z pierwszego okręgu — który po cichu badał różne tropy z nocy zabójstwa Dlouhy'ego. Na razie dysponowaliśmy jedynie długą listą pojazdów odpowiadających opisowi z DMV*, ale brakowało dowodu, by któryś z nich miał jakikolwiek związek z morderstwami.

Co więcej, pragnęliśmy głęboko, żeby ta informacja pozostała w ukryciu. Najwyraźniej ktoś wypaplał to prasie, co wydawało się ironiczne po moim niedawnym kazaniu na temat dyskrecji wygłoszonym podczas konferencji naszej grupy dochodzeniowej.

Udzieliłem jedynej możliwej odpowiedzi.

— W obecnej chwili nie mogę tego skomentować.

Wszystko to przypominało wymachiwanie stekiem przed sforą dzikich psów. Dziennikarze zaczęli jeszcze gwałtowniej domagać się wyjaśnień.

— Proszę państwa! — podjęła kolejną próbę Joyce. — Po kolei! Wiecie, jak się to odbywa!

---

* Department of Motor Vehicles, amerykański odpowiednik wydziału komunikacji.

Mimo to zacząłem przegrywać. Kiedy czwarty raz z rzędu powiedziałem „bez komentarza" i otoczyłem się kamiennym murem, w końcu ktoś zmienił temat. Szkoda została już jednak wyrządzona. Jeśli któryś z tych pojazdów faktycznie należał do snajperów, dostali ostrzeżenie, a my mogliśmy stracić istotną przewagę.

Był to pierwszy ważny przeciek w śledztwie, lecz coś podpowiadało mi, że nie ostatni.

Rozdział 31

Lisa Giametti dziesiąty raz spojrzała na zegarek. Postanowiła, że zaczeka jeszcze pięć minut, a później odjedzie. To zdumiewające, że w tej branży nie myśli się o marnowaniu cudzego czasu.

Po czterech kolejnych minutach oczekiwania ciemnogranatowe bmw podjechało i zaparkowało na dwa razy przed frontem domu. Lepiej późno niż wcale. Ładny wóz.

Spojrzała w lusterko wsteczne, przesunęła dłonią po krótkich kasztanowych włosach i wysiadła, żeby przywitać klienta.

— Pan Siegel?

— Max — odpowiedział. — Przepraszam, że kazałem ci czekać. Nie jestem przyzwyczajony do miejskiego ruchu.

Jego uścisk dłoni był ciepły. Facet był wysoki, ciemny i na tyle przystojny, by mu bez trudu wybaczyła. Z jego wzroku wywnioskowała, że spodobało mu się to, co zobaczył. Interesujący gość, warto było zaczekać.

119

— Wejdź, proszę — powiedziała. — Myślę, że ci się spodoba. Tak jak mnie.

Otworzyła drzwi i puściła go przodem. Dom był przyzwoitym szeregowcem przy Drugiej Ulicy w Northeast, o nieco zawyżonej cenie jak na obecne realia rynkowe, ale dobry dla odpowiedniego najemcy.

— Od niedawna w Waszyngtonie?

— Kiedyś tu mieszkałem. Teraz wróciłem — odparł. — Nie znam nikogo w mieście.

Gadał szyfrem — niedawno się przeprowadził, jest samotny itd. Nie miał obrączki na palcu. Lisa Giametti nie była łatwą zdobyczą, ale potrafiła rozpoznać napalonego faceta, a jeśli coś miało się wydarzyć, nie byłby to pierwszy raz.

Zamknęła za nimi drzwi.

— To doskonała okolica — ciągnęła. — Po drugiej stronie ulicy stoi gmach Sądu Najwyższego. Mało głośnych przyjęć. Do tego ładne niewielkie podwórko z tyłu domu i parking od ulicy.

Przeszli przez kuchnię, skąd widać było znajdujący się na zewnątrz garaż.

— Chyba nie muszę ci mówić, jakie to wygodne.

— Nie — odparł, spoglądając gdzieś na południe od jej oczu. — Bardzo ładny wisiorek. Masz dobry gust... do mieszkań i biżuterii.

Facet nie tracił czasu, co?

— A piwnica? — zapytał.

— Co?

— Chciałbym zobaczyć piwnicę. Chyba tu jest, prawda?

Zwykle w tym momencie klient pytał, co jest na piętrze. Może nawet o sypialnię, jeśli dobrze odczytała jego intencje. Ale co tam, klient miał zawsze rację, szczególnie jeśli wyglądał jak ten.

Zostawiła teczkę na kuchennym blacie i otworzyła drzwi do piwnicy, prowadząc go po starych drewnianych schodach.

— Jest schludna i sucha. Wymieniono instalację elektryczną, a pralka i suszarka mają tylko kilka lat.

Obszedł pomieszczenie, kiwając głową z aprobatą.

— Wiele będę tu mógł zrobić. Do tego dużo prywatności.

Nagle zrobił krok ku niej, spychając ją na pralkę. Jeśli były jakieś wątpliwości, do czego zmierzał, właśnie się rozwiały. Lisa odrzuciła włosy.

— Chcesz zobaczyć piętro?

— Jasne... ale jeszcze nie teraz. Nie masz nic przeciwko temu, Liso?

— Nie, chyba nie.

Kiedy go pocałowała, sięgnął jej między nogi pod sukienkę. Nieco zbyt bezczelnie i zbyt namiętnie.

— Nie miałem nikogo od jakiegoś czasu — wyjaśnił przepraszająco.

— Widzę — odpowiedziała, przyciągając go do siebie.

Zanim podpisali papiery czekające na kuchennym blacie, Lisa Giametti dostała rżnięcie życia na dwuletniej pralce marki Maytag. Kochali się namiętnie, nieprzyzwoicie i cudownie.

Równie miła była dwunastoprocentowa prowizja.

Rozdział 32

Federalni gówno wiedzieli. Policja metropolitalna również. Każdy wiedział jedynie, że Waszyngton stał się zbyt niespokojnym i przerażającym miejscem, by można było w nim żyć. Denny pożerał nagłówki — co rano pierwszą stronę oraz artykuł dnia z piątej, szóstej i jedenastej. On i Mitch sprzedawali swoją gazetę po południu, a później szli obejrzeć wiadomości w sklepie z elektroniką Best Buy lub — jeśli mieli kilka dolców ekstra — w jednej z knajp, gdzie nikomu nie przeszkadzała para brudnych facetów siedzących przy barze.

Zawsze powtarzało się to samo: nieznany zabójca, niewiele odcisków palców i bardzo nowoczesna broń. Na kilku kanałach powielano plotki o buicku skylark z nowojorskimi tablicami i ciemnogranatowym lub czarnym zardzewiałym suburbanie, co pewnie zmartwiłoby Denny'ego, gdyby jego wóz nie był biały. Nawet naoczni świadkowie byli do niczego, jak wszystko inne w republice.

Mitch lubił cały ten szum, ale wydawał się lekko ospały, nieco mniej zaangażowany. Denny nie miał najmniejszych wątpliwości — to ich „misje" sprawiały, że był skoncentrowany. Nic innego nie działało na olbrzyma.

Po siedmiu dniach bezczynności Denny oznajmił kumplowi, że pora znowu uderzyć.

Jechali w godzinach szczytu Connecticut Avenue od strony ronda Dupont, co później okazało się niezwykle szczęśliwym zbiegiem okoliczności. Im więcej czasu potrzebowali na minięcie hotelu Mayflower, tym dłużej mogli go obserwować przez lunetę podczas pierwszego przejazdu.

— To tu? — spytał Mitch, spoglądając z fotela pasażera.

— Wieczorem przeprowadzimy pełny rekonesans — wyjaśnił Denny. — Uderzymy jutro w nocy.

— Jakiego gnojka sprzątniemy tym razem, Denny?

— Słyszałeś o Agro-Corel?

— Nie.

— A zdarzyło ci się jeść kukurydzę? Albo ziemniaki? Albo pić wodę butelkowaną? Mają udziały we wszystkim, człowieku. To cały pionowo zintegrowany konglomerat, a nasz chłoptaś siedzi na wierzchołku piramidy.

— Co zrobił?

Mitch zbierał z kolan okruszki taco i wsuwał je do ust, ale Denny wiedział, że go słucha, nawet jeśli część informacji przepływała mu przez głowę.

— Okłamał swoją firmę. Okłamał federalnych. Rozpieprzył wszystko w diabły, wcześniej wyskakując na spadochronie ze stoma milionami dolarów, a ludzie zostali nabici w butelkę —

bez pensji, bez roboty, bez niczego. Wiesz, jak to jest, prawda, Mitchie? Człowiek robi, co do niego należy, i coraz marniej mu idzie, a gość z każdym dniem staje się grubszy.

— Dlaczego nie wsadzili faceta do pudła, Denny?

Wzruszył ramionami.

— Ile kosztuje sędzia?

Mitch spoglądał przez przednią szybę, nie mówiąc ani słowa. Światło się zmieniło i pojazdy ruszyły.

— Wpakuję mu kulkę w pień mózgu.

Rozdział 33

Następnej nocy zrobili to nieco inaczej, starając się uniknąć rutyny. Denny wysadził Mitcha z dwiema torbami w alejce za gmachem Moore'a, a później zaparkował cztery przecznice dalej i wrócił pieszo. Po robocie podjedzie po niego samochodem. Mitch czekał przed budynkiem. Nie odzywali się do siebie, idąc dwunastoma rzędami schodów. Każda torba ważyła prawie trzydzieści kilogramów. W końcu nie byli na pikniku.

Z dachu słychać było odgłosy ulicznego ruchu na Connecticut Avenue. Zobaczyli ją dopiero, gdy dotarli do krawędzi.

Cała fasada budynku była zabudowana, więc od ulicy widać było jedynie wysoki na sześć metrów trójkąt z cegły zamiast typowego płaskiego dachu. Miejsce przypominało namiot do obserwacji ptaków, z doskonałym widokiem na stojący po drugiej stronie ulicy hotel Mayflower — do dziś jeden z najsławniejszych hoteli w Waszyngtonie.

Denny zlustrował okolicę przez lunetę, a Mitch przyszykował się do łatwego strzału.

Obiekt, Skip Downey, miał ściśle określone nawyki. Szczególnym upodobaniem darzył pewien hotelowy apartament, co bardzo ułatwiało robotę Mitchowi.

Zasłony były odsłonięte, a to oznaczało, że pan Downey jeszcze się nie wprowadził.

Dwadzieścia minut później on i jego „przyjaciółka" czekali już, by hotelowy boy odebrał swój dwudziestodolarowy napiwek i czmychnął z pokoju.

Oprócz wielomilionowego konta Downey miał rzadkie rude włosy zaczesane na łysinę. Najwyraźniej gustował w członkiniach Mensy. Jego dzisiejsza towarzyszka nosiła włosy upięte w kok, okulary w grubej rogowej oprawie i biznesową garsonkę nieco za krótką jak na prawdziwą bibliotekarkę.

— Łał, ale laska! Łał-łał! — Denny zanucił pornograficzny kawałek odpowiedni na taką okazję. — Dwa okna w dół, cztery dalej. Widzisz?

— Już tam jestem — odparł Mitch. Przyglądał się jej przez własną lunetę, odbezpieczając karabin. — Niezła dupa, Denny. Szkoda taką zepsuć, nie?

— Dlatego trafisz ją w bark, żeby upadła, Mitch. Najpierw pan D., później dziewczyna.

Downey przygotował dwie whisky z lodem. Wychylił własną, a następnie podszedł do okna w salonie.

— Strzelec gotów? — spytał Denny.

— Gotów — odparł Mitch.

Mężczyzna wyciągnął dłoń, by przesunąć ciężką kawową zasłonę, rozpościerając ramiona w kształt litery V.

— Wal!

Rozdział 34

Minęła dwudziesta druga trzydzieści, a ja stałem na dachu gmachu Moore'a, spoglądając w okna hotelowego apartamentu, w którym Skip Downey dołączył do małego, choć szybko rosnącego grona niedawnych ofiar snajpera.

Ostatnie morderstwo dawało w sumie magiczną cyfrę trzy. W oczach opinii publicznej nasi goście stali się seryjnymi zabójcami.

Biegnąca w dole Connecticut Avenue przypominała las ruchomych anten nadawczych, a ja z doświadczenia wiedziałem, że blogosfera za chwilę oficjalnie zajmie się od tego ogniem.

— Widzisz mnie? — spytałem przez krótkofalówkę.

Zostawiłem Sampsona w hotelowym pokoju. Stał tam, gdzie dostał Skip Downey.

— Pomachaj ręką albo coś takiego — poprosił. — Widzę. Wiesz, to całkiem dobra osłona.

Ktoś chrząknął za moimi plecami.

Odwróciłem się i ujrzałem Maxa Siegela. Wspaniale. Dokładnie ten, którego nie miałem ochoty oglądać.

— Przepraszam — powiedział. — Nie chciałem cię przestraszyć.

— Nie ma sprawy — odrzekłem, skoro już tu był i tak dalej.

— Co tu mamy? — Podszedł bliżej, aby spojrzeć z tego samego miejsca na Connecticut Avenue. — Jaka odległość? Około pięćdziesięciu metrów?

— Mniej — odpowiedziałem.

— Zatem nie starają się przewyższyć własnych dokonań, a przynajmniej nie w kategoriach odległości.

Zauważyłem, że użył liczby mnogiej. Ciekawe, czy brał udział w telekonferencji FIG, czy sam do tego doszedł.

— Podobny sposób działania — zauważyłem. — Strzały oddano z pozycji stojącej. Kaliber pasuje, no i profil ofiary.

— Zły facet z nagłówków gazet — dodał.

— Właśnie — skwitowałem. — Dużo ludzi było wkurzonych na Downeya. Cała ta sprawa pachnie sprawiedliwą zemstą.

— Chcesz wiedzieć, co sobie myślę? — zapytał Siegel, choć właściwie nie było to pytanie. — Myślę, że nadmiernie upraszczasz sprawę. Ci goście nie polują w tradycyjnym sensie tego słowa. W ich robocie nie ma niczego osobistego. Działają na zimno.

— Niezupełnie — odparłem. — Musieliby celowo pozostawić odcisk palca w miejscu pierwszego przestępstwa.

— Nawet gdyby tak było — ciągnął Siegel — nie oznacza to, że sami wszystko zaplanowali.

Miałem już dość jego ględzenia.

— Do czego zmierzasz?

— Przecież to oczywiste — odrzekł. — Ci goście to cyngle do wynajęcia. Dla kogoś pracują. Może coś się za tym kryje, ale to sprawa faceta regulującego rachunki. Tego, który chce, żeby wszyscy złoczyńcy byli martwi.

Jak zwykle przedstawił swoją opinię jako fakt, a nie hipotezę, którą należy poddać pod rozwagę. Mimo to jego teoria nie była pozbawiona podstaw. Warto się nad nią zastanowić. Punkt dla Maxa Siegela.

— Jestem nieco zaskoczony — powiedziałem uczciwie. — Przywykłem do tego, że federalni trzymają się twardych dowodów i unikają zakładania czegokolwiek.

— Cóż, jestem pełen niespodzianek — wyznał, kładąc nieproszoną dłoń na moim ramieniu. — Musicie poszerzyć swoje horyzonty, detektywie, jeśli nie macie za złe, że to mówię.

Miałem cholernie za złe, ale postanowiłem zrobić coś, do czego Siegel wydawał się niezdolny — wybrałem szlachetniejszą drogę.

Rozdział 35

Chwilę później opuściłem miejsce zbrodni w hotelu Mayflower rad, że mogę się uwolnić od towarzystwa Siegela.

Druga ofiara tej nocy, Rebecca Littleton, została odwieziona do szpitala uniwersyteckiego imienia George'a Washingtona z raną postrzałową ramienia. Z oddziału pomocy doraźnej dotarła do nas wiadomość, że był to uraz penetrujący, a nie perforacyjny. Oznaczało to, że trzeba było wyjąć kulę. Jeśli się pospieszę, może zdążę z nią porozmawiać przed operacją.

Gdy zjawiłem się na miejscu, Littleton leżała na łóżku w jednym z osłoniętych niebieskimi zasłonami boksów na pomocy doraźnej. Pas przepuklinowy na jej barku był zabarwiony ciemnym płynem antyseptycznym, a podawane dożylnie środki przeciwbólowe z pewnością nie poprawiały jej stanu psychicznego. Była blada jak trup i przerażona jak cholera.

— Rebecca? Detektyw Cross z policji metropolitalnej — powiedziałem. — Muszę z tobą pomówić.

— Czy jestem o coś oskarżona?

Nie sadzę, żeby miała więcej niż osiemnaście lub dziewiętnaście lat. Ledwie legalne. Mówiła cienkim, drżącym głosem.

— Nie — zapewniłem ją. — Nic podobnego. Chcę ci jedynie zadać kilka pytań. Postaram się, żeby poszło szybko i bezboleśnie.

Prawda była taka, że nawet gdyby podejrzewano nagabywanie do nierządu, nie było żadnych świadków z wyjątkiem mężczyzny, który ją postrzelił.

— Zauważyłaś coś, co mogłoby wskazywać sprawcę? Kogoś za oknem? Może coś zwróciło twoją uwagę w hotelu?

— Nie sadzę... niewiele pamiętam. Pan Downey zaczął zaciągać zasłony, a później... runęłam na podłogę. Nie wiem nawet, co się potem stało... albo przedtem.

Mimo to dowlekła się do stolika i wezwała pomoc. Dramatyczny incydent przypuszczalnie powróci we fragmentach, ale nie chciałem na nią naciskać.

— Spotkałaś się z panem Downeyem pierwszy raz? — zapytałem.

— Nie, widywaliśmy się regularnie.

— Zawsze w hotelu Mayflower?

Skinęła głową.

— Lubił ten apartament. Zawsze chodziliśmy do tego pokoju.

W boksie pojawiła się pielęgniarka w różowym fartuchu.

— Rebecca, kochanie? Czekają na ciebie na górze.

Zasłony się rozsunęły i do środka weszło kilku ludzi. Jeden z rezydentów zaczął odblokowywać koła.

— Jeszcze jedno pytanie — poprosiłem. — Jak długo byliście w pokoju, zanim to się stało?

Rebecca zamknęła oczy i pomyślała chwilę.

— Pięć minut? Dopiero co weszliśmy. Detektywie... jestem w college'u. Moi rodzice...

— Nie zostaniesz o nic oskarżona, ale twoje nazwisko pewnie znajdzie się w prasie. Powinnaś zadzwonić do rodziców, Rebecco.

Ruszyłem obok łóżka toczonego korytarzem w kierunku wind. Pomyślałem, że nie ma przy sobie rodziny ani przyjaciół, i żałowałem, że musi przechodzić to sama.

— Posłuchaj — powiedziałem. — Miałem podobny zabieg. Kula trafiła mnie w bark. Wiem, jakie to przerażające. Nic ci nie będzie, Rebecco.

— W porządku — odparła, choć nie sądzę, by mi uwierzyła. Nadal wyglądała na przerażoną.

— Zajrzę do ciebie później — dodałem, zanim drzwi windy się zamknęły.

Rozdział 36

Popędziłem do samochodu i zacząłem gorączkowo notować, opierając kartki na kierownicy i próbując uchwycić wszystkie myśli, które przychodziły mi do głowy.

Rebecca powiedziała, że ona i Downey byli w pokoju bardzo krótko. Oznaczało to, że snajperzy zaczaili się i na nich czekali. Dokładnie wiedzieli, kiedy i gdzie powinni się znajdować, tak jak wiedzieli, że Vinton i Pilkey zjawią się przed restauracją albo że sąsiedzi Mela Dlouhy'ego wyjadą z miasta, kiedy przyjdą go zamordować.

Ten, kto się za tym krył, doskonale znał przyzwyczajenia ofiar, zachowanie osób wokół nich, a nawet najbardziej prywatne szczegóły ich skądinąd publicznego życia. Pomyślałem, że takie działania wywiadowcze wymagają czasu, ludzi, umiejętności i przypuszczalnie pieniędzy.

Pomyślałem o tym, co Siegel powiedział mi na dachu gmachu Moore'a ostatniego wieczoru. To cyngle do wynajęcia. Nie wykluczałem tego wcześniej, ale teraz byłem gotów rozważyć jego hipotezę. Nie podobało mi się jedynie, że to Siegel mnie do tego skłonił. Zwykle nie jestem taki, ale facet źle na mnie działał. Za zabójstwami krył się jakiś konkretny, wyraźnie określony cel. Gdyby strzelec chciał sprzątnąć Rebeccę, z pewnością już by nie żyła. Tylko że dziewczyna nie pasowała do profilu. Jej jedynym przestępstwem było to, że znalazła się w niewłaściwym miejscu o niewłaściwym czasie. W przeciwieństwie do pozostałych. Zgodnie z regułami gry Rebecca nie zasłużyła na to, by umrzeć, czego nie można było powiedzieć o Skipie Downeyu i pozostałych „złoczyńcach" z Waszyngtonu.

Kto prowadził tę grę? Kto ustanawiał jej reguły? I dokąd to wszystko zmierzało?

Nadal nie mogłem wykluczyć możliwości, że snajperzy działali sami. Mimo to pewnie uległem paranoi albo byłem na tyle doświadczony, by do głowy przyszły mi bardziej przerażające alternatywy.

Czy za zabójstwami mógł się kryć ktoś z rządu? Z jakiejś agencji krajowej? Albo międzynarodowej?

A może za zamachami stała mafia? Wojsko? Albo ustosunkowany człowiek z głębokimi kieszeniami i poważnym powodem do narzekań?

W każdym razie najważniejsze pytania nadal pozostawały bez odpowiedzi. Kto będzie następny? I jak, u licha, mieliśmy zapewnić ochronę każdy znanej kanalii w Waszyngtonie? Zadanie to wydawało się po prostu niewykonalne.

Jeśli nie dopisze nam szczęście, zanim to się skończy, zginą następni. Przypuszczalnie ludzie, których wielu chciałoby widzieć martwymi. Na tym polegało piękno tej upiornej gry.

Rozdział 37

Następny dzień okazał się przełomem dla mnie i Nany. Odkąd wynająłem ochronę, nasze stosunki uległy ochłodzeniu, ale kiedy wróciłem, okazało się, że robi śniadanie dla Rakeema i chłopaków, więc wiedziałem, że przynajmniej częściowo mięliśmy kryzys za sobą.

— Tu jesteś, Alex. Znakomicie. Zanieś na dwór te talerze — poleciła, jakbym codziennie zajmował się serwowaniem śniadania. — Zasuwaj, póki gorące!

Kiedy wróciłem, czekał na mnie własny talerz — jajecznica z linguiça*, pszenny tost, sok pomarańczowy i gorąca kawa Nany z cykorią w moim starym ulubionym kubku z napisem „Tata numer jeden", wyszczerbionym w miejscu, którym Ali grzmotnął o ścianę.

Nana odżywiała się ostatnio zdrowiej — kilka kawałków grejpfruta, tost posmarowany niesolonym masłem, herbata

---

* Portugalska kiełbasa wieprzowa.

i połowa kiełbaski, bo lubiła powtarzać, że istnieje cienka granica oddzielająca mądre odżywianie i długie życie od zanudzenia się na śmierć.

— Słuchaj, Alex, chcę ogłosić rozejm — oznajmiła, siadając w końcu naprzeciw mnie.

— Za rozejm — odparłem, unosząc szklankę z sokiem. — Przyjmuję twoje warunki, jakiekolwiek by były.

— Muszę z tobą pomówić.

Nie mogłem powstrzymać śmiechu.

— To najkrótsze zawieszenie broni, o jakim słyszałem. Jesteśmy na Bliskim Wschodzie?

— Uspokój się. Chodzi o Bree.

O ile wiedziałem, Bree była najlepsza, jak kromka chleba, Barack Obama i odręczne listy w książce Nany. Czyżby było aż tak kiepsko?

— Słuchaj, byłbyś głupcem, gdybyś pozwolił, żeby ta dziewczyna wyślizgnęła ci się z rąk — zaczęła.

— Racja — przytaknąłem. — Jeśli można, chciałbym zwrócić uwagę wysokiego sądu na piękny pierścionek z diamentem na lewej dłoni panny Stone.

Nana machnęła widelcem na taki argument.

— Pierścionek można zdjąć równie łatwo, jak się go założyło. Mam nadzieję, że nie będziesz miał mi tego za złe, ale twoje relacje z kobietami nie należą do najlepszych.

Zabolało. Mimo to nie mogłem zaprzeczyć. Z jakiegoś powodu od czasu zamordowania mojej żony Marii wiele lat temu nie potrafiłem stworzyć stabilnego związku.

Przynajmniej do czasu pojawienia się Bree.

— Jeśli poprawi ci to humor — odrzekłem — zawiozłem Bree do kościoła Niepokalanego Poczęcia i ponownie spytałem, czy za mnie wyjdzie, w obecności Boga i całego stworzenia.

— Jak zareagowała? — spytała ze śmiertelnie poważną miną.

— Powiedziała, że będziemy musieli wrócić do tego tematu. A teraz całkiem serio, czemu o to pytasz? Czy dałem ci jakiś powód, żebyś w nas zwątpiła?

Zabrała się do swojej połowy kiełbaski i uniosła palec, dając znak, abym poczekał, aż z czułością, niemal nabożnie spożyje cylindryczny kształt. Później spojrzała na mnie, jakby miała zamiar rozpocząć zupełnie nową rozmowę, i powiedziała:

— Wiesz, że w tym roku kończę dziewięćdziesiąt lat?

Uśmiechnęła się — sądzę, że miała na karku dziewięćdziesiąt dwa lata — ale jej słowa mnie ostudziły.

— Coś przede mną ukrywasz?

— Nie, skądże — zapewniła. — Jestem jak deszcz. Nie mogę być lepsza. Wybiegam tylko myślami naprzód. To wszystko. Nikt nie żyje wiecznie, a przynajmniej nikt z tych, których znam.

— Cóż, widać myślę w nieco krótszej perspektywie. Nawiasem mówiąc, nie jesteś częścią samochodową. Jesteś w stu procentach niezastąpiona.

— Pewnie! — Położyła rękę na mojej dłoni. — A ty jesteś silnym, zdolnym i wspaniałym ojcem, ale nie możesz wychowywać dzieci sam, Alex. Nie możesz tego robić tak, jak spędzasz drugą połowę swojego życia.

— Może i tak, ale nie dlatego chcę poślubić Bree — powiedziałem. — To nie jest wystarczający powód.

— Cóż, przychodzą mi do głowy gorsze. Tylko nie zmarnuj okazji — ostrzegła i mrugnęła okiem, bym wiedział, że żartuje. A właściwie, że mówi pół żartem, pół serio.

Rozdział 38

Przyjechałem do szpitala Świętego Antoniego uradowany tym, jak zaczął się nowy dzień. Moja rozmowa z Naną była nieco trudna, ale produktywna. Czułem, że ponownie gramy w tej samej drużynie. Może był to znak, że wszystko ponownie zmierza w dobrą stronę.

A może nie?

W korytarzu czekała na mnie Lorraine Solie, opiekunka społeczna Bronsona Jamesa. Zamarłem, widząc jej czerwone podpuchnięte oczy.

— Co się stało, Lorraine?

Zaczęła mi tłumaczyć, by po chwili pogrążyć się we łzach. Lorraine była wysoka i bardzo szczupła, ale widziałem, jak sobie radzi z prawdziwymi twardzielami. Łzy mogły jedynie oznaczać, że stało się najgorsze.

Wprowadziłem ją do gabinetu i posadziłem na winylowej kanapce, na której Bronson zwykle przysiadywał podczas swoich wizyt.

— Czy on nie żyje, Lorraine? — spytałem w końcu.

— Nie — odparła, wycierając oczy. — Został postrzelony, Alex. Leży w szpitalu z kulką w głowie. Lekarze nie wiedzą, czy odzyska przytomność.

Zamurowało mnie. Nie powinno, ale zamurowało. Starałem się o tym nie myśleć jak o nieuniknionym końcu Bronsona. Właśnie dlatego próbowałem ze wszystkich sił mu pomóc, ale zawiodłem.

— Opowiedz — poprosiłem. — Opowiedz mi wszystko.

Lorraine z trudem wydukała resztę. Wyglądało na to, że Pop-Pop podjął nieudaną próbę napadu na sklep z alkoholem w Congress Heights. Na lokal o nazwie Cross Country Liquors, dodała. „Cross" wydawało się podejrzanym zbiegiem okoliczności, ale nie zwróciłem na to większej uwagi. Myślałem o Bronsonie i o czymś jeszcze.

O ile wiedziałem, był to pierwszy napad z bronią w ręku w jego karierze. Wparował z gnatem do sklepu, ale właściciel też miał broń, co nie było niespodzianką. Policja metropolitalna znała Congress Heights jako rejon, w którym dochodziło do brutalnych przestępstw z użyciem broni palnej. Problem brał się między innymi z tego, że zmęczeni mieszkańcy zaczęli odpowiadać agresją — na ulicy, w domu, w miejscu pracy.

Wywiązała się sprzeczka. Bronson strzelił pierwszy i chybił. Sklepikarz odpowiedział ogniem i trafił Bronsona w tył głowy. Pop-Pop miał szczęście, że przeżył, jeśli w ogóle można to tak nazwać.

— Gdzie leży, Lorraine? Muszę go zobaczyć.

— W Howard, ale nie wiem, gdzie go ostatecznie umieszczą.

System opieki nad sierotami podlega ciągłym zmianom, sam wiesz. To istny bałagan.

— A broń? Wiadomo, skąd wziął broń?

— Zgadnij — odrzekła z goryczą. — Alex, on nie miał żadnych szans.

Faktycznie, to prawda. Gdybym miał zgadywać, powiedziałbym, że był to obrzęd inicjacji związany z przyjęciem do gangu, ale ten, kto go tam posłał, doskonale wiedział, jaką ma szansę. Tak to działało. Jeśli się uda, to go przyjmą, a jeśli nie, i tak nie będzie z niego żadnego pożytku.

Niech to szlag, czasami nienawidziłem tego miasta. A może za bardzo lubiłem Waszyngton, żeby znieść to, co się z nim stało.

Rozdział 39

Denny stał na skraju Waterfront Park w Georgetown, obserwując okolicę przez lunetę, a Mitch przestępował z nogi na nogę, dopijając dużą butelkę mountain dew.

— Co tu robimy, Denny? Wiesz, nie żeby mi się nie podobało, ale...

— To fragment większego obrazu, stary. Miej na oku wszystkich surfujących w necie.

Cała okolica od Key Bridge do Thompson Boat Center roiła się od turystów, miejscowych i studentów, korzystających z wiosennej pogody, zanim zrobi się naprawdę parno. Część z nich pochylała się nad laptopami, a niektórzy bez wątpienia mieli bezprzewodowe łącze satelitarne.

Mitch i Denny mogli upiec dwie pieczenie na jednym ogniu: sprzedawać swoje gazety, a jednocześnie rozglądać się za odpowiednim celem.

Po upływie pół godziny debile z jakiegoś studenckiego bractwa, których obserwował Denny, wstali od swoich gratów, żeby zagrać na trawniku w ultimate frisbee. Denny siedzący w pobliżu na trawie skinął Mitchowi, który przycupnął na ogrodzeniu nad rzeką.

Kiedy grający odsunęli się od Denny'ego na maksymalną odległość, dał Mitchowi kolejny sygnał — podrapał się w głowę. A wtedy Mitch zaczął swój obłąkańczy taniec. Wrzasnął z całych sił i zamachał rękami. Uchwycił się ogrodzenia i zaczął nim trząść jak wariat w klatce. Wszyscy obserwowali go przez trzydzieści sekund.

Denny zabrał się szybko do roboty. Podwędził laptop jednemu ze studentów — śliczny mały macbook air — wsunął go między plik gazet, wstał i odszedł. Kilka sekund później ruszył najkrótszą drogą do wyjścia.

Kiedy przechodził pod autostradą Whitehursta, nadal słychać było wrzaski Mitcha, który wygłupiał się znacznie dłużej niż potrzeba. Nic się nie stało — później obaj będą się z tego śmiali, a przynajmniej ten olbrzym. Jezu, jak on lubił się śmiać.

Suburban stał w połowie wzgórza przy bocznej uliczce niedaleko Chesapeake i Ohio Canal. Denny wsiadł, włączył komputer i przystąpił do pracy.

Dziesięć minut później wysiadł z wozu kierowany jedną myślą.

Obszedł przecznicę, zmierzając do chybotliwych drewnianych schodów prowadzących do starego kanału, ponad siedem metrów poniżej poziomu ulicy. Jego kroki zachrzęściły na wysypanej żwirem ścieżce biegnącej wzdłuż kanału, popularnej wśród biegaczy. Wystarczyło jednak wypalić połowę papierosa, aby znaleźć chwilę prywatności.

Pochylił się i dyskretnie wsunął laptop do słonawej wody. Komputer szybko poszedł na dno, by na zawsze tam pozostać. Prawie za łatwo mu poszło.

Misja została wykonana, pomyślał, uśmiechając się do siebie i ruszając schodami na górę, by znaleźć tego wariata Mitcha.

Rozdział 40

Tego popołudnia w biurze „True Press" panował istny chaos, ale nie większy niż w każdy inny dzień, gdy mijał termin złożenia numeru do druku. Ostateczna wersja miała trafić do drukarni o siódmej. Jeszcze nie zrobiono korekty, a czas płynął nieubłaganie.

Colleen Brophy potarła oczy, próbując się skoncentrować na artykule dnia. Od dwóch lat pracowała jako redaktorka pisma i nadal kochała tę robotę, choć była poddawana nieprzerwanej presji. Jeśli gazeta nie ukaże się o czasie, osiemdziesięciu bezdomnych nie będzie miało czego sprzedawać, a wtedy człowiek musi zacząć wybierać między śniadaniem, lunchem i kolacją.

Kiedy jeden ze stażystów, Brent Forster, któryś raz z rzędu przerwał jej tok myślenia, potrzebowała całej siły woli, żeby nie odgryź mu głowy i nie pożreć na miejscu.

— Słuchaj, Coll. Chcesz rzucić na to okiem? To naprawdę interesujące. Coll?

— Jeśli coś się nie pali, sam się tym zajmij — prychnęła na chłoptasia z college'u.

— Chyba się pali — odparował.

Musiała się tylko lekko odwrócić, żeby spojrzeć mu przez ramię — ot, jedna z korzyści pracy w ciasnym biurze.

Na jego ekranie wyświetliła się wiadomość. Nadawcą był jayson.wexler@georgetown.edu, a w temacie napisano „Lisy w kurniku".

— Nie mam czasu na czytanie spamów, Brent. Ani teraz, ani nigdy. O co chodzi?

Młody stażysta odwrócił się w fotelu.

— Sama przeczytaj.

Rozdział 41

Do mieszkańców Waszyngtonu

W kurniku są lisy. Przychodzą nocą, kiedy nikt nie widzi, i zabierają, co do nich nie należy. Obrastają tłuszczem, chociaż wielu głoduje, choruje, a nawet umiera.

Można się z nimi rozprawić tylko w jeden sposób. Nie można z nimi negocjować ani próbować ich zrozumieć. Trzeba zaczekać w ukryciu, aż przyjdą, i wpakować im kulkę w łeb. Badania dowodzą, że martwe lisy są w stu procentach nieszkodliwe, ha-ha.

Vinton, Pilkey, Dlouhy, Downey to dopiero początek. Tam, skąd pochodzą, jest ich znacznie więcej. W naszym rządzie, mediach, szkołach, kościołach, wojsku i policji oraz na Wall Street, by wymienić tylko niektóre. Czy można temu zaprzeczyć?

Posłuchajcie, wszystkie lisy w mieście. Idziemy po was. Wytropimy was i zabijemy, zanim zdążycie wy-

rządzić więcej szkody. Zmieńcie swoje postępowanie,
bo słono zapłacicie.

Niech Bóg błogosławi Stanom Zjednoczonym Ameryki!

Patriota

Colleen odepchnęła się od komputera.

— Patriota? Czy to się dzieje naprawdę?

— Powinnaś spytać, czy to zabawne — odrzekł chłopak
z college'u, otwierając kolejnego maila. — Nie sądzę.
Spójrz na to.

PS do True Press — możecie powiedzieć policji, że
to nie żarty. Zostawiliśmy odcisk palca na posągu lwa
z pomnika poległych stróżów prawa przy D Street.
Pasuje do tego, który znaleźli wcześniej.

Colleen obróciła się do własnego biurka.

— Chcesz, żebym zadzwonił na policję? — zapytał stażysta.

— Nie, sama to zrobię. Ty zadzwoń do drukarni. Powiedz
im, że będziemy mieli jeden lub dwa dni opóźnienia. Tym
razem wydrukujemy dwadzieścia tysięcy egzemplarzy i kolejny
tysiąc, by nadrobić straty z poprzedniego tygodnia.

— Dwadzieścia tysięcy?

— Tak. Jeśli któryś ze sprzedawców zapyta, powiedz, że
warto będzie poczekać — dodała, uśmiechając się pierwszy
raz tego dnia. — W tym tygodniu wszyscy najedzą się do syta.

Rozdział 42

Kiedy dowiedzieliśmy się o e-mailach przesłanych do redakcji „True Press", natychmiast zadzwoniłem do mojej starej znajomej Anjali Patel z grupy do spraw przestępstw w cyberprzestrzeni. Anjali i ja pracowaliśmy razem nad sprawą DCAK*, więc wiedziałem, że doskonale radzi sobie z presją. Później Anjali i ja odwiedziliśmy biuro gazety działające w pomieszczeniu kościoła przy E Street.

— Nie możecie nam zabronić wydrukowania tego materiału! Była to pierwsza rzecz, którą oznajmiła Colleen Brophy, kiedy się przedstawiliśmy. Pani Brophy, redaktorka pisma, nie przestawała walić w klawiaturę, gdy staliśmy w pokoju, a trzej inni pracownicy tkwili ściśnięci między nami w ciasnej przestrzeni.

— Kto pierwszy przeczytał e-maile? — spytałem zebranych w pokoju.

---

* Washington DC Audience Killer, psychopatyczny zabójca z Waszyngtonu inscenizujący swoje morderstwa i prezentujący je publiczności, bohater książki Pattersona *Double Cross*.

— Ja. — Niechlujny student podniósł rękę. Na jego koszulce widniał napis: POKÓJ, SPRAWIEDLIWOŚĆ I PIWO. — Jestem Brent Forster — wyjaśnił.

— Brent, poznaj agentkę Patel. Od dziś będzie twoją najlepszą przyjaciółką — powiedziałem. — Rzuci sobie okiem na twój komputer. W tej chwili.

Wystarczająco długo pracowałem z Patel, aby wiedzieć, że sobie poradzi.

— Pani Brophy? — spytałem, otwierając drzwi na korytarz. — Czy moglibyśmy porozmawiać na zewnątrz?

Wstała z ociąganiem, zabierając z biurka paczkę papierosów. Poszedłem za nią na koniec korytarza, gdzie otworzyła okno i zapaliła.

— Możemy to szybko załatwić? Mam dziś mnóstwo roboty — zaczęła.

— Jasne — odparłem. — Wiem, że ma pani sensacyjny materiał, ale będę potrzebował odrobiny pomocy z pani strony. Chodzi o morderstwo.

— Oczywiście — stwierdziła, jakby przed chwilą nie potraktowała nas jak niechcianą opryszczkę.

Wielu bezdomnych, a także ich orędowników z reguły widzi w policji przeszkodę zamiast sprzymierzeńca. Przyjąłem to z przykrością do wiadomości.

— Mam niewiele do powiedzenia — wyjaśniła. — Otrzymaliśmy e-maile kilka godzin temu. Jeśli założyć, że nie pochodzą od tego dzieciaka Wexlera, nie mam pojęcia, kto je przesłał.

— Rozumiem — odrzekłem — ale ten, kto to uczynił,

wyświadczył pani gazecie ogromną przysługę, prawda? Może zauważyła pani jakiś związek?

— Trudno odmówić racji autorowi, nie sądzi pan?

Babka przypominała mojego kumpla z FBI Neda Mahoneya, bo mówiła z szybkością karabinu maszynowego i żywo gestykulowała rękami. Nie widziałem też, by ktoś palił tak szybko jak Brophy. Nawet Ned.

— Mam nadzieję, że nie przedstawi ich pani jako bohaterów — powiedziałem.

— Proszę o odrobinę zaufania — rzuciła. — Skończyłam dziennikarstwo na Columbia University. Poza tym nie trzeba ich przedstawiać. Są sławni i uważani za bohaterów przez każdego, kto ma dość odwagi, by to przyznać.

Poczułem, że puls mi przyspieszył.

— Jestem zaskoczony pani słowami. Nie żyje czterech ludzi. Ci chuligani nie są żadnymi bohaterami.

— Czy wie pan, ilu ludzi ginie co roku z zimna na ulicach? — zapytała. — Albo dlatego, że nie mogą sobie pozwolić na wykupienie lekarstw, nie wspominając o wizycie u lekarza? Pańskie ofiary mogły poprawić życie wielu ludziom, zamiast je pogorszyć, detektywie. Jednak nie zrobili tego. Zabiegali o własny interes. Kropka. Nie jestem zwolenniczką sprawiedliwości opartej na zemście, ale lubię poezję... a ta historia jest nieco poetycka, nie sądzi pan?

Może i przyjęła defensywną postawę, ale zdecydowanie nie była głupia. Ta sprawa mogła się łatwo przerodzić w PR-owy koszmar z przyczyn, które przed chwilą wyłuskała. Nie przyszedłem tu jednak, żeby z nią dyskutować. Miałem własny cel.

— Będę potrzebował listy wszystkich osób, które zajmują się dystrybucją waszego pisma, a także reklamodawców, darczyńców i pracowników — oznajmiłem.

— Nie zrobię tego — odrzekła z miejsca.

— Obawiam się, że pani zrobi. Możemy poczekać, aż prokurator przygotuje pisemne oświadczenie, sędzia wyda nakaz sądowy, a funkcjonariusz dostarczy go do redakcji. Z drugiej strony może się mnie pani pozbyć w ciągu pięciu minut. Czy to pani wspomniała o pracowitym dniu?

Rzuciła mi gniewne spojrzenie, wydychając przez okno ostatni kłąb dymu i gasząc peta podeszwą.

— Większość tych ludzi nie ma stałego adresu — powiedziała. — Wątpię, czy wszystkich pan odnajdzie.

Wzruszyłem ramionami.

— Tym bardziej powinienem jak najszybciej zacząć.

Rozdział 43

Kiedy piętnaście minut później wyszedłem na kościelny dziedziniec, ujrzałem na ulicy sznur telewizyjnych wozów transmisyjnych i Maxa Siegela odwróconego do mnie plecami. Rozmawiał z kilkunastoma reporterami, blokując chodnik i gadając jak najęty.

— Nasza komórka zajmująca się przestępstwami w cyberprzestrzeni bada każdy możliwy ślad — mówił, gdy się zbliżyłem — ale wszystko wskazuje, że wiadomość nadano ze skradzionego laptopa.

— Przepraszam, agencie Siegel? — Odwrócił się, a z nim reporterzy, celując we mnie kamerami i mikrofonami. — Moglibyśmy zamienić słówko?

Siegel uśmiechnął się od ucha do ucha.

— Oczywiście — przytaknął. — Państwo wybaczą.

Wróciłem na kościelny dziedziniec i zaczekałem na niego. Mieliśmy tam odrobinę więcej prywatności.

— Co się stało, Cross? — zapytał, zbliżając się w moją stronę.

Odwróciłem się plecami do reporterów i ściszyłem głos.

— Powinieneś zwracać większą uwagę na to, z kim rozmawiasz.

— Co to znaczy? — spytał. — Nie bardzo rozumiem.

— To znaczy, że znam Waszyngton lepiej od ciebie. Znam połowę ludzi na tym chodniku. Widzisz Stu Collinsa? Facet chce być następnym Woodwardem i Bernsteinem. Ma wszystko prócz talentu. Będzie przekręcał twoje słowa. A Shelly Jak-Jej-Tam, z tym wielkim czerwonym mikrofonem? Atakuje FBI, kiedy tylko ma okazję. Mamy już jeden niechciany przeciek. Nie chcę ryzykować kolejnego, a ty?

Spojrzał na mnie, jakbym gadał w suahili. Wtedy przyszło mi do głowy coś innego.

— Jezu, chyba nie wygadałeś reporterom o samochodach parkujących w okolicy Woodley Park? — Rzuciłem mu gniewne spojrzenie. — Powiedz mi, że się mylę, Siegel.

— Mylisz się — odparował natychmiast. Zrobił krok w moją stronę i zniżył głos. — Nie oskarżaj mnie o rzeczy, o których nie masz zielonego pojęcia, detektywie. Ostrzegam cię...

— Zamknij się, do diabła! — krzyknąłem ostrzegawczo, widząc, że się stawia. Miałem dość tych pierdół na jeden dzień.

Natychmiast jednak pożałowałem, że wrzasnąłem. Gromada reporterów przyglądała się nam z chodnika. Wziąłem oddech i spróbowałem ponownie:

— Posłuchaj, Max...

— Zaufaj mi choć trochę, Alex — powiedział, cofając się, by zwiększyć dzielący nas dystans. — Nie mam mleka pod nosem. Zapamiętam twoje słowa, ale pozwól mi wykonywać swoją robotę jak ja tobie.

Nawet się uśmiechnął i wyciągnął dłoń, jakby starał się załagodzić sytuację, zamiast mną manipulować. Wszyscy na nas patrzyli, więc wyciągnąłem rękę i wymieniłem uścisk, ale odniosłem wrażenie, że Siegel nie zmienił ani trochę swojej postawy. Ten agent miał potężne ego, a ja nie mogłem zrobić nic więcej, aby wziąć go w cugle.

— Bądź ostrożny — powiedziałem.

— Zawsze staram się być ostrożny — odparł. — Ostrożny to moje drugie imię.

Rozdział 44

— Widzisz tego gościa, Mitch? Tego wysokiego brata gadającego z facetem w garniturze?

— Tego, który wygląda jak Muhammad Ali?

— To gliniarz, Alex Cross. Ten drugi jest pewnie z FBI. Para wieprzy z różnych farm.

— Nie sprawiają wrażenia zbyt szczęśliwych — zauważył Mitch.

— Bo szukają czegoś, czego nigdy nie znajdą. Jesteśmy w cyrku, brachu. Tylko ty i ja. Nikt nie wyrządzi nam krzywdy.

Mitch zachichotał, nie mogąc się powstrzymać.

— Kiedy zaatakujemy ponownie, Denny?

— Przecież patrzysz na cel. Trzeba rozgłosić dobre słowo, sprawić, żeby ludzie byli po naszej stronie. A później łup! Zaskoczymy ich, kiedy przyjdzie właściwa pora. O to nam chodziło z tymi e-mailami. Żeby słowo się rozniosło.

Mitch skinął głową, jakby zrozumiał, ale nie próbował ukryć rozczarowania. Nie na takiej misji mu zależało.

— Nie martw się — powiedział Denny. — Zanim się obejrzysz, znowu będziesz w siodle. Chodź. Zaufaj mi, tym razem będzie super.

Ciężarówka z drukarni zatrzymała się obok wejścia do kościoła. Rozeszła się plotka, że nowy sensacyjny numer ma starczyć na kilka dni, więc rzucili trochę papieru zaoszczędzonego z ostatniego tygodnia, by pomóc ludziom przetrwać. Każdy, kto pomagał rozładowywać ciężarówkę, otrzymywał dodatkowo trzydzieści darmowych egzemplarzy. Dla dwóch oznaczało to sześćdziesiąt dolców, a za sześćdziesiąt można było przeżyć sporo czasu, jeśli się chciało.

Kiedy doszli do ciężarówki, z kościelnego podwórka doleciał gniewny głos.

— Zamknij się, do diabła! — Rozpoznali Alexa Crossa.

— Ho-ho! — powiedział Denny. — Jakieś kłopoty w raju.

— Chyba w świńskim ryju — poprawił go Mitch i tym razem to Denny zachichotał.

Rozdział 45

Ustawili kramik niedaleko placu budowy przy rondzie Logana i do zmierzchu napełnili kieszenie jednodolarowymi monetami i drobnymi.

Za dodatkowy grosz kupili dwa duże steki serowe, trzy czwarte litra jima beama, po paczce papierosów i parę skrętów od znajomego gościa z Farragut Square. Na dodatek zafundowali sobie nocleg w tanim motelu przy Rhode Island Avenue.

Denny przyniósł z samochodu duży stary radiomagnetofon. Nie miał baterii, ale mogli podłączyć go w pokoju i wzbogacić swoje małe świętowanie muzyką.

Cudownie było dla odmiany wyciągnąć się na prawdziwym materacu, popijać gorzałę i nie martwić się, że za chwilę zgaszą światło albo że w środku nocy ktoś ci zwędzi cały dobytek.

Kiedy z głośnika doleciała muzyka Lynyrd Skynyrd, Denny nastawił uszu. Tyle lat. Mitch pewnie nie znał tego zespołu.

— Bo jestem wolny jak ptak...

— Słyszałeś to, Mitchie? Posłuchaj słów. Niezły kawałek.

— O czym on śpiewa, Denny?

— O wolności, człowieku. O tym, co nas różni od tych oszustów, których sprzątnęliśmy

— Myślisz, że tacy są wolni? Jakim cudem? Nie ma mowy. Nie wytrą pieprzonego nosa, jeśli wcześniej nie skonsultują się z jakąś radą dupków. To żadna wolność. Mają pieprzony łańcuch na szyi.

— I tarczę wymalowaną na dupie!

Mitch zaczął chichotać jak mały dzieciak. Definitywnie trawka zaczęła działać. Jego oczy wyglądały jak para różowych szklanych kulek, bo wydoił lwią część jima beama.

— Masz, napij się — powiedział Denny, podsuwając mu butelkę. Później położył się i słuchał chwilę Lynyrd Skynyrd, licząc pęknięcia na suficie, aż Mitch zaczął chrapać.

— Mitchie? — spytał.

Nie usłyszał odpowiedzi. Wstał i trącił go w ramię.

— Odpłynąłeś, przyjacielu? Na to mi wygląda i tak też słychać.

Mitch przewrócił się na bok, nieco głośniej chrapiąc.

— W porządku. Denny musi załatwić parę spraw. Śpij dobrze, brachu.

Wsunął stopy w czarne motocyklowe buciory, sięgnął po klucz i kilka sekund później już go nie było.

Rozdział 46

Denny szedł szybkim krokiem w dół Jedenastej Ulicy, przekraczając M Avenue i zmierzając do ronda Thomasa. Wspaniale było przejść się samemu bez Mitcha na karku. Dzieciak potrafił być zabawny, ale bywał sporym ciężarem.

Za hotelem Washington Plaza na stosunkowo spokojnej Vermont Avenue pod kwitnącą dziką jabłonią zaparkował czarnego lincolna town car.

Denny przeszedł na drugą stronę ulicy, minął N Avenue, a następnie zawrócił. Podszedł do wozu, otworzył tylne drzwi i wsiadł do środka.

— Jesteś spóźniony. Coś się stało?

Zawsze kontaktował się z tym samym sztywnym facetem. Gość podawał się za Zacharego, ale Bóg jeden wie, jak się naprawdę nazywał. Dla Denny'ego — który wcale nie miał na imię Denny — ten dupek był tylko dobrze opłacanym osłem w garniturze od Brioniego.

— Takich rzeczy nie załatwia się punktualnie jak w zegarku — powiedział Denny. — Musisz to sobie wbić do głowy.

Zachary zignorował ton jego głosu. Gość był jak doktor Spock, który nigdy nie okazywał emocji.

— Jakieś problemy? — zapytał. — Coś, o czym powinienem wiedzieć?

— Nie — odrzekł Denny. — Nie widzę powodu, żeby nie przejść do następnej fazy.

— A twój strzelec?

— Mitch? Sam mi powiedz, wspólniku. Ty go prześwietliłeś.

— Jaki jest w robocie, Denny? — naciskał Zachary.

— Dokładnie taki, jak sądziłem. Dla niego to „Misja Mitcha i Denny'ego" i nic więcej. Mam nad nim całkowitą kontrolę.

— Znakomicie, mimo to chcielibyśmy przedsięwziąć dodatkowe środki ostrożności.

Podał Denny'emu dwie złożone kartki papieru wyciągnięte z wewnętrznej kieszeni na piersi z zapisanym odręcznie imieniem i adresem oraz jednym kolorowym zdjęciem przypiętym spinaczem.

— Czekaj no — powiedział Denny, kiedy je zobaczył. — Nie było o tym mowy!

— Nigdy nie ustaliliśmy reguł — przypomniał mu Zachary. — Czyż nie o to chodziło? Mam nadzieję, że nie zaczniesz się kłócić o szczegóły.

— Nie to mam na myśli — odrzekł Denny. — Po prostu nie lubię niespodzianek. To wszystko.

Śmiech Zachary'ego nie był zbyt przekonujący.

— Daj spokój, Denny. Jesteś królem niespodzianek, czyż nie? Przez ciebie cały Waszyngton siedzi jak na szpilkach.

Zachary sięgnął za przedni fotel, odebrał płócienny woreczek z rąk kierowcy i położył go na podłokietniku między nimi. Mieli umowę „płacisz po wejściu", a cena Denny'ego jak zawsze nie podlegała negocjacji.

W woreczku było sześć nienumerowanych dziesięciouncjowych sztabek złota próby 999. To najbardziej praktyczne rozwiązanie, bo złoto było trudne do zdobycia, co pozwalało Denny'emu wyeliminować złych klientów.

Poświęcił kilka minut na zapamiętanie następnego zlecenia, a później oddał kartki Zachary'emu i zabrał woreczek. Kiedy już zapakował towar w stary worek z Safewaya wyjęty z kieszeni kurtki, otworzył drzwi samochodu, żeby wysiąść.

— Jeszcze jedno — dodał Zachary, kiedy Denny postawił stopę na chodniku. — Siedzimy tu ściśnięci. Następnym razem weź prysznic.

Denny zamknął za sobą drzwi i odszedł, znikając w mroku nocy.

— Umyję się — powiedział do siebie — ale ty do końca życia pozostaniesz służalczym dupkiem.

Rozdział 47

Następnego dnia w samym środku obiadu usłyszeliśmy dzwonek do drzwi. Zazwyczaj przeszkadzał nam telefon i prawie zawsze dzwoniły przyjaciółki Jannie, ona zaś nie przestawała się dziwić, że nie chcę sprawić jej komórki.

— Pójdę otworzyć! — zaświergotała, skacząc od stołu.

— Stawiam pięć dolarów, że to Terry Ann — powiedziałem.

Bree położyła piątaka na stole.

— A ja mówię, że Alexis.

Ktokolwiek to był, został sprawdzony przez Rakeema.

Jannie wróciła niemal natychmiast. Z obojętną twarzą, niemal w szoku.

Po chwili do kuchni zajrzała Christine Johnson.

— Mamusiu! — krzyknął Ali, podnosząc się i przewracając krzesło na podłogę. Podbiegł do niej i poszybował w górę w ramionach matki.

— Tylko spójrz na siebie! Tylko spójrz!

Christine przytuliła go z całej siły i posłała reszcie uśmiech przez ramię — olśniewający, pamiętny uśmiech mówiący, że świat jest wspaniały, nawet jeśli było mu do tego daleko.

— Boże! — zawołała, przesuwając wzrokiem po siedzących wokół stołu. — Wyglądacie, jakbyście ujrzeli ducha!

W pewnym sensie właśnie tak się czułem. Kilka lat temu na prośbę Christine podpisaliśmy klauzulę przenoszącą na mnie opiekę prawną nad Alim. Chłopak spędzał trzydzieści dni każdego lata w jej domu w Seattle i piętnaście kolejnych w trakcie roku szkolnego. Postawiłem tylko jeden warunek, żebyśmy trzymali się umowy dla dobra wszystkich zainteresowanych. Do tej pory nam się to udawało... a przynajmniej do tego wieczoru.

— Nie mogę uwierzyć, jak pięknie wyglądasz! — Postawiła Alego i spojrzała na niego ponownie. Jej oczy zaszkliły się łzami. — Jak to możliwe, żebyś tak urósł od czasu, gdy cię ostatnio widziałam?

— Nie wiem! — pisnął Ali i spojrzał na nas.

Uśmiechnąłem się ze względu na niego.

— Tylko spójrz, kto do nas przyszedł, kolego! Dasz wiarę? — Popatrzyłem na Christine. — Czemu zawdzięczamy tę niespodziankę?

— Poczuciu winy — wyjaśniła, nie przestając się uśmiechać. — Cześć, Regino.

— Witaj, Christine. — Głos Nany był spięty i opanowany, ale przypominał dźwięk gotowania na wolnym ogniu.

— Ty musisz być Bree. Cieszę się, że cię w końcu poznałam. Jestem Christine.

Bree zachowała się fantastycznie, czym nie byłem zaskoczony. Wstała, podeszła do Christine i ją objęła.

— Masz wspaniałego syna — stwierdziła.

Cała Bree, zawsze znajdzie sposób, żeby powiedzieć prawdę, nawet w tak niezręcznej sytuacji.

— Chcesz zobaczyć mój pokój, mamusiu? — Ali ciągnął ją za rękę, prowadząc w kierunku korytarza i schodów.

— Jasne — odrzekła i spojrzała na mnie, jakby czekała na zgodę. Właściwie to wszyscy się na mnie gapili.

— A może pójdziemy we trójkę? — spytałem, wstając i wyprowadzając ich z kuchni.

Na dole schodów Christine stanęła i odwróciła się do mnie. Ali pognał na górę, nie czekając na nas.

— Wiem, o czym myślisz — zaczęła.

— Naprawdę?

— Powiem szczerze, moja wizyta jest pozbawiona podtekstów, Alex. Zwyczajna niespodzianka. Przyjechałam do Waszyngtonu na konferencję i... i nie mogłam się powstrzymać, żeby nie zobaczyć Alego.

Nie wiedziałem, czy jej wierzyć. Christine udowodniła, że potrafi być zmienna. Początkowo zażarcie walczyła o opiekę nad dzieckiem, by w końcu szybko z niej zrezygnować.

— Mogłaś wcześniej zadzwonić — zauważyłem. — Powinnaś była zadzwonić, Christine.

Ali był tak podniecony, że wrzasnął do nas z góry.

— Chodźcie! Na co czekacie?!

— Już idziemy, mały! — odkrzyknąłem. Idąc na górę, powiedziałem szeptem do Christine: — To jednorazowy wyjątek. Nic więcej. Zgoda?

— Absolutnie — odparła, ściskając mnie za ramię. — Obiecuję!

Rozdział 48

Kolejny dzień był bardzo pracowity, więc nie poświęciłem Christine zbyt dużo uwagi przez cały ranek i większą część popołudnia.

Odwiedziłem Bronsona i Rebeccę w szpitalu, przeprowadziłem kilka przesłuchań w rejonie Woodley Park i odbyłem konsultacje w biurze prokuratora okręgowego w innej sprawie, a następnie odwaliłem kawał niezbędnej papierkowej roboty, sporządzając zaległe raporty.

Później, około trzeciej, zaszedłem na spóźniony lunch do kawiarni Firehook niedaleko gmachu Daly'ego. Tam odebrałem telefon ze szkoły Alego.

— Doktor Cross? Mówi Mindy Templeton ze szkoły Sojourner Truth.

Od trzech lat Mindy pełniła funkcję szkolnej sekretarki, kiedy jeszcze Christine była tam dyrektorką.

— Czuję się trochę niezręcznie, ale Christine Johnson przyszła po Alexandera, a nie figuruje na liście opiekunów. Chciałam spytać pana o zgodę, zanim pozwolę go jej zabrać.

— Co?!

Nie chciałem podnosić głosu, ale nagle wszyscy w kawiarni odwrócili się w moją stronę. Sekundę później znalazłem się na chodniku, nadal rozmawiając przez telefon.

— Moja odpowiedź brzmi „nie", Mindy. Christine nie może zabrać Alego, zrozumiałaś?

— Tak, oczywiście.

— Nie chciałem cię wystraszyć — powiedziałem nieco spokojniejszym głosem. — Czy mogłabyś poprosić Christine, żeby na mnie zaczekała? Przyjadę najszybciej, jak się da. Będę za piętnaście minut. Już wsiadam do samochodu.

Zakończyłem rozmowę, gnając na parking, zupełnie wytrącony z równowagi. Co ona sobie myśli?

Czyżby to wszystko zaplanowała?

A skoro tak, to jaki właściwie miała plan?

Jeśli o mnie chodziło, nie mogłem szybciej dotrzeć do szkoły.

Rozdział 49

— Na Boga, jestem jego matką! Nie chciałam zrobić nic złego! Nie jestem jednym z twoich prześladowców!

Christine przyjęła defensywną postawę od chwili, gdy dotarłem na miejsce. Wyszliśmy na korytarz, zostawiwszy Alego w sekretariacie.

— Christine, ustaliliśmy zasady dotyczące wizyt. Do tej pory ich przestrzegałaś. Nie możesz zjawiać się niespodziewanie i oczekiwać...

— Co ty wygadujesz? — prychnęła. — Brianna Stone, kobieta, którą ledwie znam, może odbierać mojego syna ze szkoły, a ja mam być tego pozbawiona? Zna mnie połowa nauczycieli!

— Nie słuchasz tego, co mówię — odburknąłem. Nie wiedziałem, czy stara się od tego wykręcić, czy naprawdę jest przekonana o swojej racji. — Powiedz mi otwarcie, jakie masz plany.

— Och! Nie patrz na mnie takim wzrokiem — rzuciła lekceważąco. — Miałam zamiar zadzwonić.

— Ale tego nie zrobiłaś. Ponownie.

— Chciałam zadzwonić, kiedy odbiorę go ze szkoły. Mieliśmy pójść na lody. Wróciłby do domu na obiad. Teraz jest zdenerwowany i zagubiony. Nie musiało tak być, Alex.

Czułem się, jakbym słuchał rozstrojonego pianina. Wszystko wydawało się lekko nie w porządku. Nawet jej strój. Miała na sobie drogie eleganckie ciuchy — idealnie skrojoną białą lnianą garsonkę, szpilki bez pięty i pełny makijaż. Właściwie to wyglądała absolutnie bosko, tylko na kim starała się zrobić wrażenie?

Wziąłem głęboki oddech, próbując jeszcze raz do niej dotrzeć.

— Nie jesteś na konferencji? — spytałem.

Christine pierwszy raz odwróciła wzrok. Spojrzała na jedną z tablic wiszących w korytarzu. Umieszczono na niej wykonane świecówkami rysunki samochodów, samolotów, pociągów i łódek z napisem TRANSPORT wykonanym z kartonowych literek na samej górze.

— Widziałeś rysunek Alego? — Pokazała jego żaglówkę. Jasne, że widziałem.

— Popatrz na mnie, Christine. Czy ty w ogóle przyjechałaś na konferencję?

Skrzyżowała ręce i kilka razy zamrugała powiekami, patrząc mi w oczy.

— A jeśli powiem, że nie? Czy to taka wielka zbrodnia, że zatęskniłam za synem? Pomyślałam, że może chciałby zobaczyć swoją mamusię i tatusia w jednym pokoju choć raz? Boże, Alex, co się z tobą stało?

Miała odpowiedź na wszystko, tylko nie na moje pytania.

Byłem pewny jedynie tego, że kocha Alego i tęskni za nim, ale to mi nie wystarczało.

— Powiem ci, co zrobimy — zacząłem. — Pojedziemy gdzieś na lody. Później się pożegnasz i zobaczymy się ponownie w lipcu jak zawsze. Jeśli zrobisz coś innego, wrócimy do mediacji. Daję słowo, Christine. Błagam, nie wystawiaj mnie na próbę.

Uśmiechnęła się ku mojemu zaskoczeniu.

— Niech będzie obiad. We troje. Później wsiądę do samolotu do Seattle jak grzeczna dziewczynka. Co ty na to?

— Nie mogę — odparłem.

Jej wargi zacisnęły się ponownie w twardą prostą linię.

— Nie możesz czy nie chcesz?

Chciałem odrzec, że jedno i drugie, ale nagle drzwi sekretariatu się otworzyły i Ali wypadł na korytarz. Wyglądał na bardzo samotnego i przerażonego.

— Kiedy pójdziemy? — zapytał.

Christine podniosła go jak poprzedniego wieczoru. Na szczęście w jej oczach nie było burzy emocji, które widziałem tam jeszcze sekundę temu.

— Zgadnij, co zrobimy, kochanie? Pójdziemy na lody. Ty, ja i tata. Teraz. Co ty na to?

— Mogę dostać dwie gałki? — spytał z miejsca.

Nie mogłem się powstrzymać od śmiechu.

— Zawsze się targujesz, prawda, mały? — zapytałem. — Zgoda. Dwie gałki. Właściwie czemu nie?

Kiedy wychodziliśmy ze szkoły, Ali ujął każde z nas za rękę i uśmiechnął się szeroko, ale ja nadal pamiętałem, że Christine nie dotrzymała umowy.

Rozdział 50

Kiedy w końcu dotarłem do gmachu Hoovera na spotkanie o piątej trzydzieści, było piętnaście po szóstej. Podpisałem się i wsiadłem do windy.

Centrum wymiany informacji i analiz, w którym pracowała agentka Patel, mogłoby się równie dobrze mieścić w każdym amerykańskim biurowcu, z tym swoim brzydkim brązowo-fioletowo-różowym labiryntem boksów, niskim sufitem i świetlówkami. Jedyną informacją mówiącą o tym, gdzie się znajdujemy, był długi rząd komputerów. Na każdym biurku stał przynajmniej jeden z łączem wewnętrznym i dwa z zewnętrznymi. Sprzęt jak z filmu science fiction — potężne serwery i banki danych do prowadzenia inwigilacji — stał na podłodze za zamkniętymi drzwiami.

Patel skoczyła na krześle, kiedy zapukałem w ściankę oddzielającą jej miejsce pracy.

— Alex! Jezu! Ale mnie wystraszyłeś!

— Przepraszam — odrzekłem. — Wybacz spóźnienie. Nie sądzę, żeby agent Siegel nadal tu był?

Nie miałem ochoty kończyć dnia spotkaniem z facetem, ale stawiłem się w imię współpracy.

— Zmęczył się czekaniem — wyjaśniła. — Mamy się z nim spotkać w sali konferencyjnej SIOC.

Zadzwoniła z wewnętrznego i zostawiła wiadomość, że już idziemy, ale gdy dotarliśmy na miejsce — niespodzianka, niespodzianka! — po Siegelu nie było ani śladu. Odczekaliśmy kilka minut, a następnie rozpoczęliśmy spotkanie bez niego. Jeśli o mnie chodzi, nie ma sprawy.

Rozdział 51

Patel szybko wprowadziła mnie w sprawę e-mailów, które przesłano do redakcji „True Press". Właściwie to niewiele mogła powiedzieć, przynajmniej na tym etapie śledztwa.

— Z nagłówka i adresu IP, które zdobyłam w rejestrze w Georgetown, wynika, że konto Jaysona Wexlera było otwarte i aktywne, gdy przesłano obie wiadomości — tłumaczyła.

— Co nie oznacza, że to Wexler je nadał — dodałem.

— Właśnie. Jedynie utworzono je lub przesłano za pośrednictwem jego konta.

— Przez jego konto?

— Ktoś mógł użyć anonimowego remailera w jakimś odległym miejscu, ale nie było to konieczne. Z punktu widzenia śladów kryminalistycznych skradziony laptop, który nigdy się nie odnajdzie, jest ślepą uliczką. Lepiej rozejrzyj się za świadkami kradzieży.

— Wypytaliśmy ludzi w okolicy, gdzie skradziono komputer Wexlerowi — powiedziałem. — Nie znaleźliśmy niczego.

Najbliższe kamery są w DDOT* za K Street. Z parku nie ma żadnych nagrań. Nikt niczego nie widział, co wydaje się odrobinę dziwne.

Patel odchyliła się do tyłu, przesuwając długopis w palcach.

— Chcesz słuchać dalej? Mam więcej złych wiadomości.

Przesunąłem dłonią po ustach i szczęce. Taki już mam tik.

— Jesteś dziś taka pogodna...

— Technicznie rzecz biorąc, to działka Siegela, więc nie powinieneś żywić do mnie urazy — odparła.

Lubiłem pracować z Patel. W każdej sytuacji potrafiła zachować poczucie humoru, mroczne i głębokie.

— Wal śmiało — powiedziałem. — Nie mogę się doczekać.

— Chodzi o ksywę Patriota użytą w jednym z e-mailów. Od czasu opublikowania artykułu w „True Press" to imię przylgnęło do niego w przerażający sposób. Wielu ludzi dostało amoku, od radykalnych antyglobalistów po zatwardziałych ekologów. FBI już przygotowuje plan awaryjny, gdyby pojawiła się danina w postaci kolejnych morderstw.

Po tych słowach wpisała wspomniane słowo do wyszukiwarki. Minutę później ujrzałem przed sobą całą stronę trafień — stron internetowych, blogów, wideoblogów, czatów, komentarzy z głównego nurtu i pism niszowych chwalących rzekomy „patriotyzm" kryjący się za morderstwami snajpera.

Widziałem coś takiego już wcześniej. Nawet Kyle Craig miał rzesze fanów, których lubił nazywać uczniami. Ale Patel

---

* District of Columbia Department of Transportation — Wydział Transportu Dystryktu Kolumbii.

miała rację. Ta sprawa mogła się przerodzić w coś innego — w ruch obywatelski złożony z ludzi przekonanych o śmiertelnym zagrożeniu Ameryki i o tym, że otwarta przemoc jest jedynym skutecznym rozwiązaniem.

— Jak najlepiej zamieszać w tym obłędnym kotle? — spytała, zaglądając mi przez ramię. — Owinąć własne dogmaty amerykańską flagą i zobaczyć, kto chwyci przynętę. To naprawdę przerażające.

Rozdział 52

Około siódmej trzydzieści Patel i ja w końcu podnieśliśmy się zza biurka. Kiedy już to zrobiliśmy, odwróciła się w moją stronę. Jej spojrzenie nie budziło najmniejszych wątpliwości — było przerażające w całkiem odmienny sposób.

— Jadłeś kiedyś hinduską ciecierzycę domowej roboty?

Nie chciałem być nadmiernie arogancki.

— Domowej roboty? Nigdy.

— Bo wbrew pozorom jestem całkiem dobrą kucharką. — Mówiąc to, wskazała niepozorne szare spodnie i białą bluzkę. — Koledzy uważają mnie za pracusia, który wraca co wieczór do domu do siedmiu kotów i zdrowej kuchni.

— Osobiście w to wątpię — odrzekłem.

Patel zawsze wydawała mi się surowym nieoszlifowanym diamentem. Była typem kobiety, która przychodzi na bożonarodzeniowe przyjęcie w firmie tak odwalona, że wszystkim opada szczęka.

— Mój wóz jest w warsztacie — ciągnęła. — Pomyślałam,

że gdybyś pomógł mi zaoszczędzić forsę za taryfę, odpłaciłabym ci obiadem. — Później naprawdę mnie powaliła. Wyciągnęła dłoń i położyła ją na mojej. — Może nawet znalazłby się deser — dodała. — Co o tym sądzisz?

— Myślę, że jesteś pełna niespodzianek — odparłem z nerwowym śmiechem. — Posłuchaj, Anjali...

— Boże! — Cofnęła rękę. — Kiedy ludzie zaczynają od twojego imienia, zawsze szykują coś złego.

— Już z kimś chodzę. Zamierzamy się pobrać.

Skinęła głową i zaczęła zbierać swoje rzeczy.

— Wiesz, co mówią o wszystkich fajnych facetach? Zajęci albo geje. Chyba dam taki tytuł swoim wspomnieniom. Uważasz, że się sprzedadzą?

Tym razem roześmialiśmy się naprawdę. Śmiech przerwał napięcie, co było chyba miłe dla nas obojga.

— Dziękuję za zaproszenie — powiedziałem poważnie. Gdyby pojawiło się w innym momencie mojego życia, z pewnością jadłbym tego wieczoru hinduską ciecierzycę. Może zostałbym nawet na deser. — Mimo to mogę cię podwieźć, jeśli chcesz.

— Nie martw się. — Wetknęła laptop pod ramię i otworzyła mi drzwi sali konferencyjnej. — Skoro nie muszę gotować, zostanę dłużej i trochę popracuję. Byłoby ładnie, gdybyś zapomniał o naszej rozmowie...

— Jakiej rozmowie? — Wychodząc, zrobiłem wielkie oczy i niewinny wyraz twarzy. — Niczego sobie nie przypominam.

Rozdział 53

Kiedy odgrzałem sobie kolację, a dzieci dawno poszły spać, zadzwoniła Christine.

W chwili gdy ujrzałem na wyświetlaczu jej imię, poczułem się wewnętrznie rozdarty. Nie mogłem jej po prostu zignorować, a z drugiej strony nie miałem najmniejszej ochoty na rozmowę. Odebrałem tylko dlatego, by nas ponownie nie nachodziła.

— O co chodzi, Christine?

Od razu wyczułem, że płacze.

— Źle postąpiłeś, Alex. Nie musiałeś mnie tak karać.

Zawróciłem z sypialni do gabinetu, ale odpowiedziałem dopiero, gdy zamknąłem za sobą drzwi.

— Zmusiłaś mnie do tego. Spadłaś jak grom z jasnego nieba, a na dodatek mnie okłamałaś. Kilka razy.

— Skłamałam tylko raz, bo pomyślałam, że twój syn zasługuje na to, żeby zobaczyć rodzinę w komplecie!

Zaczęliśmy się kłócić w rekordowo krótkim czasie, co wskazywało na stan naszej relacji. Cała ta sytuacja sprawiła, że poczułem się wyczerpany. Przypomniała przykre uczucia, których doświadczałem podczas rozprawy sądowej w sprawie opieki nad Alim.

— Ali codziennie widuje swoją rodzinę — stwierdziłem. — Nie widuje jedynie matki.

Ponownie zaszlochała.

— Jak możesz tak mówić?

— Nie chciałem cię zranić, Christine. Powiedziałem, jak jest.

Czułem, że zaczynam tracić cierpliwość. Christine sama zgotowała sobie ten los, będąc niekonsekwentną matką.

— Nie martw się, twoje życzenie zostało spełnione. Jestem na lotnisku.

— Moim życzeniem jest, abyśmy oboje byli zadowoleni z wyborów, których dokonaliśmy — oznajmiłem.

— Pod warunkiem, że ty pierwszy będziesz szczęśliwy, prawda, Alex? Czyż nie tak zawsze było?

Moja cierpliwość się skończyła.

— Nie pamiętasz, że mnie zostawiłaś? — zapytałem. — Nie pamiętasz, jak błagałem, żebyś została w Waszyngtonie? Nie pamiętasz, że opuściłaś Alego? Do licha, czyżbyś o tym wszystkim zapomniała?

— Nie przeklinaj, kiedy ze mną rozmawiasz! — odparowała, ale ja jeszcze nie skończyłem.

— Co ty sobie myślisz? Że nieoczekiwanie się zjawisz i zmienisz wszystko, co zdarzyło się do tej pory? To tak nie działa, Christine. Nie zmieniłbym tego, nawet gdybym mógł!

— Nie. — Jej głos stał się zduszony, napięty jak bęben. — Najwyraźniej nie.

Przerwała połączenie. Zamurowało mnie, choć jednocześnie poczułem ulgę. Może poddawała mnie próbie, sprawdzała, czy oddzwonię, ale nie czułem nawet najsłabszej pokusy. Usiadłem na kanapie w gabinecie, gapiąc się w sufit i próbując się pozbierać.

Niemal zaszokowała mnie myśl, jak bardzo ją kiedyś kochałem. Niczego bardziej nie pragnąłem od tego, abyśmy zawsze byli rodziną, a teraz to wszystko przypominało historię kogoś innego.

Marzyłem o tym, żeby Christine zniknęła z mojego życia.

Rozdział 54

Było tuż po północy, kiedy agentka Anjali Patel stanęła na skraju chodnika przed gmachem Hoovera, rozglądając się po E Street w poszukiwaniu taksówki. Na jej widok Max Siegel zawrócił i opuścił szybę po stronie pasażera.

— Pani zamawiała taksówkę?

Pokazała mu ładny rowek między piersiami, pochylając się, by zajrzeć do środka.

— Max? Co tu robisz? Późno już.

— Przepraszam za dzisiejszy incydent — powiedział. — Musiałem nieoczekiwanie wyjść. Przed chwilą wróciłem po samochód. Mógłbym cię podwieźć do domu, a ty w zamian zapoznałabyś mnie z sytuacją.

Jej spojrzenie mówiło wszystko. Żadnej taksówki w zasięgu wzroku, mały ruch.

Współpracownicy Maxa Siegela woleli się trzymać od niego z daleka, co idealnie odpowiadało jego planom. Dystans zapewniał mu prywatność, której potrzebował, bo przecież zawsze mógł go skrócić, kiedy tego chciał. Jak teraz.

— Daj spokój — rzucił. — Nie ugryzę cię. Nie będę nawet obgadywał Crossa za plecami. Obiecuję.

— Uhm... jasne — odrzekła z wyćwiczonym uśmiechem i wsiadła do środka.

Poczuł perfumy o cytrynowym aromacie. A może szampon? W każdym razie miły zapach. Kobiecy. Podała mu adres w Shaw.

Później zaczęła trajkotać o sprawie, starając się wypełnić niezręczne przerwy w ich lakonicznej rozmowie.

Siegel jechał szybko, mijając skrzyżowania na żółtym świetle. Nie był z kobietą od czasu spotkania z agentką nieruchomości i niech go szlag, jeśli nie robił się odrobinę twardy na samą myśl o niej.

Kiedy skręcił w jej ulicę, ponownie nacisnął gaz, a następnie przyspieszył, by stanąć przed ciemną witryną sklepową za jej domem z żółtej cegły.

— To tam — powiedziała, odwracając się za siebie. — Przejechałeś.

Rozdział 55

Kyle też obejrzał się za siebie. W okolicy nie było żadnych samochodów ani przechodniów.

— Ups. Przepraszam. Moja wina.

— Nie ma sprawy... — Jej dłoń znalazła się na klamce drzwi. — Dzięki za podwiezienie.

— Tylko tyle? — zapytał.

— Przepraszam? Chyba nie zrozumiałam.

— Nie zaproponujesz, że coś dla mnie upichcisz? — wyraził zdziwienie.

Jej twarz spochmurniała. Zmrużyła oczy, patrząc na niego w ciemności i nie mogąc uwierzyć, by było to coś więcej niż dziwny zbieg okoliczności.

— Kiepsko gotuję, Max.

— Nie wiedziałem — odparł. — Widziałaś kiedy coś takiego? — Sięgnął do kieszeni na piersi i wyciągnął małe czarne pudełeczko wielkości zapalniczki. — To miniaturowy nadajnik GSM. Można go wetknąć dosłownie wszędzie.

Patel rzuciła okiem na ustrojstwo.

— Taak?

Jej zmieszanie i próba jego ukrycia były absolutnie cudowne.

— Powiedzmy, że przysłuchiwałem się twojemu spotkaniu z Crossem.

Ponownie poczuła w sobie przypływ energii. Była teraz wkurzona i lekko zakłopotana... za bardzo, aby czuć przerażenie.

— Podsłuchiwałeś nasze spotkanie? Jezu, Max, czemu to zrobiłeś?

— To pierwsze dobre pytanie — zauważył. — Ile mam czasu na odpowiedź? — Zanim zdążyła zareagować, położył dłoń na jej wargach. — Pozwól, że odpowiem za ciebie. W ogóle nie masz czasu.

Jego stary ulubiony szpikulec do lodu powędrował w górę i przeszył jej krtań, zanim zdołała krzyknąć. Mimo to z wysiłkiem opuściła szczękę.

Położył się na niej, kładąc usta na jej ustach i dłoń na jej nosie — dosłowny pocałunek śmierci, choć przypadkowi przechodnie mogliby go uznać za zwykły pocałunek kochanków. Jej siła i wola życia nie mogły się równać jego. Nawet upływ krwi był minimalny — Patel była zbyt uprzejma, żeby zapytać o plastikowe pokrowce na fotelach samochodu.

Albo o płaszcz przeciwdeszczowy, który Max Siegel nosił w słoneczny dzień.

Kiedy przestała się poruszać, jego podniecenie wzrosło. Chciał się położyć z nią na tylnym fotelu, gdy jej wargi były jeszcze ciepłe, a brzuch nadal miękki w dotyku. Pragnął się w niej znaleźć. Do diabła, przecież należała do niego.

Byłoby to jednak głupie i niepotrzebne ryzyko. Wiele godzin temu postanowił, że tej nocy uczyni odstępstwo od swoich zasad. W końcu zasłużył sobie na to, bo sam wymyślił tę grę. Właściwie to szykowało się sporo zmian.

Najpierw jednak Anjali Patel pojedzie z nim do domu — żeby się przespać.

Część trzecia

Liczby pierwsze

Rozdział 56

Sampson wiedział, że zwykle wstaję o piątej, a nawet wcześniej, ale dziś nie sprawiłoby to żadnej różnicy. Zorientowałem się, że już jest w pracy, po dźwiękach dochodzących z ulicy i napięciu wyczuwalnym w jego głosie.

— Chodzi o przysługę, Alex. Wielką przysługę.

Zacząłem szybciej wcinać jajecznicę, a Nana spojrzała na mnie spode łba. Bardzo wczesne i bardzo późne telefony zwykle nie wróżyły niczego dobrego.

— Mów — powiedziałem. — Zamieniam się w słuch. Nana mnie obserwuje. Nie wiem, czy jej zły wzrok jest przeznaczony dla ciebie, dla mnie czy dla nas obu.

— Dla jednego i drugiego — wyjaśniła Nana niskim głosem, który przez pomyłkę można by wziąć za pomruk.

— Mamy zabójstwo na Franklin Square. Niezidentyfikowana ofiara. Przypomina robotę tego popaprańca w pobliżu ronda Waszyngtona. Pamiętasz?

Mój widelec zamarł w połowie drogi do ust.

— Tego od liczb?

— Dokładnie. Mógłbyś wpaść, żebym się z tobą skonsultował, zanim zrobi się gorąco?

— Już jadę.

Obaj z Johnem przestaliśmy liczyć przysługi, które byliśmy sobie winni. Niepisana zasada głosiła: jeśli mnie potrzebujesz, przyjadę. Tylko sprawdź, czy naprawdę jestem ci potrzebny.

Kilka minut później wiązałem krawat, zbiegając tylnymi schodami do garażu. Właściwie było jeszcze ciemno, choć światła było dość, by dostrzec nad głową szarą chmurę, która w każdej chwili mogła się przekształcić w cholerną burzę.

Z tego, co zapamiętałem z dawnej sprawy Sampsona, wynikało, że policja metropolitalna nie może sobie pozwolić na kolejne takie śledztwo.

Kilka miesięcy temu znaleziono zakatowanego na śmierć młodego mężczyznę z szeregiem cyfr pieczołowicie wyrżniętych na czole. Sprawa trafiłaby na czołówki wszystkich gazet z Beltway... gdyby biedak nie był ulicznym ćpunem. Skoro jednak nim był, nie wywołała większego zainteresowania nawet w naszym wydziale. Wydawało się to niesprawiedliwe, choć z drugiej strony człowiek mógłby dostać świra, gdyby odnosił kategorię sprawiedliwości do tego, co się działo w naszym stołecznym mieście.

Teraz doszło do kolejnego zabójstwa, a to oznaczało zabawę w całkiem inne klocki. Wrzawa wokół sprawy snajpera z pewnością spowoduje, że szefostwo policji metropolitalnej weźmie na celownik wszystko, co choćby w niewielkim stopniu ją przypominało. Pewnie jeszcze przed końcem poranka sprawa trafi do zespołu do ścigania poważnych przestępstw.

Pomyślałem sobie, że właśnie dlatego John do mnie zadzwonił. Gdyby przekazali śledztwo moim ludziom, mógłby powiedzieć, że zbadałem sytuację, zostałem poproszony o przeprowadzenie dochodzenia i zleciłem tę robotę Sampsonowi.

To taka nasza wersja kreatywnej księgowości, a Bóg jeden wie, że nie robiliśmy tego pierwszy raz.

Rozdział 57

Liczbowy morderca! Jezu, tylko nie teraz!

Kiedy dotarłem na Franklin Square, sąsiednie ulice zostały już zamknięte. Dodatkowe radiowozy zaparkowały na K oraz I Street wzdłuż dłuższych boków skweru, chociaż akcja rozgrywała się przy Trzynastej Ulicy, skąd machał ku mnie Sampson.

— Alex — westchnął, gdy się zbliżyłem — życie mi ratujesz. Wiem, że masz mało czasu.

— Rozejrzyjmy się.

Dwóch techników kryminalistycznych w niebieskich wiatrówkach pracowało za policyjną taśmą wraz z lekarzem sądowym, którego rozpoznałem bez trudu, choć stał odwrócony tyłem.

Porter Henning, nieoficjalnie zwany Potężnym, był tak szeroki, że Człowiek Góra Sampson wyglądał przy nim jak chuchro. Nigdy nie potrafiłem sobie wyobrazić, jak Porter zdołał się wepchnąć w niektóre ciasne miejsca zbrodni, ale był jednym z najbardziej spostrzegawczych lekarzy sądowych, z jakimi przyszło mi pracować.

— Widzę, że Alex Cross zaszczycił nas swoją obecnością — zauważył, gdy podszedłem bliżej.

— To jego wina — odparłem, wskazując Sampsona i stając jak wryty na widok trupa.

Choć ludzie powiadają, że makabryczne morderstwa to moja specjalność, i trudno odmówić im racji, nie można się przyzwyczaić do widoku okaleczonych ludzi. Ofiarę porzucono w krzakach, twarzą do góry. Wiele warstw brudnej odzieży wskazywało, że był to bezdomny, może nawet jeden z tych, którzy sypiali w okolicznym parku. Od razu zwróciłem uwagę na ślady tęgiego lania, lecz największe wrażenie zrobiły na mnie cyfry wycięte na czole. Podobnie jak w wypadku poprzedniego morderstwa wydawały się absurdalne i dziwaczne.

2^30402457-1

— Takie same cyfry jak wcześniej? — zapytałem.

— Podobne — odrzekł Sampson. — Podobne, ale nie takie same.

— Pewnie nie wiemy, kim jest ofiara?

John pokręcił głową.

— Wypytałem w okolicy, ale większość amatorów spania na ławce wpadała w przerażenie na nasz widok. Wiesz, nie wyglądało to na festiwal zaufania.

Wiedziałem, oj, wiedziałem. Po części z tego powodu tak trudno ustalić okoliczności śmierci bezdomnego.

— Przy Trzynastej Ulicy, trzy przecznice dalej, jest schronisko dla bezdomnych — ciągnął John. — Zajrzę tam, kiedy skończymy. Spytam, czy ktoś go nie zna.

Miejsce zbrodni też trudno było zinterpretować. Na ziemi widać było świeże ślady stóp — płaskich podeszew, a nie jakichś botków lub tenisówek. Zauważyłem również wyżłobione rowki, być może pozostawione przez sklepowy wózek, ale to mogło nie mieć żadnego związku ze sprawą. Bezdomni dzień w dzień całymi godzinami pchali tędy różne wózki. Właściwie robili to dniami i nocami.

— Coś jeszcze? — zapytałem. — Porter? Znalazłeś coś?

— Taak. Odkryłem, że nie robię się ani trochę młodszy. Oprócz tego stwierdziłem, że przyczyną zgonu była odma opłucnowa, choć pierwsze ciosy zadano pewnie tu, tu i tu.

Wskazał zmiażdżony bok czaszki denata z różową wydzieliną wypełniającą ucho.

— Pęknięta podstawa czaszki, szczęka i łuk jarzmowy. Pieprzona robota popaprańca. Jeśli miałbym powiedzieć coś pozytywnego, to chyba tylko tyle, że biedak już nie żył, gdy to się stało. Na całym ciele są ślady obrażeń.

— Wszystko jak ostatnim razem — wtrącił Sampson. — Sprawca musi być ten sam.

— A napis wycięty na czole? — Była to najzgrabniejsza robota nożem, jaką w życiu widziałem. Cyfry były czytelne, nacięcia płytkie i precyzyjne. — Przyszło ci coś do głowy, Porter?

— To wszystko nic — odparł. — Spójrz na prawdziwe arcydzieło.

Pochylił się i przewrócił denata na bok, a następnie uniósł skraj koszuli.

$$\zeta(s) = \sum_{n=1}^{\infty} \frac{1}{n^s}$$

— Chyba żartujesz?

Matematyczne równanie pokrywało cały tułów od pasa po obojczyki. Nigdy czegoś takiego nie widziałem. A przynajmniej w takim kontekście.

— To coś nowego — zauważył John. — Ostatnio cyfry znajdowały się tylko na twarzy. Ciekawe, czy facet ćwiczył. Może praktykował na innych ciałach, których nie znaleźliśmy.

— Cóż, gość szczerze pragnął, żebyście to zobaczyli — powiedział Porter. — Mam coś jeszcze. Bardzo mało krwi jak na przeżytą traumę. Ktoś ogłuszył dzieciaka, przyciągnął go tutaj, a następnie wykonał misterną robotę nożem.

— Du-du, du-du. — Fotograf zanucił fragment melodii *The Twilight Zone*, zanim Sampson go uciszył. — Przepraszam. Cholera... cieszę się, że nie mam dziś waszej roboty.

Pewnie wszyscy inni byli podobnego zdania.

— Czemu go tu przywiózł? — zapytał Sampson. — Co próbuje nam powiedzieć? Do kogo się zwraca?

Porter wzruszył ramionami.

— Któryś z was zna się na matematyce?

— Znam profesorkę z Howard University — odparłem. — Sarę Wilson. Pamiętasz ją? — John skinął głową, nadal przypatrując się cyfrom. — Jeśli chcesz, mogę do niej zadzwonić. Może po południu damy radę do niej pojechać.

— Dzięki, byłoby dobrze.

Na tym zakończyłem swoją szybką konsultację. Nie miałem na to czasu, ale Boże, przebacz, gdy ujrzałem dzieło tego psychopaty, zapragnąłem kawałek tego drania dla siebie.

Rozdział 58

Znałem Sarę Wilson od ponad dwudziestu lat. Ona i moja pierwsza żona zamieszkały razem w akademiku, gdy rozpoczęły studia w Georgetown, i pozostały dobrymi przyjaciółkami aż do jej śmierci. Dziś nasze kontakty ograniczały się do bożonarodzeniowych kartek z życzeniami i sporadycznych spotkań, ale Sara objęła mnie z głośnym „cześć" i nadal pamiętała Sampsona z imienia i nazwiska.

Jej maleńki pokoik znajdował się w budynku banalnie nazwanym Gmachem B Akademickiego Zakładu Pomocniczego w kampusie Howard University. Pomieszczenie było zagracone książkami piętrzącymi się pod sam sufit, biurkiem ogromnym jak moje i dużą białą tablicą pokrytą matematycznymi wzorami wypisanymi różnokolorowymi markerami.

Sampson przycupnął na parapecie, a ja usiadłem na jedynym krześle przeznaczonym dla gościa.

— Wiem, że masz egzaminy — zacząłem. — Dziękuję, że zgodziłaś się z nami spotkać.

— Z radością wam pomogę, Alex. Sądzisz, że będę mogła? Zsunęła z czoła okulary bez oprawki i spojrzała na kartkę, którą jej przed chwilą podałem. Przepisano na niej cyfry i równanie znalezione na ciele ofiary. Mieliśmy też zdjęcia z miejsca popełnienia morderstwa, ale nie było powodu, by dzielić się z nią makabrycznymi szczegółami, jeśli nie było to konieczne.

Sara rzuciła okiem na kartkę i natychmiast wskazała bardziej skomplikowany wzór.

— To funkcja zeta Riemanna — zakomunikowała. Właśnie ją ujrzeliśmy na plecach anonimowej ofiary tego ranka. — To czysta matematyka. Uważasz, że to może mieć jakiś związek ze sprawą, którą prowadzicie?

Sampson skinął głową.

— Bez wdawania się w zbędne szczegóły, zastanawiamy się, czemu coś takiego miałoby chodzić komuś po głowie. Być może obsesyjnie.

— Hipoteza Riemanna chodzi po głowie wielu ludziom, także mnie — odpowiedziała. — Funkcja zeta jest podstawą tej hipotezy. To przypuszczalnie największy nierozwiązany problem współczesnej matematyki. W dwutysięcznym roku Clay Mathematics Institute wyznaczył milion dolarów dla tego, kto przedstawi dowód.

— Przepraszam, dowód na co? — spytałem. — Rozmawiasz z dwoma palantami, którzy w ogólniaku wygłupiali się na lekcjach algebry.

Sara wyprostowała się i przeszła do rzeczy.

— Mówiąc w skrócie, chodzi o określenie częstości i dystrybucji wszystkich liczb pierwszych aż do nieskończoności, więc pewnie dlatego jest to takie trudne. Hipotezę Riemanna sprawdzono dla pierwszego półtora miliarda przypadków, ale można spytać, czym jest półtora miliarda w porównaniu z nieskończonością?

— Właśnie miałem o to zapytać — wtrącił poważnie Sampson

Sara się roześmiała. Wyglądała niemal tak samo jak wówczas, gdy wywracaliśmy kieszenie, szukając drobnych na dzbanek piwa. Ten sam skory śmiech, te same długie włosy opadające na kark.

— A dwa inne szeregi cyfr? — zapytałem, mając na myśli te, które wycięto na czołach ofiar.

Sara ponownie zerknęła na kartkę, a następnie otworzyła laptop i sprawdziła w wyszukiwarce Google.

— Mam. Tak jak myślałam. Czterdziesta druga i czterdziesta trzecia liczba Mersenne'a. Jedne z największych liczb pierwszych Mersenne'a, jakie znamy.

Notowałem to i owo, gdy mówiła, nie rozumiejąc do końca, co piszę.

— W porządku. Teraz następne pytanie — powiedziałem. — Co z tego wynika?

— Co z tego wynika?

— Powiedzmy, że hipoteza Riemanna zostanie udowodniona. Co się wówczas stanie? Czemu wszystkim na tym zależy?

Sara pomyślała chwilę, zanim udzieliła odpowiedzi.

— Z dwóch powodów. Oczywiście znajdą się jakieś praktyczne zastosowania. Dzięki czemuś takiemu można by zrewolucjonizować teorię szyfrów. Pisanie i łamanie szyfrów zupełnie by się zmieniło, więc człowiek, którego szukacie, mógł mieć to na myśli.

— A drugi powód? — spytałem.

Wzruszyła ramionami.

— Drugi łączy się z samym jej istnieniem. Hipoteza Riemanna to matematyczny Mount Everest... z tą różnicą, że szczyt w Himalajach już zdobyto, a tej hipotezy jeszcze nikomu nie udało się udowodnić. Riemann doznał przez to załamania nerwowego. Pamiętacie Johna Nasha z *Pięknego umysłu*? On też miał obsesję na tym punkcie.

Sara pochyliła się na krześle i przysunęła kartkę z cyframi, by móc je widzieć.

— Ujmijmy to tak — powiedziała. — Gdybyście chcieli znaleźć coś, co mogłoby doprowadzić matematyka do szaleństwa, byłby to dobry punkt rozpoczęcia poszukiwań. Szukacie takiego gościa, Alex? Szukacie obłąkanego matematyka?

Rozdział 59

Przed wschodem słońca Mitch i Denny wyjechali z Waszyngtonu sfatygowanym starym suburbanem. Denny jak zwykle siedział za kółkiem. Wczoraj wcisnął Mitchowi jakąś brednię o ponownym zbrataniu się z rodziną, skoro stał się „prawdziwym facetem", a Mitch to łyknął, nawet wziął sobie do serca. Po prawdzie im mniej Mitch wiedział o rzeczywistych powodach tej małej wyprawy samochodem, tym lepiej.

Do Johnsonburga, PA* było jakieś pięć godzin jazdy. A przynajmniej Denny tak sądził, gdy dotarli do Johnsonburga cuchnącego, że PFU. Miejscowe papiernie wydzielały podobną kwaśną woń jak te, w pobliżu których dorastał w Androscoggin — nieoczekiwane wspomnienie jego nędznych białych korzeni wyrwanych z ziemi dwadzieścia lat temu. Chociaż od tamtej pory kilka razy objechał świat, to małe miasto kojarzyło mu się z powrotem do domu bardziej, niżby sobie tego życzył.

---

* W Pensylwanii.

— A jeśli nie zechce ze mną gadać, Denny? — spytał Mitch po raz osiemdziesiąty piąty z rzędu.

Im byli bliżej, tym szybciej jego kolano podskakiwało w górę i w dół, a palce zaciskały się na wypchanej żółtej małpce, którą trzymał na kolanach, jakby chciał cholerstwo udusić. Zabawka miała rozdarte futerko, bo Mitch wyszarpnął klips zabezpieczający w sklepie sieci Target w Altoonie, zanim wetknął ją sobie pod pazuchę.

— Spróbuj się rozluźnić, Mitchie. Jeśli nie będzie chciała, jej strata. Człowieku, jesteś amerykańskim bohaterem. Nie zapominaj o tym. Prawdziwym bohaterem.

Stanęli przed smętnym małym bliźniakiem otoczonym podobnie wyglądającymi domostwami. Frontowy ogródek przypominał cmentarzysko starych zabawek, a na podjeździe stał zardzewiały niebieski escort.

— Całkiem tu ładnie — powiedział Denny, marszcząc brwi. — Sprawdźmy, czy ktoś jest w środku.

Rozdział 60

W domu faktycznie ktoś był. Usłyszeli muzykę, jakieś żałosne kawałki w stylu Beyoncé lub coś w tym rodzaju. Musieli kilka razy porządnie rąbnąć w drzwi, zanim muzyka nieco przycichła. Sekundę później drzwi się otworzyły. Alicia Taylor okazała się ładniejsza niż na zdjęciu. Przynajmniej do tego momentu. Przez ułamek sekundy Denny zastanawiał się, jak Mitchowi udało się wyrwać taką laskę, ale gdy babka zorientowała się, kto stoi na progu, jej twarz zrobiła się migiem brzydka i nieprzyjemna. Zamarła za moskitierą.

— Co tu robisz, do diabła?! — krzyknęła na powitanie.

— Część, Alicia. — Lęk sprawił, że głos Mitcha stał się chropawy. Lekko poczerwieniał, wyciągając przed siebie wypchaną małpkę. — Mam... mam dla ciebie prezent.

Zza pleców Alicii wyjrzała sięgająca jej do pasa dziewczynka, mierząc ich dużymi oczami spod zaplecionych ozdobionych paciorkami warkoczyków. Uśmiechnęła się na widok zabawki, ale wesołe iskierki zgasły, gdy matka odezwała się ponownie.

— Destiny, marsz do swego pokoju.

— Kim oni są, mamusiu?

— Żadnych pytań, mała. Rób, co mówię! Ale już! No, idź! Kiedy dziewczynka zniknęła w środku bliźniaka, Denny wykombinował sobie, że czas najwyższy wkroczyć do akcji.

— Jak leci? — zagadnął przyjaznym tonem. — Jestem kumplem Mitcha i świetnym kierowcą, ale możesz mi mówić Denny.

Patrzyła na niego wystarczająco długo, by wystrzelić kilka zatrutych strzał.

— Nie zamierzam się do ciebie zwracać — prychnęła i odwróciła się ponownie do Mitcha. — Co tu, kurna, robisz? Nie mam ochoty cię widzieć. Ani Destiny.

— Śmiało, człowieku — powiedział Denny, trącając go w ramię.

Mitch wyciągnął z kieszeni małą kopertę.

— Wiem, że to niewiele, ale masz.

W środku była dwudziestka, dwie piątki i pięćdziesiąt pogniecionych jedynek. Próbował podać jej kopertę przez rozerwaną siatkę, ale odepchnęła jego rękę.

— Zabieraj to, do diabła! Myślisz, że wsuniesz małą kopertę i staniesz się ojcem? — Jej głos przycichł. — Jesteś moim dawnym błędem, Mitch. To wszystko. Jeśli chodzi o Destiny, jej tata nie żyje i chcę, żeby tak zostało. A teraz zmiatajcie z mojej posesji. Mam wezwać policję?

Okrągła twarz Mitcha wydłużyła się tak, jak to możliwe.

— Przynajmniej weź to — powiedział.

Otworzył drzwi z moskitierą, a gdy szybko się cofnęła,

upuścił wypchaną małpkę na podłogę u jej stóp. Żal było na to patrzyć, ale Denny zobaczył wszystko, co trzeba.

— W porzo — mruknął — mamy przed sobą kawał drogi do Cleveland, więc chyba wyruszymy do O-hi-o. Wybacz najście, paniusiu. Widzę, że ta krótka wizyta nie była najszczęśliwszym pomysłem.

— Tak uważasz? — spytała i zatrzasnęła im drzwi przed nosem.

Kiedy ruszyli chodnikiem, Mitch wyglądał, jakby za chwilę miał się rozpłakać.

— Do dupy, Denny, a byłaby dumna, gdyby wiedziała, co robimy. Tak bardzo chciałem jej powiedzieć...

— Ale tego nie zrobiłeś. — Denny otoczył go ramieniem i szepnął do ucha: — Wytrwałeś w naszej misji i tylko to się liczy. Chodź, zahaczymy o Taco Bell, zanim wyjedziemy z miasta.

Obchodząc wóz, żeby dostać się do drzwi kierowcy, Denny sięgnął za pazuchę i zabezpieczył dziewięciomilimetrowego walthera, którego miał w kaburze. Jak się później okazało, Mitch był większym bohaterem, niż sądził. Właśnie ocalił życie córki.

Alicia mogła sobie zgrywać chojraka, ale nie miała o niczym pojęcia, a Denny za nic nie zastrzeliłby pięcioletniej dziewczynki, która nawet nie wiedziała, kim jest Mitch. Jedynym celem wizyty była ocena zagrożenia, a niczego takiego nie stwierdził.

Jeśli facetowi w Waszyngtonie to się nie spodoba, niech sobie znajdzie innego wykonawcę.

Rozdział 61

Właściwie to mieli całkiem zabawny dzień — relaksujący i zaskakujący, szczególnie ta śliczna żoneczka Mitcha. Dotarli do Arlington tuż po zmroku. Mitch spędził większą część podróży na oglądaniu pobocza drogi, podziwianiu widoków i wierceniu się w fotelu jak ktoś, kto nie może zasnąć.

Teraz, gdy wjechali na most Roosevelta, siedział wyprostowany i sztywny jak tyczka, gapiąc się przed siebie.

— Kurna, co jest, Denny?

Samochody poruszające się w obu kierunkach utworzyły zator na autostradzie. Na poboczu stały radiowozy z migającymi światłami, a po drodze kręcili się umundurowani funkcjonariusze. Nie był to zwyczajny korek ani wypadek drogowy.

— Drogowy punkt kontrolny — odgadł Denny.

Wprowadzono je kilka lat temu w rejonach, gdzie często dochodziło do aktów przemocy. Mitch nigdy wcześniej czegoś takiego nie wiedział.

— Musiało się wydarzyć coś wielkiego. Wiesz, naprawdę wielkiego.

— Nie podoba mi się to, Denny. — Kolano Mitcha zaczęło dygotać. — Może szukają suburbana po tym numerze w Woodley Park?

— Szukają, ale ciemnoniebieskiego albo czarnego. Oprócz tego zatrzymują wszystkich, widzisz? Cholera, szkoda, że nie mamy gazet. Sprzedałoby się trochę w takim tłoku — powiedział Denny tak pogodnym tonem, jak potrafił. — Moglibyśmy odzyskać trochę grosza za benzynę, którą dziś spaliliśmy.

Mitch tego nie kupił. Siedział przygarbiony i spięty, gdy w żółwim tempie zbliżali się do czoła kolumny.

Później, ni z gruszki, ni z pietruszki, wypalił:

— Skąd mieliśmy forsę na benzynę, Denny? I to, co było w kopercie dla Alicii? Nie kumam, skąd mieliśmy kasę.

Denny zgrzytnął zębami. Do tej pory Mitch nie zadawał kłopotliwych pytań.

— Wiesz, co się stało z ciekawskim kotem, Mitchie? Zdechł, nie żyje — odpowiedział. — Skoncentruj się na najważniejszym i pozwól, że zajmę się resztą. Również tym.

Kiedy zbliżyli się do posterunku, policjant rozmiarów zawodnika NBA dał znak, żeby się zatrzymali.

— Prawo jazdy i dowód rejestracyjny.

Denny sięgnął do schowka na rękawiczki i podał mu dokumenty bez mrugnięcia okiem. W takich chwilach opłacało się pracować dla odpowiednich ludzi. „Denny Humboldt" miał konto czyste jak tyłek kota szykowanego na wystawę. Można było zapomnieć nawet o mandatach za nieprawidłowe parkowanie.

— Co się stało, panie władzo? — zapytał. — Wygląda na coś poważnego.

Gliniarz odpowiedział pytaniem, spoglądając na śmieci zaściełające tylne siedzenie.

— Skąd jedziecie?

— Z Johnsonburga, PA — odrzekł Denny. — Nawiasem mówiąc, nie ma tam niczego, co warto zobaczyć. Podła dziura.

— Dawno wyjechaliście?

— Dziś rano. Jednodniowa podróż. Widzę, że nie może pan nic powiedzieć, co?

— Właśnie. — Policjant oddał mu dokumenty i skinął im ręką. — Proszę jechać.

Gdy ruszyli, Mitch ściągnął łapska z kolana i odetchnął głęboko.

— Było cholernie blisko — stwierdził. — Sukinsyn coś wiedział.

— Guzik prawda — zaprzeczył Denny. — Niczego nie wiedział. Jak wszyscy. Nikt nie ma zielonego pojęcia. Zielonego.

Niebawem dowiedzieli się wszystkiego z radia. Wiadomość o ponownym uderzeniu snajpera rozchodziła się lotem błyskawicy. Tym razem zabił z dużej odległości niewymienionego z nazwiska policjanta po tej stronie Potomacu, gdzie rozciągał się Dystrykt Kolumbii.

Nic dziwnego, że gdy wjechali mostem Roosevelta do miasta, ujrzeli mnóstwo policyjnych radiowozów zaparkowanych wzdłuż alei Rock Creek.

— Świński spęd?! — ryknął Denny. — Czyżby Boże Narodzenie nadeszło szybciej w tym roku?

— Co ty wygadujesz, Denny? — Mitch był nadal roztrzęsiony przejazdem przez punkt kontrolny.

— Martwy glina, człowieku! Nie słuchasz, co mówię? — spytał Denny. — Idzie, jak sobie zaplanowaliśmy. Mamy pieprzonego naśladowcę.

Rozdział 62

Nelson Tambour został zastrzelony przed zapadnięciem zmroku na porośniętym trawą pasie ziemi niczyjej między aleją Rock Creek i rzeką. Gdy dotarłem na miejsce, autostrada była już zamknięta na odcinku od K Street do Centrum Kennedy'ego. Zaparkowałem tak blisko, jak się dało, i resztę drogi przebyłem na piechotę.

Tambour był detektywem NSID, wydziału narkotyków i dochodzeń specjalnych. Choć nie znałem go osobiście, jego śmierć przypominała nocny koszmar. Policja metropolitalna straciła jednego ze swoich, i to w makabrycznych okolicznościach. Detektywa Tamboura znaleziono z rozwaloną na pół czaszką. Ktoś wpakował mu w głowę kulę dużego kalibru.

Zapadła już noc, ale miejsce morderstwa oświetlało kilka reflektorów, więc było jasno jak na piłkarskim stadionie. Z boku ustawiono dwa namioty — jeden dla centrum dowodzenia, drugi do zbierania dowodów, tak by nie dojrzało ich wścibskie oko telewizyjnych helikopterów krążących nad głowami.

Zjawił się też wodny patrol, pływając niczym statek wycieczkowy w sporej odległości od brzegu. No i wszędzie roiło się od przełożonych.

Kiedy ujrzałem mojego szefa Perkinsa, skinął dłonią, bym do niego podszedł. Stał na stronie razem z zastępcami szefów NSID i służb śledczych oraz kobietą, której nie rozpoznałem.

— Alex, to Penny Ziegler z IAD — powiedział, a ja poczułem, że żołądek ściska mi się w węzeł. Co tu robi wydział wewnętrzny?

— Powinienem o czymś wiedzieć? — spytałem.

— Tak — odparła Ziegler.

Jej twarz była pełna napięcia, jak nasze.

— Przez ostatni miesiąc detektyw Tambour miał status „bez kontaktu" — wyjaśniła. — W tym tygodniu mieliśmy mu przedstawić zarzuty.

— Jakie zarzuty? — zdziwiłem się.

Gdy Perkins skinął głową, ciągnęła:

— Ponad dwa lata temu Tambour nadzorował tajną operację związaną z trzema dużymi gangami narkotykowymi w Anacostii. Zakosił połowę towaru, który zgarnęliśmy, głównie PCP, kokę i ecstasy. Później upłynnił towar za pośrednictwem siatki ulicznych handlarzy w Maryland i Wirginii.

— Mógł być dziś na prochach — dodał Perkins, kręcąc głową. — W bagażniku jego wozu znaleziono kokę.

Przez głowę przemknęły mi słowa: lisy w kurniku.

Nagle Tambour zaczął mi bardziej pasować do profilu ofiary snajpera niż jeszcze minutę temu.

Z drugiej strony facet nie był szerzej znany opinii publicznej.

Jego nazwisko nie pojawiało się w nagłówkach gazet jak w wypadku poprzednich. A przynajmniej nie do tej pory. I na tym polegała różnica.

Istotna różnica? Nie byłem tego pewny, a jednocześnie nie mogłem się uwolnić od wrażenia, że coś tu jest nie tak.

— Chciałbym wprowadzić zakaz komunikowania się przez radio we wszystkich sprawach mających związek ze śledztwem — zwróciłem się do Perkinsa. — Ten, kto to zrobił, musi mieć u nas wtyczkę.

— Zgoda — odparł. — Słuchaj, Alex... — Perkins położył mi rękę na ramieniu, gdy odwróciłem się, żeby odejść. Spojrzał na mnie pełnym napięcia, może nawet lekko zrozpaczonym wzrokiem. — Znajdź faceta — powiedział. — Ta sprawa zaczyna się wymykać spod kontroli.

Pomyślałem, że jeśli to morderstwo nie było robotą snajpera, już się wymknęła.

Rozdział 63

Federalni zaczęli przyjeżdżać zaraz po mnie. Powitałem ich z mieszanymi uczuciami. Chociaż ekipy dochodzeniowe FBI dysponowały najlepszymi zabawkami na świecie, oznaczało to, że niebawem zjawi się Max Siegel.

No i faktycznie wpadliśmy na siebie nad ciałem Nelsona Tamboura.

— Rana wylotowa to istne piekło — zauważył Siegel, wkraczając w moją przestrzeń ze swoją typową wrażliwością. — Słyszałem, że gość był umoczony. To prawda? I tak się dowiem.

Zignorowałem pytanie i odpowiedziałem na to, które powinien był zadać.

— Definitywnie strzał z dużej odległości — zawyrokowałem. — Żadnego tepowania. Pozycja ciała wskazuje, że strzały padły stamtąd.

Na wprost nas w odległości ponad dwustu metrów od brzegu migotały światła reflektorów przeczesujące krzaki na Wyspie

Roosevelta. Dwie drużyny szukały tam łusek, podejrzanych odcisków stóp, czegokolwiek.

— Powiedziałeś „strzały"? Użyłeś liczby mnogiej? — zapytał Siegel.

— Tak. — Wskazałem zbocze za miejscem, w którym upadł Tambour. W ziemi tkwiły cztery żółte chorągiewki wetknięte tam, gdzie znaleziono łuski. — Jedno trafienie i trzy pudła — dodałem z westchnieniem. — Nie jestem pewien, czy to ta sama osoba.

Siegel krążył między rzeką i ciałem Tamboura, kilka razy oddalając się i wracając.

— Może strzelano z łodzi. Nieźle dziś kołysze. To wyjaśniałoby kilka strzałów i pudła.

— Na wodzie nie można się schować — odrzekłem. — Poza tym istnieje ryzyko, że ktoś cię zobaczy. Dodam, że mottem tych gości jest „jeden strzał, jeden trup". Oni nie chybiają.

— Motto snajperów? — zdziwił się Siegel. — Na cholerę im to?

— To dla nich powód do dumy. W każdym razie aż do dziś ich robota była nieskazitelna.

— Czyżbyśmy mieli na wolności kolejnego czubka z nowoczesnym karabinem snajperskim?

Wyczułem narastającą pogardę w jego głosie. Znowu to samo.

— Czy twoja komórka nie została powołana specjalnie do takich spraw? — zapytałem. — Patel tak mi powiedziała na spotkaniu, które olałeś.

— No tak. — Siegel zakołysał się w tył na obcasach. —

214

Masz jakąś teorię? A może sprawdzasz to, co podsłuchałeś w biurze?

Pomyślałem, że poczuł się przeze mnie zagrożony i miałby się lepiej, gdyby zdołał mnie sprowokować do jakiegoś nieprofesjonalnego zachowania. Już wystawiłem palec, ale go cofnąłem i skupiłem wzrok na ziemi wokół zwłok Tamboura. Kiedy stało się jasne, że nie zareaguję, spróbował inaczej.

— Wiesz, może ci faceci po prostu są dobrzy — rzucił od niechcenia. — Podstawowa zasada terrorystów, pamiętasz? Najlepszym sposobem ubiegnięcia policji jest nieprzewidywalność. Sądzisz, że tak można na to spojrzeć?

— Niczego nie wykluczam — odparłem, nie odwracając się do niego.

— To dobrze — powiedział. — Dobrze, że się uczysz na własnych błędach. Czy nie na tym się potknąłeś z Kyle'em Craigiem?

Tym razem na niego spojrzałem.

— Gość cię zwyczajnie przechytrzył, co? Ciągle zmieniał zasady gry? Pewnie nadal to robi? Może nawet dziś? — Siegel wzruszył ramionami. — Czyżbym także w tym się mylił?

— Wiesz co, Max? Po prostu zamknij gębę.

Podniosłem się i stanąłem naprzeciw niego, zbliżając się bardziej, niż było trzeba. Nie starałem się już „zapanować" nad Siegelem. Po prostu musiałem mu to powiedzieć.

— Nie wiem, z jakimi problemami się borykasz, ale mogę ci polecić kilku specjalistów. Tymczasem chciałbym ci przypomnieć, że dzisiejszego dnia straciliśmy policjanta. Okaż odrobinę szacunku.

Chyba dałem mu okazję, na którą czekał. Siegel cofnął się o krok, ale obleśny uśmiech nie zniknął z jego twarzy. Zachowywał się, jakby cały czas sobie żartował.

— Zgoda — odrzekł, wskazując przez ramię. — Będę tam, gdybyś mnie potrzebował.

— Obędzie się — stwierdziłem i wróciłem do pracy.

Rozdział 64

Do dziewiątej otrzymałem pilny telefon z wywiadu FBI i terenowej grupy zwiadu, miałem też odprawę u burmistrza i oddzielne spotkanie z własnym zespołem w policji metropolitalnej.

Najważniejsze pytanie brzmiało: czy mamy do czynienia z Patriotą, czy kimś innym. Badania balistyczne były najszybszym sposobem potwierdzenia związku, jeśli taki istniał, więc zafundowali Cailin Jerger z laboratorium FBI w Quantico bezpłatną podróż helikopterem.

Widok czarnego bella lądującego na opustoszałej alei był doprawdy niezwykły.

Podbiegłem, żeby się przywitać i zaprowadzić Jerger na miejsce zabójstwa.

Miała na sobie dżinsy i bluzę Quantico z kapturem. Pewnie wyciągnęli ją prosto z salonu. Patrząc na tę drobną, niepozorną kobietę, nigdy byś nie odgadł, że o broni palnej wie najwięcej w trzech sąsiednich stanach. Pokazując jej, gdzie zastrzelono Tamboura i jaki był rozrzut czterech strzałów, wstrzymałem się od komentarza. Nie powiedziałem ani słowa. Chciałem, żeby wyciągnęła własne wnioski.

W namiocie z dowodami czekał na nas cały świat. Na zewnątrz zgromadził się tłum gliniarzy i agentów, w tym większość zespołu Tamboura z NSID. W środku znaleźliśmy komendanta Perkinsa, Jima Heekina z centrali, Maxa Siegela, paru zastępców dyrektorów z policji metropolitalnej i FBI oraz kilku przedstawicieli ATF. Jerger spojrzała na pełne oczekiwania twarze, a później zamknęła się w sobie, jakby w namiocie była tylko ona i ja.

Każda z czterech łusek leżała oddzielnie w plastikowej torebce na długim składanym stole. Trzy znajdowały się w całkiem dobrym stanie, czwarta była poważnie uszkodzona. Z wiadomych powodów.

— Cóż, to z pewnością łuski pocisków do karabinu — stwierdziła od razu Jerger. — Ale nie ze stodziesiątki jak w poprzednich wypadkach.

Wzięła ze stołu szczypce i wydobyła z torebki jedną z dobrych łusek, a następnie obejrzała jej podstawę przez lupę.

— Taak, właśnie to podejrzewałam. Trzystaosiemdziesiątkaósemka — powiedziała. — Widzisz stempel L w tym miejscu? To oznacza, że użyto oryginalnego pocisku Lapua Magnum. Stworzono je specjalnie do karabinów snajperskich.

— Możesz się wypowiedzieć w sprawie użytej broni na podstawie zebranych dowodów? — zapytałem.

Wzruszyła jednym ramieniem.

— To zależy. Musiałabym zbadać kule w laboratorium, ale mogę od razu powiedzieć, że te maleństwa mają bardzo twarde otuliny. Żłobkowanie będzie minimalne.

— Jakie jest twoje pierwsze wrażenie? — spytałem. — Jesteśmy w kropce.

Jerger westchnęła głęboko. Nie sądzę, żeby babka lubiła spekulować. W jej robocie chodziło o precyzję.

— Jeśli wykluczyć awarię sprzętu, nie widzę żadnego powodu, by zrezygnować z M sto dziesięć na rzecz czegoś innego.

Podniosła kolejny woreczek z dowodami, przyglądając mu się badawczo.

— Nie zrozum mnie źle. To bardzo dobra amunicja, ale jeśli chodzi o strzelanie z dużej odległości, stodziesiątka jest prawdziwym rolls-royce'em wśród karabinów snajperskich, a wszystko inne jest... jest wszystkim innym.

— Sądzisz, że strzelał ktoś inny? — zapytał komendant Perkins, przypuszczalnie nadmiernie sugerując odpowiedź.

— Zdziwiłabym się, gdyby sprawca był ten sam. To wszystko. Nie znam motywów snajpera. Jeśli chodzi o broń, mogę powiedzieć, że pewne możliwości są bardziej prawdopodobne od innych.

— Jakie? — spytałem.

Wymieniła je natychmiast.

— M dwadzieścia cztery, remington siedemset, TRG czterdzieści dwa, PGM trzysta trzydzieści osiem. To najbardziej popularne karabiny, przynajmniej w armii. — Później spojrzała na mnie z czymś przypominającym ponury uśmiech. — Jest też bor. Słyszałeś o nim?

— A powinienem? — zapytałem.

— Niekoniecznie — odrzekła, wpatrując się we mnie. — Byłby to makabryczny zbieg okoliczności, bo jego odmiana kalibru trzysta trzydzieści osiem jest nazywana karabinem Alex.

Rozdział 65

Kyle Craig uśmiechał się głupkowato, krzywiąc twarz Maxa Siegela, w drodze do domu na Drugiej Ulicy. Po prostu nie mógł się opanować. W ciągu całej swojej kariery i w licznych wcieleniach jeszcze nigdy nie bawił się tak dobrze jak dziś wieczorem. Ważniacy szybko otoczyli agentkę Jerger, żeby dowiedzieć się więcej o karabinie Alex!

Może w FBI nadal było kilku bystrych gości. Subtelne wskazówki stały się czymś w rodzaju jego wizytówki, ale być na miejscu, gdy je znaleźli? Cóż, był to wyjątkowy dreszczyk emocji, wyrażając się eufemistycznie. Niesamowity ubaw.

A jednocześnie zaledwie wstęp. Ten mały dramat nad rzeką był pierwszym z szybkiej serii ciosów, których nikt się nie spodziewał i których nikt nie odczuje bardziej niż Alex.

Weź się w garść, przyjacielu. Już niedługo!

Kyle spojrzał na zegarek, zamykając za sobą frontowe drzwi. Była dopiero dwunasta trzydzieści, ale od wielu godzin nie było widać słońca. Nadal miał mnóstwo czasu, by zrobić to, co zaplanował.

Rozdział 66

Najpierw rzeczy pierwsze. Otworzył drzwi prowadzące do piwnicy i zszedł na dół wąskimi schodami do warsztatu z pustaków znajdującego się pod domem. Może nie była to kryjówka jego ojca obita panelami ze starego orzecha włoskiego, z liczącym trzy i pół metra długości kominkiem i ruchomymi drabinkami, ale do jego celów nadawała się idealnie.

W środku spała spokojnie agentka Patel. Jej wygląd prawie się nie zmienił, tyle że trochę zesztywniała, co wydawało się odpowiednie. Dziewczyna była sztywna jeszcze za życia.

— Jesteś gotowa na zmianę scenerii, moja droga?

Uniósł ją i położył na folii malarskiej grubości czterech milimetrów, a następnie zostawił, by zająć się innymi rzeczami. Przypomniał sobie, że jego nie tak znowu ukochana zmarła matka Miriam zostawiała rano tacę zamrożonych schabowych z kością na blacie, żeby wieczorem były gotowe do ugotowania na kolację. Nie mógł powiedzieć, że stara nie nauczyła go niczego pożytecznego.

Teraz kolej na ściany. Przykleił kilkanaście nowych zdjęć obok starych — rezultat kilku wypełnionych otępiającą nudą dni śledzenia Crossa. Nie była to najbardziej stymulująca część zabawy, ale z pewnością się opłaciła.

Oto Alex Cross i John Sampson pracujący na miejscu cudownie pokręconej nowej sprawy z Franklin Square.

A tu Alex, Ali i jego matka Christine, która swoim przybyciem wywołała atmosferę przypominającą *Sturm und Drang*.

Zdjął wszystko — każde zdjęcie, mapę i wycinek prasowy, który zebrał od czasu przyjazdu do Waszyngtonu. Niczego nie będzie już potrzebował. Wszystko zapamiętał. Nadeszła pora, żeby usunąć z głowy szczegóły i wznieść się w górę!

Kiedyś chciałby — ba, musiał — zaplanować wszystko w najdrobniejszych szczegółach. Dziś nie było to już konieczne. Dziś możliwości wisiały w powietrzu jak liczne owoce czekające na zerwanie.

Ostatni fragment narracji mógłby brzmieć następująco: Alex budzi się na podłodze w łazience z nożem w dłoni. Wstaje zdezorientowany i wlecze się do sypialni, by znaleźć Bree wybebeszoną na ich łóżku. Biegnie, żeby zajrzeć do dzieci, i znajduje je w podobnym stanie. I babcię. Alex niczego nie pamięta, nie wie nawet, jak wrócił do domu tej nocy. Przeskok o rok lub dwa do przodu. Cross odkrywa, jakim piekłem jest przebywanie w więzieniu o zaostrzonym rygorze, duszenie się w przekonaniu o własnej niewinności i poczucie, że codziennie ściany celi coraz bardziej zaciskają się wokół niego.

A może nie.

Może sprzątnie go definitywnie, raz na zawsze. Porządne

tortury w dawnym stylu i morderstwo. Nie trzeba było dodawać, że obserwowanie śmierci Crossa byłoby bardzo pociągające.

Tymczasem nie musiał się spieszyć w sprawie wyboru zakończenia. Jego jedynym zadaniem było oddychanie powietrzem Maxa Siegela, pozostawanie otwartym na różne możliwości i skupienie się na tym, co miał przed nosem.

W tej chwili była to agentka Patel.

Kiedy wrócił, by do niej zajrzeć, zaczęła już mięknąć na krawędziach. Wszystko jak należy. Pozbędzie się jej, gdy zacznie cuchnąć.

— Dobre było, ale się skończyło, współmieszkanko — powiedział, pochylając się, by złożyć na jej wargach pospieszny pożegnalny pocałunek. Następnie wturlał swego wychodzącego gościa do standardowego białego worka na zwłoki i zapiął zamek, żeby przygotować ciało do transportu.

Rozdział 67

Kolejny wczesny ranek i kolejny telefon od Sampsona. Tym razem nawet nie zdążyłem wstać z łóżka.

— Posłuchaj, wiem, że miałeś paskudną noc, ale pomyślałem, że chciałbyś o tym wiedzieć. Mamy kolejną ofiarę obłąkanego matematyka.

— Świetna pora — rzekłem, leżąc na plecach z ramieniem Bree na piersi.

— Tak sobie myślę, że nikt nie dostanie ode mnie notatki w tej sprawie. Mogę się tym zająć, jeśli potrzebujesz przerwy.

— Gdzie jesteś? — zapytałem.

— Na dworcu autobusowym przy Union Station. Nie żartuję, mówisz, jakbyś miał potwornego kaca, Alex. Może zrobisz sobie wolne, a ja zapomnę, że dzwoniłem?

— Nie — zaprotestowałem. Każda cząstka mojego ciała pragnęła pozostać na materacu, ale istnieje tylko jeden pierwszy rzut oka na miejsce popełnienia morderstwa. — Przyjadę tak szybko, jak zdołam.

Bree chwyciła moje ramię, gdy usiadłem i zwiesiłem stopy na podłogę.

— Boże, Alex! Czy to nowa definicja wczesnego poranka? Co się dzieje?

— Wybacz, że cię obudziłem — powiedziałem, odchylając się do tyłu, by ją pocałować na dzień dobry. — Nawiasem mówiąc, nie mogę się doczekać naszego ślubu.

— Taak? Czy to coś zmieni?

— Nie — odrzekłem. — Nie zmieni, ale nie mogę się doczekać.

Uśmiechnęła się cudownie, nawet w półmroku. Żadna kobieta, którą znałem, nie potrafiła tak pięknie wyglądać z samego rana. Tak pięknie i zmysłowo. Musiałem szybko wstać, zanim zacznę coś, czego nie mogłem dokończyć.

— Chcesz, żebym z tobą pojechała? — spytała sennie, opierając się na jednym łokciu.

— Dzięki, ale nie. Sam muszę się tym zająć. Mogłabyś odwieźć dzieciaki do szkoły...

— Załatwione. Coś jeszcze?

— A może szybki numerek, zanim wyjadę?

— Muszę się zastanowić — odpowiedziała. — Sampson czeka. Idź... nim oboje zrobimy coś, czego nie będziemy żałowali.

Opuściłem dom kilka minut później, pomachawszy gościom z ochrony patrzącym, jak wypadam na ulicę. Zaledwie kilka godzin temu przeczołgałem się przed nimi w drugą stronę.

— Cześć, chłopaki. Regina już się budzi — powiedziałem. — Za chwilę będzie kawa.

— A co z bułeczkami? — spytał jeden z nich.

— Wątpię — odparłem ze śmiechem.

Sytuacja zaczynała się jednak wymykać spod kontroli. Pracowałem o różnych zwariowanych porach jak każdy, ale wychodzić z domu i zasuwać do roboty, zanim Nana Mama dotrze do kuchni? To dopiero definicja wczesnego wstawania.

Rozdział 68

Kiedy dojechałem na miejsce, wszystkie poranne autobusy stały jeden za drugim przed Union Station.

Sampson zamknął już tylną część dworca, a wokół kręcili się gliniarze z drogówki w żółtych kamizelkach, pokazując ludziom, gdzie mają jechać. Kolejny potężny ból głowy, choć tym razem nie mój.

Objechałem dworzec i zszedłem na przepastny główny poziom podziemnego parkingu od strony ulicy. Sampson czekał już na mnie z dużym kubkiem kawy w ręce.

— Naprawdę nienawidzę tego robić, Alex. Nienawidzę jak cholera — powiedział, wręczając mi poranne paliwo.

Ruszyliśmy na tyły, gdzie przy ścianie od strony H Street stał rząd dużych brązowych kontenerów na śmieci. Tylko jeden z nich był otwarty.

— Tym razem ofiara jest naga — uprzedził mnie Sampson. — A cyfry są wypisane na jej plecach. Sam zobaczysz.

Wygląda na to, że została zasztyletowana, a nie zakatowana na śmierć. W sumie paskudny widok.

— W porządku — westchnąłem. — Zobaczmy, co tu mamy. — Naciągnąłem rękawiczki i podszedłem, by ocenić zniszczenia.

Leżała na brzuchu na kupie odpadków — głównie toreb ze śmieciami z pobliskiego dworca. Cyfry wycięto w dwóch równoległych rzędach wzdłuż kręgosłupa. Nie było to jednak matematyczne równanie, ale coś innego.

N38°55'46,1598"

W94°40'3,5256"

— Współrzędne GPS? — spytałem.

— Ciekawe, co to za miejsce, jeśli w ogóle o nie chodzi — powiedział Sampson. — Ten gość się rozwija, Alex.

— Czy ktoś ruszał ciało?

— Koroner jeszcze nie dotarł na miejsce. Nie wiem, jakie są korki w mieście, ale nie sądzę, że powinniśmy czekać dłużej.

— Racja. Po co czekać, to znakomity pomysł na rozpoczęcie dnia. Pomóż.

Wzięliśmy głęboki oddech i wgramoliliśmy się do kontenera. W środku trudno było się poruszać, bo torby przesuwały się pod butami, a jeszcze trudniej było nie naruszyć miejsca zbrodni. Jak najszybciej chwyciliśmy ofiarę i delikatnie przewróciliśmy na plecy.

Widok, który ujrzałem, mnie zamurował. Oparłem się o bok kontenera i pierwszy raz w życiu omal nie zwymiotowałem.

Sampson stanął przy mnie.

— Wszystko w porządku, Alex? Co się stało?

Poczułem metaliczny smak w ustach. W głowie mi się kręciło od przypływu adrenaliny i niemiłego zaskoczenia.

— To agentka, John. Z FBI. Pamiętasz ją? Pamiętasz sprawę DCAK? To Anjali Patel.

Rozdział 69

Biedna Anjali.

Jasny szlag! Jak mogło do tego dojść? Pytam jak, u diabła?! To makabryczne znać ofiarę morderstwa, szczególnie tak brutalnego jak to. Do głowy ciągle przychodzą niechciane pytania. Czy się tego spodziewała? Czy cierpiała? Czy szybko było po wszystkim?

Przypominałem sobie, że precyzyjne nacięcia nożem musiały zostać wykonane po śmierci, ale kiepska była z tego pociecha. Najlepszą rzeczą, jaką mogłem zrobić dla Patel, było skoncentrowanie się na pracy i miejscu popełnienia przestępstwa tak obiektywnie, jak to było możliwe w tych pokręconych okolicznościach.

Od razu zadzwoniłem do biura koronera. Chciałem się upewnić, że do tej sprawy zostanie oddelegowany Porter Henning. Chciałem się też dowiedzieć, czemu tak długo tu jechali. Powinni się zjawić dawno temu. Do licha, przecież mnie się to udało!

Sampson zapisał cyfry, które znaleźliśmy na plecach Anjali, i wyciągnął swój blackberry, żeby jak najszybciej czegoś się o nich dowiedzieć.

Kiedy połączyłem się z Porterem, który utkwił w korku na Eisenhower Freeway, John pomachał mi ręką, że coś znalazł.

— Sam nie wiem, Alex. Wydaje się to zupełnie przypadkowe. — Odwrócił telefon, żeby pokazać mi mapę wyświetloną na ekranie. — To jakiś adres w Overland Park w Kansas. Ta sprawa robi się coraz dziwniejsza. Może to jednak matematyczny wzór.

— Próbowałeś sprawdzić adres, wpisując cyfry w odwrotnej kolejności? — zapytałem.

— Właśnie nad tym pracuję.

Wolno mu szło, bo miał wielkie paluchy, a klawiatura była malutka. Chyba dlatego Sampson do nikogo nie wysyłał wiadomości tekstowych.

— Już mam. To adres restauracji — powiedział. — KC Masterpiece Barbecue and Grill.

Sampson kręcił głową, jakby wynik nie mógł być właściwy, ale ja poczułem się tak, jakby oblano mnie lodowatą wodą. Musiało się to objawić na mojej twarzy, bo John pomachał mi dłonią przed oczami.

— Alex? Gdzie jesteś?

Moje dłonie zacisnęły się w pięści. Chciałem w coś grzmotnąć. Z całej siły.

— Wszystko jasne — rzekłem. — Właśnie tak pracuje ten sukinsyn.

— Kto i jak? — spytał. — Co ty...

Wtedy załapał.

— Jezu.

Nagle wszystko nabrało sensu w najgorszy z możliwych sposobów. Wczorajszej nocy mieliśmy karabin Alex, a dzisiaj... KC Masterpiece. Jego pieprzone arcydzieło.

Arcydzieło Kyle'a Craiga.

Robił to już wcześniej, zostawiając znaki na miejscu zbrodni, żeby przypisać sobie zasługę tam, gdzie mu się należała. Oba morderstwa były aluzją do moich niezakończonych śledztw — postrzelenie Tamboura przez snajpera i cyfry tak brutalnie wyryte na skórze Anjali Patel.

Najwyraźniej Kyle zabił oboje albo komuś to zlecił.

Później przypomniałem sobie coś potwornego, jak upiorny wstrząs wtórny. Przypomniałem sobie Bronsona „Pop-Pop" Jamesa, mojego młodego pacjenta. Został zastrzelony podczas napadu na sklep monopolowy o nazwie Cross Country Liquors. Oczywiście. Czemu wcześniej o tym nie pomyślałem?

Wszystko do siebie pasowało, a ja czułem się tak, jakby umieszczono na moich barkach kolejną tonę cegieł. Kyle krążył wokół i był coraz bliżej, czyniąc tyle spustoszenia, ile się dało. Nie był to akt ślepego okrucieństwa, ale zaplanowane i osobiste działanie.

Karał mnie za to, że go kiedyś złapałem.

Rozdział 70

Zadzwoniłem do Rakeema Powella, prosząc o dodatkową dwudziestoczterogodzinną ochronę domu. Postanowiłem, że jeśli trzeba, wezmę pożyczkę. W tej chwili pieniądze przestały się liczyć. Nie wiedziałem, jak Kyle zamierza to zakończyć, ale nie zamierzałem czekać, aż ponownie uderzy.

Spędziłem większą część dnia w gmachu Hoovera. Nagła śmierć Anjali wywołała tam podobny skutek jak trzęsienie ziemi, tylko w SIOC huczało niczym w wieży kontroli lotów.

Dyrektor FBI Ron Burns osobiście udostępnił nam salę operacyjną i obława na Kyle'a Craiga ruszyła pełną parą. Jego ujęcie nie miało osobistego znaczenia wyłącznie dla mnie. Craig był sprawcą największego wewnętrznego skandalu w stuletniej historii Biura. Teraz zamordował kolejnego agenta, być może, żeby odpłacić w ten sposób FBI.

Wszystkie miejsca za biurkami ustawionymi w podwójną podkowę były zajęte. Na pięciu głównych ekranach umieszczonych w przedniej części sali wyświetlano na przemian zdjęcia i stare filmy wideo z Kyle'em oraz mapy kraju i świata z elektronicznymi markerami oznaczającymi jego ofiary, powiązania i ruchy w przeszłości.

Cały dzień utrzymywaliśmy stałą łączność z Denver, Nowym Jorkiem, Chicago i Paryżem, gdzie Kyle mieszkał od dnia swojej ucieczki z więzienia ADX we Florence. Oprócz tego każde biuro terenowe zostało postawione w stan najwyższej gotowości.

Jednak mimo całej tej gorączkowej krzątaniny musieliśmy się pogodzić z tym, że nikt nie ma zielonego pojęcia, gdzie on teraz przebywa.

— Nie wiem, co ci powiedzieć, Alex — westchnął Burns, krążąc po pokoju. Właśnie zakończyliśmy telekonferencję przypominającą maraton. — Nie mamy niczego, żadnego materialnego dowodu, że Kyle zamordował Tamboura lub Patel. Nie wiemy nawet, czy był wtedy w Waszyngtonie. Nawiasem mówiąc, nie wiemy też nic o beretcie, którą wyciągnąłeś z dowodów.

Beretta, o której mówił, została użyta przez Bronsona Jamesa podczas zbrojnego napadu na sklep. Początkowo sądziłem, że Pop-Pop dostał ją od członków ulicznego gangu, ale równie łatwo mógł mu ją dostarczyć Kyle Craig. Wiedziałem, że Kyle woli berettę, a on wiedział, że ja wiem.

— Ja jestem dowodem — powiedziałem. — Facet do mnie zadzwonił. Groził mi. Ten człowiek ma obsesję na moim punkcie, Ron. Uważa, że tylko mnie udało się go pokonać, a gość ma bardzo silną potrzebę rywalizacji.

— Może zabójcą jest jeden z jego uczniów? Przyjmijmy to

czysto teoretycznie. — Burns zwracał się do mnie, a jednocześnie do tuzina innych agentów, którzy notowali i walili w klawiatury laptopów, gdy mówił. — Kyle Craig ma naśladowców, niektórzy są gotowi umrzeć na jego skinienie. Mieliśmy z tym do czynienia. Skąd mamy wiedzieć, że nie zlecił roboty jednemu ze swoich?

— Bo była wymierzona we mnie — wycedziłem. — Tę część Kyle chciałby wykonać osobiście.

— Jeśli nawet... — Burns przestał łazić w kółko i usiadł — jeśli nawet, nadal niczego nie mamy. Niezależnie od tego, kto dokonał morderstw, mamy w ręku te same karty. Będziemy badali miejsca zabójstw, zachowamy czujność i zadbamy, żeby nasi ludzie byli gotowi, gdy uderzy kolejny raz.

— To nie wystarczy, do cholery! — zawołałem, zrzucając z biurka swoje notatki, a wraz z nimi kartki kilku kolegów. Natychmiast tego pożałowałem. — Przepraszam — powiedziałem. — Wybaczcie.

Burns przykucnął obok mnie, gdy zbierałem kartki, i wyciągnął dłoń, pomagając mi wstać.

— Zrób sobie przerwę. Idź na obiad. Nie masz tu nic do roboty.

Miał rację, czy mi się to podobało, czy nie. Byłem wyczerpany i czułem się odrobinę zakłopotany. Definitywnie musiałem na jakiś czas wrócić do domu.

Kiedy czekałem na windę, poczułem, że telefon wibruje mi w kieszeni któryś raz z rzędu tego dnia. Dzwoniono do mnie bez przerwy z policji metropolitalnej, odzywali się też Sampson, Bree i Nana...

Spojrzałem na ekran i przeczytałem „przyjaciel".

— Alex Cross, słucham — powiedziałem i natychmiast ruszyłem w kierunku sali operacyjnej.

— Cześć, Alex — przywitał się Kyle Craig. — Robi się gorąco, co?

Rozdział 71

— Telefon, z którego dzwonię, ma zakodowane łącze, więc możesz sobie darować — ciągnął Kyle. — Jeśli dobrze sobie wszystko obliczyłem, jesteś we wnętrzu bestii. Mam rację? Słuchaj, tylko nie włączaj trybu głośnomówiącego, bo się rozłączę.

Wpadłem do sali konferencyjnej, gestykulując jak szalony, żeby dać im znać, co się dzieje. Agenci zaczęli się szamotać, ale niewiele można było zrobić. Nie miałem wątpliwości, że Kyle powiedział prawdę o zakodowanym łączu.

Ktoś podał mi notatnik i długopis, a Burns usiadł obok, przykładając ucho do słuchawki, dopóki jego asystent nie przybiegł z laptopem. Zajął miejsce dyrektora i zaczął zapisywać to, co zdołał usłyszeć.

— Zamordowałeś Anjali Patel i Nelsona Tamboura, prawda, Kyle?

— Obawiam się, że tak.

— A Bronson James? — spytałem. — Jego też zabiłeś?

— Tego niezwykłego młodzieńca? Kiedy ostatni raz sprawdzałem, przypominał warzywo.

Podczas poprzedniej obławy na Kyle'a dałem się ponieść emocjom. Postanowiłem, że nie popełnię powtórnie tego wielkiego błędu, ale serce waliło mi z taką nienawiścią, jakiej w życiu do nikogo nie czułem.

— Czy widzisz, jakie siejesz spustoszenie? — mówił dalej. — Dla tych ludzi byłoby lepiej, gdybyś nie istniał.

— Słuchaj, ty masz jakąś obsesję na moim punkcie — warknąłem.

— Skądże — zaprzeczył. — Jesteś fascynujący, szczególnie jak na czarnego. W przeciwnym razie już byłbyś martwy, a Tambour, Patel i ten mały Bronson James zastanawialiby się, co zjeść jutro na śniadanie. To komplement, nie żartuję. Niewielu ludzi jest wartych mojego czasu.

Jego ton wydawał się niemal... niemal żartobliwy? Jakby był w szczególnie dobrym nastroju. Zabijanie tak na niego działało. Oprócz tego Kyle uwielbiał gadać o sobie.

— Mogę cię o coś spytać?

— Intrygujesz mnie. Zwykle nie prosisz o pozwolenie. Wal śmiało, Alex.

— Jak zamordowałeś Tamboura i Patel. Chyba nie chciałeś nikogo naśladować...

— Nie — odparł z miejsca. — Przecież zwykle było na odwrót, prawda?

— Ale teraz to zrobiłeś. I to dwa razy.

— No więc, jakie masz pytanie, Alex?

— Miałeś z nimi kontakt? — spytałem. — Z pierwotnymi mordercami. To twoi, Kyle?

Zastanowił się chwilę, jakby chciał nieco zwolnić. A może obmyślał kolejne kłamstwo?

— Nie kontaktowałem się, a ci goście nie są moimi uczniami — odparł. — Ten Patriota jak na mój gust jest bez polotu. A ten drugi, od cyfr? To znacznie bardziej intrygujący przypadek. Przyznaję, że chętnie pogadałbym z gościem sam na sam.

— Zatem nie znasz żadnego z nich?

Kolejna długa pauza, po której roześmiał się serdecznie. Nigdy nie słyszałem, żeby Kyle tak się śmiał.

— Alexie Cross, czyżbyś prosił mnie o radę?

— Byłeś dobrym agentem — powiedziałem. — Zapomniałeś? Często udzielałeś mi rad.

— Oczywiście. Ten okres nie należał do najszczęśliwszych. Gorsze było tylko więzienie o zaostrzonym rygorze we Florence, za co muszę ci podziękować. — Przerwał, a ja usłyszałem kolejny długi i powolny oddech. — W ten sposób zatoczyliśmy koło, nieprawdaż?

— Racja — przytaknąłem. — Całe twoje życie obraca się wokół odpłacenia mi za to.

— Faktycznie coś jest na rzeczy.

— Czemu kluczysz? Czemu bawisz się w gierki, Kyle? Na co czekasz?

— Chyba na odpowiednie natchnienie — powiedział bez szczypty ironii. — Na tym polega piękno wyobraźni i tworzenia. Trzeba być otwartym na to, co się zdarzy. Im większy artysta, tym lepiej potrafi reagować na to, co przyniesie chwila.

— Jesteś teraz artystą?

— Chyba zawsze nim byłem — odrzekł. — Po prostu staję się coraz lepszy, to wszystko. Byłoby głupio kończyć, gdy jestem u szczytu możliwości. Ale coś ci powiem, przyjacielu.

— Co? — zapytałem.

— Kiedy nadejdzie koniec... zaufaj mi... obaj będziemy o tym wiedzieli.

Część czwarta

Ostatni cel,
ostatnia strategia

Rozdział 72

Kiedy rano wyjeżdżali z Waszyngtonu rozklekotanym białym suburbanem, Denny dostrzegł w bocznym lusterku pasemka pary uchodzące z rury wydechowej, ale zbytnio się tym nie przejął. Jeżdżąc takim starym rzęchem, nie mógł się martwić każdą mechaniczną usterką.

Teraz, gdy znaleźli się pół godziny drogi od domu, usterka przerodziła się w przedśmiertne drgawki. Z silnika zaczął dochodzić znajomy suchy klekot.

Gdy zjechali na pobocze siedemdziesiątki, Mitch podniósł głowę znad numeru „Penthause'a", który podwędził ze stojaka podczas ostatniego postoju na siusiu.

— Co się dzieje, Denny? Nie podoba mi się ten dźwięk.

— Nie słyszysz, że poszła uszczelka pod głowicą? — żachnął się Denny.

Dziwne, że z karabinem snajperskim w dłoni Mitch był taki spostrzegawczy, bo w innych dziedzinach facet był kompletnie lewy.

Wystarczyło spojrzeć pod maskę, żeby się upewnić, iż miał rację. Zaczekał, aż wtoczą się ponownie na autostradę, zanim powiedział o tym Mitchowi.

— Słuchaj, nie wkurzaj się, brachu, ale nasz stary zaczarowany autobus nie zdoła wrócić do Waszyngtonu. Chyba będziemy musieli go porzucić.

Twarz Mitcha zajaśniała jak buzia małego dziecka.

— Wiem, gdzie można to zrobić! — wykrzyknął. — Kiedyś łaziłem tam na polowania. Znam idealne miejsce, Denny. Nikt już tam nie chodzi.

— Myślę, że zostawimy go na długoterminowym parkingu na lotnisku i oddalimy się piechotą — powiedział Denny. — Kiedy się połapią, że nikt nie zamierza po niego wrócić...

Ale Mitch najwyraźniej tego nie kupił.

— Zgódź się, Denny! Proszę! — Odwrócił się bokiem i pociągnął rękaw Denny'ego jak mały smarkacz. — Zatopmy brykę, człowieku. Pozbądźmy się jej raz na zawsze.

Denny nie powinien był się dziwić. Od czasu kontroli drogowej podczas ostatniej podróży Mitch coraz bardziej paranoicznie traktował ich suburbana. Wóz był stary i rozlatywał się w zastraszającym tempie.

Pomyślał, że w ten sposób mógłby go uspokoić. Chciał, żeby chłopak był skoncentrowany, bo na dłuższą metę było to bezcenne.

— Dobra — rzekł w końcu. — Pozbędziemy się większości gratów. Tak czy owak to śmieci. Resztę da się wypakować.

Później zrobimy to, co zrobiłby każdy szanujący się amerykański patriota.

Mitch uśmiechnął się od ucha do ucha.

— Co zrobimy, Denny?

— Coś za coś, kolego. Zdarzyło ci się kiedy uruchomić brykę, zwierając kable na krótko?

Rozdział 73

Kiedy załatwili sprawę, wstąpili do łazienki na stacji benzynowej Mobil i podwędzili pęk tulipanów sprzed sklepu spożywczego. Denny wolałby, żeby obaj mieli krawaty, ale zrobiło się późno.

Faktycznie było już ciemno, kiedy w końcu dotarli do schludnego małego domku w stylu Cape Cod przy Central Boulevard w Brick Township.

— Dorastałeś w tej okolicy? — spytał Denny, rozglądając się dookoła. — Człowieku, czemu się wyprowadziłeś?

Mitch wzruszył ramionami.

— Nie wiem, Denny. Wyniosłem się i już.

Gdy stanęli przed frontowymi drzwiami, Denny wykręcił żarówkę na ganku, a później zadzwonił. Otworzyła im kobieta w średnim wieku. Miała podobny obwód w pasie jak Mitch i jego okrągłą twarz. Zmrużyła oczy w ciemności, żeby zobaczyć, kto ją odwiedził.

— To ty... Mitchell?

— Cześć, mamusiu!

Kuchenna ścierka upadła na ganek.

— Mitchell! — Chwilę później wciągnęła go do środka, obejmując obwisłymi ramionami przypominającymi kiełbasy. — Dobry Boże, sprowadziłeś mojego chłopca do domu! Dzięki ci!

— Przestań, mamo — wyjąkał Mitch osaczony pocałunkami, ale uśmiechnął się, gdy odsunął się od niej ze wpół zgniecionymi tulipanami w dłoni.

— To Denny — przedstawił kumpla.

— Cieszę się, że mogę panią poznać — powiedział Denny. — Przepraszam, że wpadliśmy bez zapowiedzi. Powinniśmy byli wcześniej zadzwonić. Wiem, że powinniśmy.

Bernice Talley machnęła ręką, jakby w powietrzu unosiła się chmara much.

— To nic. Wejdźcie, wejdźcie do środka.

Sięgając za Denny'ego, by zamknąć drzwi, zobaczyła lexusa ES stojącego przy krawężniku.

— Założę się, że jesteście głodni, chłopcy — powiedziała, nie wspominając o samochodzie.

— Tak, mamo — odrzekł Mitch.

— Mitch jest zawsze głodny — dodał Denny, a Bernice roześmiała się, jakby wiedziała, że to prawda. Jej prawe biodro brzydko się przechyliło, kiedy zaczęła kuśtykać w kierunku laski zawieszonej na gałce drzwi.

— Mitchell, daj koledze coś do picia. Zobaczę, co da się wygarnąć z lodówki.

Denny trzymał się na końcu, gdy ruszyli przez salon. Wszystkie meble do siebie pasowały, ale były stare. Sprzęty „babci z ograniczonym budżetem". Jego stary sprzedawał w takich miejscach swoje odkurzacze albo noże, albo cokolwiek innego, co pozwalało wtedy zarobić na whisky. Pewnie nie był zbyt dobry, bo sukinkot nie pił niczego lepszego niż old crow.

Na stoliku pani Talley stały trzy fotografie w złoconych ramkach, tworząc doskonały mały łuk. W jednej widniał obrazek Jezusa wznoszącego oczy do Boga. W drugiej było zdjęcie Mitcha wyglądającego młodo i kretyńsko w garniturze i krawacie. W trzeciej ramce znajdował się portret czarnoskórego wojskowego w mundurze z pokaźnym paskiem odznaczeń na piersi.

Denny zajrzał do kuchni. Pani Talley krzątała się przy blacie, a Mitch siedział za starym z laminowanym blatem stołem z kilkoma otwartymi puszkami heinekena przed nosem.

— Czy to pan Talley? Ten na fotografii w salonie? — zapytał.

Starszą pani na chwilę przerwała robotę. Zaczęła opuszczać dłoń w kierunku chorego biodra, ale zatrzymała ją w pół drogi, by otworzyć lodówkę.

— Straciliśmy pana Talleya dwa lata temu — odpowiedziała, nie podnosząc wzroku. — Niech spoczywa w spokoju.

— Przykro mi to słyszeć — wyraził żal Denny. — Mieszka pani sama, co? — Wiedział, że postępuje jak śmieć, ale nie mógł na to nic poradzić.

Pani Talley odczytała to błędnie jako przejaw troski.

— To nic, jakoś sobie radzę. Chłopak z okolicy strzyże mi trawnik, a zimą odgarnia śnieg. Sąsiad Samuel wpada, jeśli trzeba przesunąć coś ciężkiego.

— Przepraszam, że poruszyłem ten temat, pani Talley. Nie chciałem...

— Nie, nie. — Machnęła ręką, jakby odpędzała kolejne niewidzialne muchy. — Wszystko w porządku. Był dobrym człowiekiem.

— Dobrym człowiekiem, który pozostawił po sobie wspaniałego syna — dodał Denny.

Na twarzy pani Talley pojawił się uśmiech.

— Nie musisz mi tego mówić — powiedziała, przesuwając dłonią po szerokich ramionach Mitcha, gdy przechodziła od lodówki do blatu z pękiem cebul.

Denny zauważył, że kolano Mitcha zaczęło dygotać pod stołem jak cholera.

Rozdział 74

Nawet bez wcześniejszego uprzedzenia Bernice Talley zdołała w mgnieniu oka przyrządzić chowder* z małży typowy dla Nowej Anglii. Do zupy podała chleb, sałatkę i kilka podgrzanych w mikrofali pomidorów z różnościami na wierzchu — od masła po śmietanę i kanadyjski bekon. Denny nie jadł lepszego obiadu od czasu, gdy zaczęło się to całe zamieszanie z tułaniem się po schroniskach i spaniem w zapomnianym przez Boga i ludzi suburbanie. Był rad, że w końcu pozbył się grata. Z zadowoleniem nakładał sobie żarcie na talerz, a pani Talley trajkotała o ludziach, o których nigdy wcześniej nie słyszał. Mitch też ograniczył się do słuchania.

W końcu po dokładce lodów waniliowych z czekoladową polewą marki Edy's French Vanilla Denny wstał od stołu, rozprostowując ręce i nogi.

— To był wspaniały posiłek, proszę pani — oznajmił.

---

* Amerykańska zupa z ryb lub owoców morza.

Pani Talley uśmiechnęła się rozpromieniona.

— Zaczekaj, aż popróbujesz moich gofrów — powiedziała.

— Nie zostaniemy na noc, mamo — wyjaśnił Mitch, zwracając się bardziej do miseczki lodów niż do niej.

Twarz pani Talley natychmiast posmutniała.

— Dlaczego? Dokąd pójdziecie o dziewiątej trzydzieści wieczór?

— Urwaliśmy się z konferencji w Nowym Jorku — wtrącił szybko Denny. — Mitch pomyślał, że byłoby miło wpaść do pani na chwilę, ale jutro rano musimy być w Cleveland. Będziemy jechali całą noc, żeby rano stawić się w robocie.

— Rozumiem — odrzekła cicho, ale ton jej głosu wskazywał, że jest zawiedziona.

— Wiecie co... — powiedział Denny, wstając i zbierając naczynia — moglibyście pogadać w salonie, a ja tu posprzątam.

— Nie, nie — sprzeciwiła się, ale w końcu zdołał wyprowadzić ją z kuchni.

Kiedy został sam, założył żółte gumowe rękawiczki i pozmywał wszystkie naczynia. Następnie wytarł zlew, blat, stół, lodówkę i dwie butelki piwa, które wypił podczas kolacji. Potem wsunął rękawiczki do kieszeni.

Pół godziny później szli z Mitchem chodnikiem przed domem.

— Miła, urocza staruszka, a jaka znakomita kucharka — westchnął Denny. — Szkoda, że nie mogliśmy zabawić dłużej.

— W porządku — odpowiedział Mitch. — Mamy robotę w Waszyngtonie.

Denny przybił mu piątkę. Wyglądało na to, że facet ponownie się skoncentrował, odzyskał swoje dawne ja.

Kiedy dotarli do krawężnika, Denny stanął i pstryknął palcami.

— Słuchaj, zostawiłem portfel na kuchennym blacie. Za chwilę wrócę.

— Ja pójdę — zaofiarował się Mitch, ale Denny wyciągnął dłoń, żeby go powstrzymać.

— To kiepski pomysł, Mitchie. Widziałeś twarz mamy. Chyba nie chcesz, żeby ponownie płakała, co?

— No, nie — przytaknął Mitch.

— Jasne, że nie chcesz. Zostań w wozie i nie zaglądaj do domu. Wrócę, zanim się obejrzysz.

Rozdział 75

Spędzałem w domu tyle czasu, ile mogłem, odwalając całą papierkową robotę. Sprawy Kyle'a Craiga, snajpera Patrioty i kolejnych zabójstw szalonego matematyka sprawiły, że mój gabinet na strychu zapełnił się materiałami jak nigdy dotąd. Było wśród nich wiele zdjęć z miejsc popełnienia przestępstwa, więc powiedziałem dzieciakom, że przez jakiś czas nie mogą wchodzić do pokoju tatusia, co wyjaśniało telefon, który tego popołudnia otrzymałem od Jannie.

— Cześć, Alex. Mówi banitka Janelle z dalekiej krainy na piętrze.

Moja córka zawsze lubiła się wymądrzać.

— Pozdrawiam cię, Janelle — odparłem, próbując jej dorównać. — Co tam słychać w dolnych rejonach?

— Masz gościa, tato — odrzekła rzeczowym tonem. — Przed drzwiami czeka pan Siegel. Mówi, że jest agentem FBI.

W pierwszej chwili pomyślałem, że się przesłyszałem. Co

Max Siegel robił w moim domu? Nasze ostatnie spotkanie należało do najgorszych.

— Tatusiu?

— Już schodzę — powiedziałem.

Kiedy zszedłem na pierwsze piętro, Jannie na mnie czekała. Odprowadziła mnie na dół, ale poprosiłem, żeby została w środku.

Później wyszedłem na zewnątrz i zamknąłem za sobą drzwi.

Siegel stał na frontowych schodach, prezentując się bardzo po brooklińsku w dżinsach i czarnej kurtce motocyklowej. W jednej ręce trzymał czarny kask, a w drugiej brązową papierową torebkę.

Jeden z naszych ochroniarzy, David Brandabur, zajął miejsce na werandzie między Maxem i drzwiami.

— W porządku, David — stwierdziłem. — Znam go.

Poczekaliśmy, aż David wróci do samochodu, i rozpoczęliśmy rozmowę.

— Co tu robisz, Max? — spytałem.

Siegel zrobił krok do przodu, żeby podać mi torbę. Od razu zauważyłem, że w jego twarzy coś się zmieniło.

— Nie byłem pewny, co lubisz — powiedział.

Wyciągnąłem butelkę czarnego johnniego walkera. Pomyślałem, że to swoisty dar pojednania, ale z Siegelem nigdy nie było wiadomo.

Wzruszył ramionami.

— Wiem, wiem. Agent Schizo, co?

— Coś w tym rodzaju — odparłem.

— Słuchaj, Alex, wiem, jak trudno się ze mną współpracuje.

Biorę sobie za bardzo do serca całe to gówno. Nie powinienem, ale taki już jestem. Wiesz, emocjonalny jak cholera. Może dlatego Jestem taki dobry, choć czasami bywam upierdliwy.

Miałem ochotę zapytać: „Tylko czasami?", ale wysłuchałem, co Siegel ma mi do powiedzenia.

— Tak czy owak — ciągnął — zdaję sobie sprawę, że masz pełne ręce roboty. Jeśli będziesz czegoś potrzebował, daj mi znać. Czegoś w FBI albo pomocy przy ochronie domu... Gdyby trzeba było zostać na nocną zmianę albo coś w tym rodzaju...

Spojrzał na moją obojętną twarz i w końcu się uśmiechnął.

— Mówię serio, bez żadnych sztuczek, bez kitu.

Chciałem mu uwierzyć. Na pewno ułatwiłoby to sprawę, ale instynktownie nadal mu nie ufałem. Nie mogłem o wszystkim zapomnieć tylko dlatego, że przyniósł mi dar pojednania.

Usłyszałem dźwięk otwieranych drzwi i nagle obok mnie stanęła Bree.

— Wszystko w porządku? — spytała.

— Widzę, że moja sława mnie wyprzedza — zachichotał Siegel.

— Na schodach siedzi reporterka agencji informacyjnej nastolatków — odparła, wyciągając dłoń i się przedstawiając. — Bree Stone.

— Detektyw Stone — powiedział. — Cieszę się, że panią poznałem. Jestem Max Siegel. Senny koszmar Alexa z FBI. Czasami nieco inaczej patrzymy na różne rzeczy.

— Słyszałam — odparła i oboje się roześmiali.

Sytuacja wydawała się lekko surrealistyczna. Nie znałem Siegela od tej strony — przyjaznego, zainteresowanego innymi ludźmi. A wszystko stało się tak nagle, ni z gruszki, ni z pietruszki.

— Max wpadł, żeby mi to dać — wyjaśniłem, pokazując butelkę szkockiej.

— Właśnie. — Siegel cofnął się w kierunku chodnika. — Zatem misja wykonana. Miło było panią poznać, pani detektyw.

— Proszę wstąpić do nas na drinka — powiedziała, dyskretnie ściskając mnie za rękę. — Południe dawno minęło. Moglibyśmy się zrelaksować.

Niczego nie udawała. Wszyscy wiedzieliśmy, do czego zmierza. Siegel spojrzał na mnie i wzruszył ramionami. Decyzja należała do mnie. Choć wolałbym odmówić, uznałem, że nie warto stwarzać kolejnych problemów.

— Zapraszam — rzekłem, wchodząc do domu. — *Mi casa es su casa**, Max.

Jannie wycofała się do kuchni, gdzie przy stole Nana i Ali rozgrywali partyjkę gry Go Fish, która ostatnio stała się istną obsesją Alego. Gdy weszliśmy, przerwali i podnieśli głowy.

— Max, poznaj wszystkich. To Regina, Jannie i Ali. Moi drodzy, to agent Siegel.

Ali wytrzeszczył oczy na widok motocyklowego kasku, a Siegel położył go przed nim na stole.

— Śmiało, młodzieńcze. Jeśli chcesz, możesz przymierzyć.

— W porządku — powiedziałem Alemu.

Wyjąłem kilka szklanek, lód i parę butelek napoju Smart Water dla dzieciaków. Nana otworzyła kredens, w którym

---

* Hiszp.: mój dom jest twoim domem.

trzymaliśmy chipsy i krakersy, ale dyskretnie pokręciłem głową, żeby tylko ona zobaczyła.

— Ładny dom — zauważył Siegel, wyglądając przez okno na tylne podwórko. — Wspaniałe miejsce w samym środku miasta.

— Dzięki — odparłem, podając mu szklankę ze szkocką, a następnie przygotowałem po jednej dla siebie i Bree. Nanie nalałem wody.

— Za nowy początek — wzniosła toast Bree, podnosząc szklankę.

— Za wakacje! — wtrącił się Ali.

Siegel uśmiechnął się do niego, kładąc dłoń na ramieniu chłopca.

— Za tę wspaniałą rodzinę — powiedział. — Naprawdę cieszę się, że was wszystkich poznałem.

Rozdział 76

Czasami przełom w śledztwie dotyczącym morderstwa spada jak grom z jasnego nieba. Tak też było z telefonem, jaki otrzymałem w niedzielny poranek z miejsca, którego nigdy bym nie podejrzewał.

— Detektyw Cross?

— Słucham?

— Mówi detektyw Scott Cowen z Brick Township, wydział policji w New Jersey. Być może natrafiliśmy na ślad waszego snajpera.

Policja metropolitalna otrzymywała co tydzień setki doniesień na gorącą linię uruchomioną w sprawie snajpera. Ponad dziewięćdziesiąt dziewięć procent telefonów przypominało science fiction albo tropy okazywały się ślepą uliczką, lecz wiadomość Cowena najwyraźniej przeszła przez sito dyspozytora. Zdobył całą moją uwagę.

Odwróciłem gazetę i zacząłem notować na marginesie obok krzyżówki. Cowen. Brick Township.

— Niech pan opowiada.

— Wczoraj po południu wyciągnęliśmy białego suburbana dziewięćdziesiąt dwa ze stawu Turn Mill. Jak można się było spodziewać, tablice odkręcono, ale nie sądzę, by ten, kto to zrobił, myślał, że znajdziemy wóz. A przynajmniej, że stanie się to tak szybko. To przypadek, bo w ostatni weekend mieliśmy pokaz lotni. Kilku gości latających nad okolicą zauważyło coś w dole i zadzwoniło do nas...

— Co dalej? — wtrąciłem. Miałem wrażenie, że Cowen potrafi gadać bez robienia przerwy na oddech.

— Wóz nie mógł być w wodzie dłużej niż czterdzieści osiem godzin. Uważam tak, bo udało się nam pobrać z wraku trochę bardzo dobrych odcisków palców. Sześć z nich miało kilkanaście lub więcej punktów, co w teorii brzmi wspaniale, dopóki nie przepuści się ich przez IAFIS...

— Przepraszam, detektywie, ale czy mógłby mi pan wyjaśnić, jaki to ma związek ze sprawą?

— Właśnie do tego zmierzam. Sądziłem, że to ślepa uliczka, ale dziś rano dostałem telefon z policji stanowej... Jeden z sześciu odcisków odpowiada odciskowi pańskiego nieznanego sprawcy z Waszyngtonu.

Teraz mówisz do rzeczy. Wstałem z kanapy i ruszyłem na strych szybkim krokiem. Były mi natychmiast potrzebne moje notatki i wykresy.

Nieznanym sprawcą był nasz snajper zjawa. Odcisk pozostawił w noc pierwszego zamachu, a później na pomniku narodowych stróżów prawa. Nowy odcisk wydał mi się raczej błędem z jego strony, a w tej fazie gry uwielbiałem takie smakowite kąski.

Zastanawiałem się, czy pozostałe odciski w samochodzie należały do tego samego faceta, czy może udało się nam namierzyć dwóch członków zespołu snajperskiego.

Tymczasem zachowałem to pytanie dla siebie.

— Detektywie Cowen z Brick Township, być może zawdzięczam panu wiadomość miesiąca. Może mi pan przesłać zebrane materiały? — spytałem.

— Proszę podać adres mailowy — powiedział. — Wszystko zostało zeskanowane i jest gotowe do wysłania. Jak wspomniałem, mamy sześć kompletnych odcisków palców. Do tego dziewięć fragmentarycznych. To naprawdę szczęśliwy traf, że tak szybko znaleźliśmy wóz...

— Podaję adres — przerwałem, recytując swoje dane. — Przepraszam, że pana poganiam, ale umieram z niecierpliwości.

— W porządku. — Usłyszałem, że wpisuje coś na klawiaturze. — Gotowe. Przesyłka w drodze. Jeśli będzie pan czegoś potrzebował lub chciał przyjechać, żeby się rozejrzeć... czy cokolwiek, proszę tylko dać mi znać.

— Nie omieszkam — zapewniłem.

Właściwie już w trakcie rozmowy wyszukałem na laptopie drogę do Brick Township w New Jersey. Jeśli moje podejrzenia się potwierdzą, jeszcze dziś poznam osobiście detektywa Cowena. Rozejrzymy się razem... czy cokolwiek.

Rozdział 77

Słabością odcisków palców z New Jersey było to, że nie miałem ich z czym porównać. Nie figurowały w żadnej kartotece kryminalnej. Nie mogliśmy więc stwierdzić, czy należały do tej samej osoby.

Pomyślałem o wczorajszej propozycji pomocy złożonej przez Maxa Siegela. Dysponując możliwościami FBI, mógłby zdziałać znacznie więcej niż detektyw Scott Cowen, ale nie byłem jeszcze gotów, by się do niego zwrócić.

Zamiast tego poprosiłem kolejny raz o przysługę mojego znajomka z wojskowego wydziału kryminalnego w Lagos, Carla Freelandera. Uznałem, że lepiej już współpracować ze znanym gościem, choć ten znajdował się na drugim końcu świata i mógł mieć dość moich telefonów.

— Drugi raz w miesiącu, Alex? Musimy ci załatwić jedną z tych kart perforowanych — powiedział. — Co mogę dla was zrobić?

— Dodam, że jestem ci winien kolejnego drinka — zacząłem. — Może uganiam się za zjawą jak ostatnim razem, ale muszę się upewnić. Mam sześć kolejnych docisków palców, które chciałbym przepuścić przez waszą bazę danych. Może należą do tej samej osoby, a może nie.

Cowen miał rację w sprawie jakości odcisków. Standardem obowiązującym w policji metropolitalnej jest trzynaście punktów charakterystycznych — na linii papilarnej, na końcu lub w miejscu przecięcia z inną. Jeśli dwa odciski pasują w trzynastu lub więcej punktach, statystycznie sobie odpowiadają. Dysponowałem kilkunastoma skanami, nad którymi można było popracować.

Carl obiecał, że prześle je dalej, i poprosił, żebym nie korzystał z telefonu przez jakąś godzinę.

Dotrzymał słowa i odezwał się piętnaście minut później.

— Słuchaj, mam dla ciebie dobrą i złą wiadomość — powiedział. — Dwa z sześciu odcisków, które mi przesłałeś, należą do wojskowego. Masz lewy wskazujący i środkowy palec niejakiego Stevena Hennesseya z amerykańskich sił specjalnych, a dokładniej z oddziału operacyjnego Delta. Gość służył tam od tysiąc dziewięćset osiemdziesiątego dziewiątego do dwa tysiące drugiego.

— Delta Force? To oznacza czerwoną flagę — zauważyłem.

— Taak. Gość był w Panamie, brał udział w operacji Pustynna burza i walczył w Somalii. Mam coś jeszcze, przeszedł nawet szkolenie snajperskie w siłach lądowych. W Kunduz w Afganistanie. Jak na moje oko facet jest snajperem.

Poczułem, jakby mój automat do gier zabrzęczał wygraną.

264

Niemal na pewno znaleźliśmy drugiego strzelca, do tego z imieniem i nazwiskiem.

— Pod jakim adresem ostatnio mieszkał? — zapytałem. — Wiemy, gdzie ten Hennessey przebywa obecnie?

— To zła wiadomość — westchnął Carl. — Facet leży na cmentarzu Cave Hill w Louisville w Kentucky. Hennessey jest martwy od wielu lat, Alex.

Rozdział 78

Trwająca trzy i pół godziny podróż do New Jersey upłynęła jak z bicza trzasł. Pewnie dlatego, że mój umysł cały czas gorączkowo pracował. Szkoda, że byłem pod taką presją czasu, bo wstąpiłbym do należącej do mojego kuzyna Jimmy'ego Parkera restauracji Red Hat przy Hudson Avenue w Irvington. Boże, przydałaby mi się chwila wytchnienia i porządny posiłek.

Może pochowano kogoś na cmentarzu w Louisville, ale byłem gotów przysiąc, że nie był to Steven Hennessey. Bo gość zostawił swoje odciski palców w zatopionym suburbanie.

Pytanie brzmiało: pod jakim nazwiskiem Hennessey występował w ciągu ostatnich kilku lat? Gdzie się obecnie znajdował? Oraz co on i jego partner zjawa robili w New Jersey?

Zaplanowałem sobie, że spotkam się z detektywem Cowenem nad stawem Turn Mill, gdzie wyciągnięto wrak z wody.

Chciałem się rozejrzeć przed zapadnięciem zmroku, a później pojechać z nim na parking policyjny, żeby rzucić okiem na samochód.

Gdy jednak zadzwoniłem do Cowena, by powiedzieć, że będę za chwilę, nie odebrał.

To samo stało się, gdy dotarłem w umówione miejsce spotkania na południowym krańcu stawu. Byłem wkurzony, ale nie pozostawało mi nic innego, jak wysiąść i się rozejrzeć.

Turn Mill był jednym z akwenów wchodzących w skład rezerwatu Colliers Mills Wildlife zajmującego obszar wielu tysięcy hektarów. Stamtąd, gdzie się znajdowałem, widać było jedynie drzewa, wodę i gruntową drogę, którą przybyłem.

Dość prywatności, żeby porzucić wóz.

Ziemia przy brzegu była zryta oponami i podeptana — pewnie tam policja wyciągnęła z wody suburbana. Wyglądało na to, że samochód został zepchnięty z drewnianego mostu w miejscu, w którym staw przechodził w wąski kanał.

Spoglądając z mostu, można by pomyśleć, że woda jest wystarczająco głęboka, ale najwyraźniej było inaczej. W każdym razie nie mogli wyciągnąć samochodu i zatopić go ponownie.

Kiedy już się rozejrzałem, wróciłem do wozu. Wykombinowałem sobie, że znalezienie posterunku w mieście nie będzie trudne, ale chwilę później ujrzałem jadący ku mnie radiowóz. Naprawdę szybko.

Pruł wzdłuż brzegu, a następnie zniknął między drzewami, by zaraz ukazać się ponownie i stanąć za moim autem.

Z radiowozu wysiadła umundurowana jasnowłosa policjantka i pomachała mi ręką.

— Detektyw Cross?

— To ja.

— Funkcjonariuszka Guadagno. Detektyw Cowen prosił, żebym tu przyjechała i jak najszybciej pana przywiozła. W mieście popełniono morderstwo. Zabito kobietę o nazwisku Bernice Talley.

Zrozumiałem, że Cowen został odsunięty od mojej sprawy.

— Czy będziemy potrzebowali czyjeś zgody, żeby się dostać na policyjny parking? A może pani będzie mogła mi w tym pomóc? — spytałem Guadagno.

— Nie — odpowiedziała. — Pan chyba nie zrozumiał. Cowen chce, żeby przyjechał pan na miejsce morderstwa. Sądzi, że zabójstwo pani Talley może być związane z pana sprawą.

— Z suburbanem? — spytałem. — Ze sprawą snajpera?

Policjantka miętosiła w dłoniach rondo kapelusza. Wydawała się lekko podenerwowana.

— Być może z jedną i drugą — wyjaśniła. — Nie wiemy jeszcze nic pewnego, ale mąż zmarłej został zastrzelony dwa lata temu. O, tutaj. — Pokazała grupkę drzew w odległości około trzydziestu metrów od brzegu. — Koroner uznał to za wypadek podczas polowania, ale nikt się do tego nie przyznał. Cowen sądzi, że człowiek, który porzucił suburbana, nie znalazł się przypadkiem nad stawem. Szczerze mówiąc, mamy tu niewiele zabójstw. Podejrzewa, że jego syn Mitchell Talley może być zamieszany w oba morderstwa.

Przerwała, opierając dłoń na otwartych drzwiach samochodu i spoglądając na mnie śmielej niż poprzednio.

— Detektywie, może to nie moja rzecz, ale czy uważa pan, że ten człowiek może być snajperem z Waszyngtonu, którego szukacie? Śledzę tę sprawę od początku.

— Muszę obejrzeć miejsce popełnienia morderstwa, zanim będę mógł cokolwiek powiedzieć — odparłem niechętnie.

W rzeczywistości udzieliłbym twierdzącej odpowiedzi na jej pytanie.

Rozdział 79

Radiowozy przed domem Bernice Talley utworzyły dwa równoległe rzędy. Posesję opasano policyjną taśmą, a sąsiedzi obserwowali z boku, co się dzieje. Nie miałem wątpliwości, że tej nocy starannie zamkną wszystkie drzwi i okna i będą to robić przez wiele kolejnych nocy.

Funkcjonariuszka Guadagno wprowadziła mnie do środka i przedstawiła detektywowi Scottowi Cowenowi, który prowadził przedstawienie. Facet był wysoki, z wydatnym torsem i lśniącą łysą głową. Gdy mówił, odbijało się od niej światło, a potrafił mówić bez końca.

Podobnie jak podczas naszej telefonicznej rozmowy, wygłosił długi, choć pouczający monolog.

Chłopiec, który co niedziela kosił trawnik staruszki, znalazł biedaczkę martwą na podłodze w kuchni. Została zamordowana strzałem w skroń z bliskiej odległości. Z broni kalibru dziewięć milimetrów. Nadal ustalano czas śmierci, ale wszystko wskazywało, że zginęła w ciągu ostatnich siedemdziesięciu dwóch godzin.

Od dwóch lat mieszkała sama, od kiedy jej syn Mitchell się wyprowadził. Krótko po śmierci ojca. W mieście krążyły plotki, że pan Talley bijał żonę. Być może znęcał się także nad Mitchellem.

— To dawałoby motyw, przynajmniej w sprawie śmierci ojca — stwierdził Cowen. — Nie mam pojęcia, czemu miałby tu wrócić i zabić swoją biedną matkę. Na dodatek mamy to wszystko.

Wskazał półkę w salonie wypełnioną nagrodami i wstęgami medali. Same nagrody strzeleckie. Zobaczyłem dyplom New Jersey Rifle and Pistol Club, dyplom Krajowego Związku Myślistwa Sportowego, różne nagrody w zawodach strzeleckich na dystansie pięćdziesięciu i trzystu metrów oraz nagrody za wyniki strzelania do tarczy. W większości przyznano je za zdobycie pierwszego miejsca, choć czasem także drugiego i trzeciego.

— Ten dzieciak to prawdziwy mistrz — powiedział detektyw Cowen. — Cudowne dziecko, a jednocześnie... no wie pan, prostaczek.

Wskazał zdjęcie w ramce stojące na jednym z bocznych stolików.

— Tak wyglądał jakieś dziesięć lat temu. Szukamy czegoś bardziej aktualnego.

Chłopak na zdjęciu mógł mieć szesnaście lat. Okrągła twarz nadawałaby mu wygląd aniołka, gdyby nie tępe spojrzenie i idiotyczny rzadki wąsik. Trudno uwierzyć, by w tym wieku ktoś traktował go poważnie.

Broń to jego siła, pomyślałem. Zawsze nią była.

Spojrzałem ponownie na wszystkie trofea i nagrody. Może była to jedyna rzecz, w której Mitchell Talley był dobry? Jedyna, na której się znał i którą potrafił kontrolować. Na pierwszy rzut oka tak się właśnie wydawało.

— Kiedy ostatnio go tu widziano? — spytałem. — Czy w ogóle odwiedzał matkę?

Cowen wzruszył przepraszająco ramionami.

— Nie wiemy. Jesteśmy na początku śledztwa — powiedział. — Nie zdążyliśmy nawet pobrać z domu odcisków palców. Dopiero co ją znaleźliśmy. Ma pan szczęście, że znalazł się na miejscu.

— Tak, jak cholera.

Odniosłem wrażenie, że ogromne znaczenie przypisywane sprawie snajpera sprawiło, iż także tutejsi policjanci czuli się podenerwowani. Wszyscy zachowywali się tak, jakby wiedzieli, kim jestem, i dawali mi dużą swobodę działania.

— Nie martwcie się o to. Nie spodziewałem się niczego więcej — powiedziałem Cowenowi. — Ale mam pewne pomysły, co moglibyśmy zrobić.

Rozdział 80

W Brick Township wydarzyło się szybko kilka rzeczy, głównie dlatego, że ich potrzebowałem. Wykorzystałem swoje znajomości w Field Intelligence Group w Waszyngtonie, żeby nawiązać łączność z koordynatorem FIG z biura okręgowego w Newark. Ponieważ był niedzielny wieczór i mieliśmy wszelkie powody, by sądzić, że Mitchell Talley przekroczył lub przekroczy granice między jurysdykcjami, zdołaliśmy uzyskać tymczasowy nakaz aresztowania. Cowen miał czterdzieści osiem godzin, żeby zamienić go w zwykły nakaz, podpisać i przekazać wszystkim posterunkom policji. Tymczasem koledzy z Newark mieli powiadomić policję w całym pasie Wschodniego Wybrzeża.

Postanowiliśmy, że na razie nie będziemy wspominać o Stevenie Hennesseyu lub innych współsprawcach. W nakazie wymieniono jedynie Mitchella Talleya poszukiwanego w związku ze śmiercią Bernice i Roberta Talleyów. Kimkolwiek byli domniemani snajperzy, nie chciałem, żeby wiedzieli, iż łączymy te sprawy z wydarzeniami w Waszyngtonie, dopóki nie uzyskamy więcej informacji.

Cowen zgodził się dostarczyć mi przykrywki w tej kwestii. Poprosiłem też, żeby jego ludzie rozpoczęli poszukiwania podejrzanego wspólnie z ekipą z Newark. Ktoś znalazł bardziej aktualne zdjęcie Talleya w jednym z albumów jego matki. Zeskanowano je na potrzeby lokalnych i regionalnych biuletynów osób poszukiwanych.

Nikt nie oczekiwał, że Talley będzie w okolicy. Więcej wysiłku włożono w przeglądanie raportów o skradzionych pojazdach, monitorowanie dużych węzłów komunikacyjnych i przeglądanie taśm z kamer przemysłowych w rejonach lotnisk oraz dworców autobusowych i kolejowych.

Najważniejszego tropu dostarczyła starsza sąsiadka pani Talley. Kobieta widziała sedana bliżej nieokreślonej marki zaparkowanego przed jej domem kilka nocy temu, ale nie potrafiła podać koloru wozu ani nawet powiedzieć, jak długo tam stał.

Nie wdając się w ocenę uzyskanej informacji, przekazałem ją Jerome'owi Thurmanowi, który od początku sprawy zajmował się tropami związanymi z pojazdami.

Zacząłem czuć, że zbyt długo przebywam poza Dystryktem Kolumbii. Może Talley i Hennessey nie zamierzali wrócić do Waszyngtonu, nawet jeśli stamtąd przyjechali. Musiałem jednak przyjąć inne założenie. Z tego, co wiedziałem, wynikało, że już wrócili i planowali następny zamach.

Kiedy załatwiłem wszystkie sprawy z detektywem Cowenem, wsiadłem do samochodu i ruszyłem do domu. Jechałem szybko, ani na chwilę nie wyłączając syreny.

Rozdział 81

O ósmej trzydzieści następnego ranka Colleen Brophy skręciła z E Street i zajechała przed kościół, gdzie czekałem na nią przed redakcją „True Press". Miała wypchany plecak, gazety pod pachą i peta w kąciku ust.

— Boże — jęknęła na mój widok. — Znowu pan? Czego pan chce tym razem?

— Nie przyszedłbym, gdyby nie chodziło o coś ważnego, pani Brophy. Zdaję sobie sprawę z pani uczuć — odparłem, choć po długiej niedzieli spędzonej w podróży nie byłem w nastroju na jej humory, jak powiedziałby Sampson.

Redaktorka „True Press" położyła gazety i usiadła na kamiennej ławce, z której przed chwilą się podniosłem.

— Czym mogę służyć? — zapytała sarkastycznym tonem. — Bo chyba nie mam wyboru.

Pokazałem jej zdjęcie Mitchella Talleya.

— Czy kiedykolwiek widziała pani tego człowieka?

— Daj pan spokój — powiedziała z miejsca. — Sądzi pan, że to on przesłał nam e-maile?

— Przyjmuję to za potwierdzenie. Dziękuję. Kiedy widziała go pani ostatni raz?

Wyciągnęła nowego papierosa i odpaliła od starego, zanim udzieliła odpowiedzi.

— Naprawdę muszę w tym uczestniczyć? — spytała. — Zaufanie, którym darzą mnie ci ludzie, jest bardzo kruche.

— Nie staram się schwytać sklepowego złodziejaszka, pani Brophy.

— Rozumiem, ale nie o nich się martwię. Wielu bezdomnych, z którymi pracuję, musi od czasu do czasu łamać prawo, żeby przeżyć. Jeśli któryś zobaczy, że z panem rozmawiam...

— Nasza rozmowa pozostanie w tajemnicy — zapewniłem. — Nikt się o niej nie dowie. Oczywiście, jeśli do niej dojdzie. To co, zna go pani?

— Widziałam go jakiś tydzień temu — odezwała się po długiej przerwie i kilku sztachnięciach. — Zabrali gazety w środę jak pozostali.

— Oni? — spytałem.

— Taak. Mitch i jego kumpel Denny. Są jak...

Przerwała, by po chwili wolno odwrócić głowę, żeby na mnie spojrzeć. Jakby właśnie dodała dwa do dwóch, a raczej jeden do jednego.

— Boże — wyszeptała. — Stanowią zespół. To oni, prawda?

Potrafię wyczuć ciche mentalne kliknięcie, kiedy coś zaskoczy. Czyżbym znalazł Stevena Hennesseya?

— Jakie jest nazwisko Denny'ego? — zapytałem.

— Szczerze mówiąc, nie wiem — odparła. — To biały, wysoki, szczupły mężczyzna. Ma zwykle kilkudniowy zarost i... — wskazała dłonią brodę — cofniętą szczękę. Chyba tak się to określa. Można by powiedzieć, że facet kieruje Mitchem.

— Wspomniała pani, że w środy przychodzą po gazety?

Skinęła głową.

— Czasami wracają po więcej, kiedy uda się je sprzedać, ale ostatnio ich nie widziałam. Przysięgam. Teraz wiem, że sprawa jest poważna.

— Wierzę pani — odrzekłem. Postawa Brophy uległa całkowitej zmianie. — Domyśla się pani, gdzie mógłbym ich znaleźć?

— Są wszędzie. Denny jeździ po mieście starym białym suburbanem, kiedy ma forsę na benzynę. Wiem, że czasami sypiają w wozie.

Suburban był ślepą uliczką, ale jej o tym nie poinformowałem.

— Może pan sprawdzić w schroniskach. Adresy są na ostatniej stronie. — Podała mi gazetę z góry. — Boże, nienawidzę siebie za to, że to wszystko panu powiedziałam.

— Niesłusznie — odparłem, płacąc dolara za pisemko. — Zrobiła pani to, co powinna.

W końcu.

Rozdział 82

Po długim dniu wypełnionym łażeniem po schroniskach dla bezdomnych i darmowych garkuchniach nie znalazłem się bliżej celu niż rano. Z moich informacji wynikało, że Talley i Hennessey byli nadal w New Jersey. Albo pojechali do Kanady. Albo rozwiali się jak dym.

Kiedy jednak wróciłem do biura, żeby zabrać kilka teczek do domu, Jerome Thurman dopadł mnie w windzie, przynosząc nowe wieści.

— Alex! Wychodzisz?

— Tak — odparłem.

— To pewnie zostaniesz.

Podniósł kartkę z jakimś komputerowym wydrukiem.

— Myślę, że coś znaleźliśmy. Być może coś ważnego.

Zwykle Jerome pracuje w pierwszym okręgu, ale znalazłem mu kąt w sali jednostki zajmującej się kradzieżami samochodów w głębi korytarza, żeby śledził tropy związane z pojazdami.

„Kąt" oznaczał stertę kartonów w ich archiwum, gdzie mógł rozłożyć laptop, ale Jerome nigdy nie był marudą.

Pokazał mi listę skradzionych tablic rejestracyjnych z bazy danych NCIC. Jeden z numerów został zakreślony niebieskim długopisem.

NJ — DCY 488.

— To lexus ES, skradziony z kompleksu mieszkalnego w Colliers Mills w New Jersey — wyjaśnił. — Trzy, cztery kilometry od miejsca, gdzie zatopili twojego białego suburbana.

Zaryzykowałem uśmiech kącikiem ust.

— Masz coś jeszcze, prawda, Jerome? — spytałem. — Jest tego więcej, co?

— Nie powiedziałem ci najlepszego. W sobotę o czwartej czterdzieści pięć rano kamera LPR zarejestrowała tę tablicę na parkingu długoterminowym na lotnisku imienia Reagana.

LPR to skrót od License Plate Reader oznaczającego czytnik tablic rejestracyjnych. Urządzenie za pomocą programu skanowania optycznego odczytuje numery przejeżdżających aut, a następnie porównuje je z numerami poszukiwanych i skradzionych pojazdów. Zdumiewająca technologia, nawet jeśli wszystko nie działa jeszcze jak należy.

— Czemu dowiedziałeś się o tym dopiero teraz? — spytałem. — To ponad czterdzieści osiem godzin temu. W czym problem?

— System na lotnisku nie działa na żywo — wyjaśnił Jerome. — Raz dziennie materiał jest ręcznie zgrywany, od poniedziałku do piątku. Dostałem to zaledwie kilka minut temu. Wiesz, co to oznacza, Alex? Twoje ptaszki wróciły do gniazdka, żeby zanocować.

— Myślę, że masz rację — powiedziałem, skręcając do swojego pokoju.

Zanim dotarłem do biurka, moje podniecenie zaczęło się przeradzać w coś innego. W najlepszym razie sytuacja przypominała obosieczny miecz. Zważywszy na to, że wokół Talleya i Hennesseya zrobiło się ostatnio gorąco, nie potrafiłem sobie wyobrazić zbyt wielu powodów ich powrotu do Waszyngtonu. Jeśli szybko nie znajdziemy choć jednego z nich, kolejny lis w kurniku skończy z kulką w mózgu.

Z drugiej stron nic tak nie pomaga w robocie jak niewielka presja, prawda?

Rozdział 83

Właśnie minęła północ, gdy Denny podszedł do czarnego lincolna town car zaparkowanego przy Vermont Avenue i wsiadł do środka. Człowiek przedstawiający się jako Zachary już na niego czekał. Bezimienny szofer, a jednocześnie ochroniarz Zachary'ego siedział z twarzą zwróconą ku kierownicy.

— Nasz czas się kończy — walnął prosto z mostu Denny. — Trzeba będzie się wycofać, zanim wszystko szlag trafi.

— Jesteśmy podobnego zdania — powiedział Zachary.

Jakby sam zdecydował. Jakby ważniak w wieży z kości słoniowej, kimkolwiek był, nie pociągał za sznurki, nie płacił rachunków i nie rozdawał kart.

Zachary sięgnął po szarą kopertę z kieszeni fotela.

— To nasze ostatnie zlecenie — rzekł, podając ją Denny'emu. — Ruszaj. Zrób, co do ciebie należy.

Ostatnie zlecenie. Miał dość faceta.

W środku znajdowały się dwa dossier, czy jak to tam nazywają — dwa zdjęcia, kilka akapitów tekstu oraz parę map ściągniętych z Google i wydrukowanych na papierze ksero-graficznym, jak jakaś pieprzona praca domowa. Na cokolwiek szef wydawał swoje miliardy, było pewne jak cholera, że nie szły na pracę domową.

Z drugiej strony nazwiska figurujące w dossier zrobiły na nim wrażenie.

— No, no — powiedział Denny. — Zdaje się, że twój człowiek chce odejść z hukiem. Niezły numer, ale nie zażądam nic ekstra.

Zachary przesunął na nosie swoje pretensjonalne rogowe oprawki.

— Skup się... na materiale.

Byłoby miło choć raz zamieszać gościowi w głowie. Nic wielkiego, tylko tyle, żeby na jego twarzy pojawił się grymas. Każda mina oznaczałaby wielki postęp.

Wiedział jednak, że nie pora na takie zabawy, więc trzymał gębę na kłódkę i przez kilka minut chłonął informacje. Później wsunął szarą kopertę do kieszeni fotela i rozsiadł się na kanapie.

Następna część była dokładnie określona. Zachary sięgnął przez fotel, odebrał płócienny worek z rąk Pana Bezimiennego i położył na podłokietniku. Denny go podniósł.

Od razu wyczuł, że worek jest lekki.

— Co, u licha? — spytał, odkładając go na dzielący ich podłokietnik.

— To jedna trzecia — wyjaśnił Zachary. — Resztę do-staniesz po wykonaniu roboty. Tym razem załatwimy to nieco inaczej.

— Co, kurwa! — warknął Denny, lecz w tej samej chwili

kierowca wychylił się zza oparcia, podtykając mu pod nos tłustą czterdziestkępiątkę. Denny wyczuł nawet zapach prochu, jakby broń była niedawno używana.

— Posłuchaj mnie — powiedział, a właściwie zamruczał Zachary. — Otrzymasz pełną zapłatę. Zmieniliśmy jedynie warunki jej przekazania.

— Pieprzenie! — prychnął Denny. — Nie powinniście teraz ze mną zadzierać.

— To ty posłuchaj — powtórzył Zachary. — Jesteśmy rozczarowani twoją niekompetencją w New Jersey, Steven. Teraz, gdy władze wiedzą już, kim jesteś, takie postępowanie jest dobrą praktyką biznesową. Zakończymy współpracę gładko czy nie?

Denny nie odpowiedział, bo nie było to żadne pytanie. Zamiast tego sięgnął po płócienny worek. Ten gest mówił sam za siebie. Czterdziestkapiątka odsunęła się od jego twarzy, a szofer wrócił na miejsce, choć nie odwrócił się do kierownicy.

— Widziałeś samochód za nami? — spytał cicho Zachary, jakby sobie siedzieli i prowadzili przyjacielską pogawędkę.

Tak, Denny go widział. Starego niebieskiego subaru kombi z rejestracją Wirginii. Jego radar obserwacyjny nie miał opcji włączania i wyłączania.

— Co z nim? — zapytał.

— Musicie wyjechać z miasta. Jesteście tu zbyt zagrożeni. Zabierz Mitcha i pojedźcie w jakieś ustronne miejsce. Do Wirginii Zachodniej albo gdzie indziej, jak uznasz za stosowne.

— Od tak po prostu? Co mam powiedzieć Mitchowi? — spytał Denny. — Już i tak zadaje za dużo pytań.

— Jestem pewien, że coś wymyślisz. Weź to. — Zachary podał mu srebrny telefon Nokia, pewnie z zakodowanym łączem. — Wyłącz go, ale sprawdzaj co sześć godzin. Bądź gotów ruszyć do akcji, gdy ci powiemy.

— Spytam z czystej ciekawości — rzekł Denny. — Co za „my"? Czy ty w ogóle wiesz, dla kogo pracujesz?

Zachary sięgnął ręką do drzwi po stronie Denny'ego i je otworzył. Skończyli.

— To ci się opłaci, Denny — stwierdził. — Nie schrzań roboty. I nie popełnij więcej błędów.

Rozdział 84

Podczas powtórnego sprawdzenia przytułków dla bezdomnych zrobiłem to, co powinienem był zrobić dużo wcześniej — wezwałem posiłki z Sampsonem na czele. Poprosiłem nawet o przysługę Maxa Siegela, aby się przekonać, czy dzięki niemu zdołamy kogoś uratować.

Max zdumiał mnie, zjawiając się osobiście wraz z dwoma ochoczymi młodymi asystentami. Podzieliliśmy się listą i ustaliliśmy, że pod koniec dnia spotkamy się w jednym z większych schronisk w porze wydawania posiłków i wieczornego meldowania.

W ten sposób tuż przed siedemnastą, kiedy wydawano obiad, znaleźliśmy się w Lindholm Family Services. Schronisko serwowało ponad tysiąc posiłków dziennie gronu typowych i nietypowych klientów.

Przychodziły tu rodziny z dziećmi, ludzie gadający do siebie i inni, którzy wyglądali, jakby przed chwilą wyszli z jakiegoś biura. Wszyscy jedli ramię przy ramieniu przy długich stołach ustawionych w jadłodajni.

Przez pierwszą godzinę wszystko przypominało frustrujące powtórzenie poprzedniego razu. Nikt, kto chciał ze mną gadać, nie rozpoznał zdjęcia Mitcha ani starej fotografii Stevena Hennesseya alias Denny'ego. Pozostali w ogóle nie mieli ochoty rozmawiać z policją.

Jeden z gości sprawiał wrażenie szczególnie pogrążonego we własnym świecie. Siedział na końcu stołu odwrócony plecami do pozostałych, z tacą balansującą na rogu.

— Moglibyśmy zamienić słówko? — zagadnąłem.

Jego wargi przestały się poruszać, ale nie podniósł głowy, więc podsunąłem mu zdjęcie tak, żeby mógł je zobaczyć.

— Mamy wiadomość dla tego faceta, Mitcha Talleya. Umarł mu ktoś z rodziny, więc pomyśleliśmy, że powinien o tym wiedzieć.

Czasami trzeba mówić półprawdy, żeby się czegoś dowiedzieć. Dodam, że wszyscy byliśmy w cywilnych ciuchach, bo w schronisku garnitury i krawaty mogły przynieść niepożądany skutek.

Mężczyzna pokręcił głową.

— Nie — odparł zbyt szybko. — Nie znam go. Przykro mi. Nie rozpoznaję faceta. — Mówił z ciężkim akcentem przybysza z Europy Wschodniej.

— Spójrz jeszcze raz — powiedziałem. — Mitch Talley! Zwykle łaził z gościem o imieniu Denny. Niczego sobie nie przypominasz? Mógłbyś nam pomóc.

Zatrzymał wzrok na zdjęciu odrobinę dłużej i w zamyśleniu przesunął dłonią po przyprószonej siwizną brodzie, tak zmierzwionej, że przypominała dredy.

— Nie — powtórzył ze spuszczoną głową. — Przykro mi, nie znam faceta.

Nie naciskałem.

— W porządku. Będę w pobliżu, więc możesz podejść, jeśli sobie coś przypomnisz.

Kiedy odszedłem, zgarbił się i zaczął ponownie mamrotać.

Postanowiłem nie spuszczać go z oczu.

Zanim zdążyłem zagadać do następnej osoby, mamroczący gość podniósł się i ruszył do wyjścia. Gdy spojrzałem w jego stronę, taca z obiadem nadal stała na stole.

— Proszę pana! — zawołałem tak głośno, że kilka osób odwróciło głowy.

Ale nie on. Facet zwyczajnie szedł dalej.

— Proszę pana!

Przyspieszył kroku, co zwróciło uwagę Sampsona. Mamroczący facet wyraźnie torował sobie drogę do wyjścia. Kiedy w końcu się odwrócił i spostrzegł, że za nim idziemy, zaczął biec. Minął dwuskrzydłowe drzwi i wypadł na Drugą Ulicę.

Rozdział 85

Uciekinier był w połowie przecznicy, kiedy obaj z Sampsonem wybiegliśmy na ulicę. Wyglądał na jakieś pięćdziesiąt lat, ale poruszał się całkiem żwawo.

— Jasna cholera...

Pieszy pościg jest do bani. Po prostu tak już jest. Niezależnie od okoliczności człowiek nie ma ochoty na bieganie pod koniec długiego dnia. Mimo to obaj z Sampsonem pruliśmy na złamanie karku Drugą Ulicą za tym obłąkańcem.

Krzyknąłem kilkakrotnie, żeby się zatrzymał, ale najwyraźniej miał inny plan.

Godzina szczytu sprawiła, że bez trudu przeszedł na drugą stronę D Street.

Ruszyłem za nim między taksówką i ciężarówką EMCOR, a kilku gości siedzących na rozkładanych krzesłach przed schroniskiem zawołało za nami:

— Zasuwaj, stary! Szybciej!

— Gazu! Gazu! Gazu!

Pomyślałem, że nie są naszymi kibicami.

Facet biegł tuż przed nami. Wpadł do małego parku w sąsiedztwie Departamentu Pracy. Pas zieleni rozciągał się poprzecznie między wysokimi budynkami w kierunku Indiana Avenue, ale jemu nie udało się dotrzeć tak daleko.

Teren był ogrodzony, co znacznie go spowolniło. Oparłem stopę na murku i chwyciłem go za ramiona. Runęliśmy ciężko na ziemię. Na szczęście nie znajdowaliśmy się już na chodniku.

Natychmiast zaczął się szamotać, starając się oswobodzić, a później próbował nawet gryźć. Sampson dobiegł na miejsce, przycisnął mu plecy kolanem i pomógł mi wstać.

— Proszę pana, proszę się uspokoić! — krzyknął John, a ja zacząłem dyszeć.

— Nie! Nie! Błagam! — krzyknął z ziemi. — Nie zrobiłem nic złego! Jestem niewinny!

— Co to takiego?

Wyciągnąłem nóż z bocznej kieszeni jego roboczej kurtki. Ostrze owinięto papierem toaletowym, a rękojeść taśmą izolacyjną.

— Nie zabierajcie mi noża! — zawołał. — Proszę! To moja własność!

— Nie zabieram go — powiedziałem. — Tylko zatrzymuję na chwilę.

Podnieśliśmy go i podprowadziliśmy do ściany, aby usiadł.

— Potrzebuje pan pomocy lekarskiej? — zapytałem, bo otarł sobie czoło podczas upadku. Czułem wyrzuty sumienia z tego powodu. Facet drżał ze strachu i wyglądał żałośnie, choć jeszcze minutę temu zaciekle walczył i próbował mi odgryźć jeden z palców.

— Nie — odparł. — Nie.

— Na pewno?

— Nie muszę z wami rozmawiać. Nie macie powodu, żeby mnie aresztować.

Mówił dobrą angielszczyzną, choć wyrażał się odrobinę sztucznie. Najwyraźniej nie był tak pokręcony, jak sądziłem, choć nadal na nas nie patrzył.

— A to? — spytałem, wskazując nóż i podając go Sampsonowi. — Przed chwilą wybiegł pan z jadłodajni. Kupić panu hot doga? Może coś do picia?

— Nie muszę z wami rozmawiać — powtórzył.

— Taak. Zrozumiałem. Cola będzie w porządku?

Skinął głową, nie odrywając wzroku od ziemi.

— Jeden hot dog i jedna cola — powiedział Sampson, ruszając w kierunku kramów stojących przy D Street.

Zauważyłem Siegela i jego chłopaków na chodniku, czekających, żeby usłyszeć, co się stało. Na szczęście Max trzymał się na dystans, co było miłą zmianą.

— Proszę posłuchać — podjąłem. — Zauważył pan, że nie spytałem o pańskie nazwisko, prawda? Chciałem tylko odnaleźć tego gościa ze zdjęcia. Pomyślałem sobie, że o czymś pan wie i nie chce nam powiedzieć.

— Nie — zaprzeczył. — Powtarzam, że nic nie wiem. Jestem biedakiem.

— W takim razie dlaczego pan uciekał? — zapytałem.

Nie odpowiedział, a ja nie mogłem go zmusić. Miał rację. Przeczucie nie wystarczyło, żeby go aresztować.

Oprócz tego istniały inne sposoby zdobycia informacji.

Kiedy Sampson wrócił z hot dogiem, facet pożarł go trzema kęsami, popił colą i wstał.

— Mogę odejść, prawda? — spytał.

— To moja wizytówka — powiedziałem. — Na wypadek gdyby zmienił pan zdanie.

Podałem mu karteczkę, a Sampson zwrócił nóż z ostrzem osłoniętym papierem.

— Nie musi pan płacić, żeby zadzwonić — dodałem. — Wystarczy powiedzieć każdemu gliniarzowi na ulicy, że chce pan ze mną gadać. I proszę nie narobić sobie kłopotów tym nożem, dobrze?

Oczywiście rozstaliśmy się bez pożegnania. Facet wsunął ostrze do kieszeni i ruszył D Street, a my staliśmy i patrzyliśmy w ślad za nim.

— Powiedz coś, Sampson — wyszeptałem. — Myślisz to samo co ja?

— Tak — odparł. — Facet coś wie. Pozwolę mu dotrzeć do najbliższego rogu.

— Dobry plan. Poproszę Siegela, żeby dokończył robotę w schronisku. Później przekażemy puszkę po coli do laboratorium i zobaczymy, co nam powie.

Tajemniczy facet dotarł właśnie do Pierwszej Ulicy, a następnie skręcił w lewo i zniknął nam z oczu.

— Do roboty — powiedział Sampson. — Zadzwonię, jeśli będę coś miał.

— Ja też — odparłem, rozstając się z kolegą.

Rozdział 86

Stanislaw Wajda oddalał się od detektywów, czując, jak serce wali mu w piersi. To się jeszcze nie skończyło. Nie, co to, to nie.

Kiedy dotarł do skrzyżowania, spojrzał za siebie. Nadal go obserwowali. Pewnie będą go śledzić.

Popełnił błąd, rzucając się do ucieczki. To tylko pogorszyło sprawę. Teraz nie pozostało mu nic innego, jak iść dalej. Tak. Później wszystko sobie przemyśli. Właśnie tak.

Sklepowy wózek był tam, gdzie go zostawił — we wnęce na tyłach Lindholm. Nie używano tylnego wejścia. Niewielu ludzi wiedziało o jego istnieniu.

Wnęka była wystarczająca, żeby schować w niej wózek — nie był widoczny od strony ulicy, kiedy nie mógł mieć go na oku. Teraz go wyciągnął i ruszył dalej powoli i ostrożnie, gotów znowu uciekać, gdyby musiał.

Lubił ruch. Chód pomagał mu się skupić, a terkot wózka toczącego się po chodniku przypominał rodzaj białego hałasu odgradzającego go od innych dźwięków miasta. Stwarzał przestrzeń, w której mógł jasno myśleć, skoncentrować się na pracy i zastanowić nad kolejnym posunięciem.

Gdyby tylko zdołał sobie przypomnieć, o czym myślał, zanim to wszystko się zaczęło.

Czterdziesta czwarta liczba Mersenne'a, czy tak? Tak. To ona. Czterdziesta czwarta liczba Mersenne'a

Obraz wolno powrócił, migocząc w jego umyśle, jakby wyłaniał się z mroku, aż ujrzał go wyraźnie.

Zobacz i powiedz.

Słowa zaczęły napływać, wydobywając się z ust w niemym szepcie. Nie było to coś, co można by podsłuchać — tylko tyle, by liczba stała się ponownie realna.

— Dwa do trzydziestu dwóch milionów pięciuset osiemdziesięciu dwóch tysięcy sześciuset pięćdziesięciu siedmiu — powiedział.

Tak. Dokładnie. Czterdziesta czwarta liczba Mersenne'a. Tak. Tak. Tak.

Przyspieszył kroku, idąc ulicą i nie oglądając się za siebie.

Rozdział 87

Kiedy dotarłem na miejsce, w sekcji analizy odcisków palców panowała cisza. Jedyną osobą, która się tam znajdowała, był cywilny analityk Bernie Stringer, zwany Stringsem. Słyszałem heavymetalową muzykę huczącą z jego iPoda, gdy pracował.

— Mam nadzieję, że nie jest to kolejna sprawa o priorytetowym znaczeniu! — krzyknął, a następnie wyciągnął słuchawkę z ucha. — Użeram się z narkotykami.

Na ławce obok niego stały dwa pudełka pełne mikroskopowych szkiełek.

— Trzeba pobrać z tego kilka odcisków palców — wyjaśniłem, podnosząc puszkę coli za krawędź.

— Na dziś wieczór? — spytał.

— Taak. Właściwie to na teraz.

— To się obsłuż, człowieku. Klej cyjanoakrylowy jest w szufladzie obok komory oddymiania.

Nie miałem z tym problemu. Lubię co jakiś czas zajrzeć do

laboratorium. Dzięki temu czuję się mądrzejszy, nawet jeśli odciski palców pozostaną kryminalistyczną zagadką.

Podszedłem do komory oddymiania i wstawiłem do środka puszkę, a następnie umieściłem na dysku kilka kropli cyjanoakrylu, czyli zwyczajnego superglue, i zamknąłem, by wszystko się chwilę podgrzało.

Piętnaście minut później miałem ładny zestaw czterech odcisków palców widniejących na powierzchni puszki. Był tam również odcisk łapska Sampsona, ale łatwo go było odróżnić ze względu na wielkość.

Posypałem te, na których mi zależało, czarnym proszkiem i na wszelki wypadek zrobiłem kilka zdjęć.

Później trzeba było tylko przenieść je na czystą taśmę i położyć na kartce papieru w celu zeskanowania.

— Słuchaj, Strings! — zawołałem. — Mógłbym użyć twojego systemu?

— Obsłuż się! — odkrzyknął. — Hasło to W-I-E-L-K-I-B-U-C.

— Zgadza się — mruknąłem pod nosem.

— Co? Jak?

— Nic ważnego.

Kiedy wprowadziłem odciski palców do systemu komputerowego, IAFIS potrzebował pół godziny, żeby wypluć cztery pasujące zestawy. Dużo czasu, przy czym ostateczne porównanie miało zostać wykonane naocznie, co uznałem za pozytywne. Uważam, że udział człowieka w procedurze identyfikacji jest dobrym posunięciem.

Wybranie jednego z czterech zestawów nie zajęło mi dużo czasu.

Strzelisty, łukowaty układ linii papilarnych na palcu wskazującym był charakterystyczny nawet jak na te małe łamigłówki.

Wystarczyło wcisnąć kilka klawiszy i miałem przed sobą nazwisko i dane faceta.

Stanislaw Wajda.

To tłumaczyło akcent. Został zatrzymany tylko raz, półtora roku temu, pod zarzutem przemocy domowej w College Park w Maryland. Choć nie wydawało się to zbyt obiecujące, właśnie natknąłem się na zabójcę.

Rozdział 88

Wstępne poszukiwania Stanislawa Wajdy w internecie dały mieszane rezultaty. Kiedy wyselekcjonowałem wiadomości medialne, otrzymałem cały przekrój doniesień sprzed roku o zaginionej osobie. Materiał wydawał się obiecujący, więc otworzyłem pierwszą stronę z „Baltimore Sun".

Pytania w sprawie zniknięcia
profesora pozostają bez odpowiedzi

12 kwietnia, College Park — Nadal trwają poszukiwania profesora Stanislawa Wajdy, lat 51, z Uniwersytetu Maryland. Ostatni raz widziano go, jak wieczorem 7 kwietnia opuszczał budynek A.V. Williamsa położony na terenie uniwersyteckiego kampusu.

Stan psychiczny Wajdy w okresie poprzedzającym zniknięcie był tematem szerokich spekulacji. Chociaż przedstawiciele miejscowej policji i władze Uniwersytetu Maryland odmówiły skomentowania tej kwestii, dziwne zachowanie profesora w ciągu ostatnich sześciu miesięcy było publicznie znane.

W październiku policja została wezwana do domu Wajdy przy Radcliffe Drive w związku z zakłóceniem miru domowego. Wajda, który nie był wcześniej notowany, został oskarżony o kwalifikowaną napaść i spędził noc w areszcie, dopóki nie wycofano zarzutów.

W ciągu minionego roku profesor Wajda stawał dwukrotnie przed rektorem — raz z powodu bliżej nieokreślonego agresywnego zachowania wobec słuchacza studiów magisterskich, raz za to, co jeden z naocznych świadków opisał jako napad wściekłości w uniwersyteckiej bibliotece wywołany zaginionym numerem matematycznego periodyku.

Wajda, profesor matematyki, przyjechał do Stanów Zjednoczonych z Polski w 1983 roku, żeby studiować w Boston University, gdzie zdobył kilka znaczących nagród akademickich za swoje osiągnięcia naukowe. Niedawno telewizja PBS poświęciła mu jeden z odcinków serialu popularnonaukowego NOVA, zatytułowany „Ones to Watch" (Ci, którym warto się przyglądać), za badania nad liczbami pierwszymi i poszukiwanie dowodu na hipotezę Riemanna uważaną za Świętego Graala współczesnej matematyki...

Przerwałem lekturę, wstałem i wybrałem numer Sampsona, kierując się do drzwi.

— Wielki dzięki, Strings.

— Nie ma sprawy. Cieszę się, że mogłem pomóc.

Rozdział 89

— Gdzie jesteś, John?

— Przed cholernym przytułkiem, jeśli możesz dać wiarę. Bo ja mam z tym problem. Facet kilka razy objechał kwartał sklepowym wózkiem, a następnie zameldował się na noc, zanim Siegel i pozostali zdążyli opuścić to miejsce. Sprowadziłem Donny'ego Burke'a, żeby zastąpił mnie w nocy.

— Będziemy musieli wyciągnąć faceta — wysapałem.

— Mówisz tak, jakbyś biegł.

— To profesor matematyki, John. Zajmował się liczbami pierwszymi... i hipotezą Riemanna.

— Co?!

— Właśnie. Nazywa się Stanislaw Wajda. Zaginął rok temu. Zaczekaj na mnie. Zaraz tam będę.

Wiedziałem, że szybciej dotrę na miejsce na nogach niż samochodem. Zbiegłem po tylnych schodach i popędziłem w poprzek Judiciary Square.

— Zrozumiałem — odparł Sampson. — Wyciągnę go, nim się zjawisz.

— John, nie rób tego...

Ale Sampson już się rozłączył. John potrafił być równie uparty i zatwardziały jak ja, więc pewnie dlatego miałem takie trudności z wytknięciem mu tej wady.

Przyspieszyłem kroku.

Z Judiciary Square przedostałem się na Czwartą Ulicę i skręciłem w kierunku Drugiej. Zanim znalazłem się na miejscu, zauważyłem, że Sampson gna ku mnie, jakby obiegł tył budynku.

— Facet zniknął, Alex! Nie ma jego wózka. Z tyłu były pieprzone drzwi. Wykołował mnie! Opuścił przytułek!

Odwrócił się i kopnął worek z odpadkami stojący na krawędzi chodnika, obsypując jezdnię prysznicem śmieci. Przymierzał się do kolejnego kopnięcia, ale odciągnąłem go na bok.

— Uspokój się, John. Po kolei. Nie wiemy niczego na pewno.

— Nawet tego nie próbuj! — warknął. — To on! Wetknąłem mu do ręki ten przeklęty nóż, a później pozwoliłem odejść!

— Obaj pozwoliliśmy, John — przypomniałem. — Obaj.

Ale Sampson nie słyszał. Wiedziałem, że będzie winił siebie niezależnie od tego, co powiem, więc zrezygnowałem z perswazji i przeszedłem w tryb działania.

— Nie mógł się zbytnio oddalić — powiedziałem. — Nie wskoczył do taksówki ani nic w tym rodzaju. W razie czego będziemy łazili po okolicy całą noc. Natychmiast powiadomię WALES. Wyprowadzimy więcej ludzi na ulicę. Może rano dostaniemy wsparcie z sekcji zatrzymań. Ci faceci to istne psy gończe. Dopadniemy gościa.

Sampson skinął głową i ruszył ulicą bez słowa. Liczyła się tylko obecna chwila.

— Jak on się nazywa? — spytał, gdy go dopędziłem.

— Stanislaw Wajda — powiedziałem.

— Stanislaw...?

— Wajda.

— Pokręciło mi się. Nauczę się to wymawiać, kiedy znajdziemy sukinsyna.

Rozdział 90

W ciągu trzech dni nie wydarzyło się nic, co choć w najmniejszym stopniu przypominałoby postęp. Ani śladu Talleya, Hennesseya czy Wajdy.

A później stało się najgorsze.

W piątek rano, trzeci raz w ciągu miesiąca, otrzymałem telefon od Sampsona w sprawie znalezionych zwłok. Ktoś skatował na śmierć kolejnego ćpuna i wyrżnął mu znajome matematyczne gryzmoły na czole i plecach.

Jednak tym razem była mała różnica i to wszystko zmieniało.

— Przy ciele znaleziono sklepowy wózek Stanislawa — wyjaśnił Sampson. — A przynajmniej tak mi się zdaje. Trudno odróżnić jeden od drugiego, wiesz? — dodał chrapliwym głosem. Nie byłem pewny, ile spał od czasu zniknięcia Wajdy. — Biedny dzieciak miał nie więcej niż osiemnaście lat, Alex.

— Nic ci nie będzie, Sampson? — spytałem. — Brzmisz jakoś nieswojo.

— Mam nadzieję.

— To nie twoja wina, John. Wiesz o tym, prawda?

Nadal nie był gotów do udzielenia odpowiedzi na to pytanie.

— Nie musisz tu przyjeżdżać — wykrztusił.

— Już do ciebie jadę — powiedziałem. — Jasne, że muszę.

Rozdział 91

Gdy dotarłem na Farragut Square, ujrzałem przygnębiająco znajomą scenę. Nigdy nie wiedziałem, co jest gorsze — szok wywołany czymś, czego dotąd nie widziałem, czy ciężar oglądania tego samego zbyt wiele razy.

— To jego wózek — stwierdził Sampson. — Przed chwilą to znaleźliśmy.

Podniósł torebkę, w której znajdowała się moja upaprana wizytówka. Poczułem się tak, jakbym dostał kopniaka w głowę. Co za obłęd!

— Na ramie są wyraźne ślady krwi, a w koszu dwuręczny młot z obciętym trzonkiem. Przypuszczalnie narzędzie zbrodni.

— Zastanawiałem się nad tym — powiedziałem. — W Lindholm jest długie podziemne przejście, w którym cały czas śpią bezdomni. Może tam polował na swoje ofiary.

— Może i tak — odparł John. — Ale czemu przywoził je wózkiem aż tutaj? Zupełnie tego nie pojmuję. Dlaczego na K Street?

Jeśli nie liczyć zainscenizowanego morderstwa Anjali Patel dokonanego przez Kyle'a Craiga, wszystkie trzy ofiary porzucono przy K Street — każdą w okolicy skrzyżowania z ulicą, której nazwa była liczbą pierwszą — przy Dwudziestej Trzeciej, Trzynastej, a teraz Siedemnastej. Po dwóch morderstwach trudniej było to dostrzec, ale po trzecim schemat stawał się wyraźny. Byłem ciekaw, czy litera K nie oznacza czegoś w matematyce, ale nie miałem pewności.

— Gość jest stuknięty, Sampson — dodałem. — To jedyna stała. Nie trzeba zbyt głęboko szukać motywu.

— Ani jego — rzucił John, wskazując kciukiem ponad wózkiem. — Nie wiem, co skłoniło go do porzucenia dobytku, ale coś się zmieniło, Alex. Mam przeczucie, że już go więcej nie ujrzymy. Myślę, że facet przeszedł do historii.

Rozdział 92

Stanislaw Wajda poruszył powiekami, budząc się ze snu. Początkowo trudno mu było cokolwiek zobaczyć. Pole widzenia wypełniały niejasne kształty i światłocienie. Później przedmioty zaczęły się powoli wyłaniać. Oczom Wajdy ukazał się stary bojler i popękana betonowa podłoga.

Ostatnią rzeczą, którą zapamiętał, był park. Tak. Park i ten chłopak. Czy było to ostatniej nocy?

— Cześć.

Stanislaw podskoczył na dźwięk obcego głosu. Serce zaczęło mu walić, bo nagle przypomniał sobie wystarczająco dużo, żeby poczuć przerażenie.

Ten człowiek tam był. Ciemne włosy. Niejasno znajomy.

— Gdzie jestem? — zapytał.

— W Waszyngtonie.

— Chodziło mi...

— Wiem, o co ci chodziło.

Zauważył, że jego ręce nie są związane. Ani stopy. Żadnych łańcuchów ani kajdanek. Oczekiwał czegoś innego. Spojrzał w dół i zdał sobie sprawę, że siedzi rozparty na starym drewnianym krześle.

— Nie wstawaj — powiedział tamten. — Nadal będziesz się czuł lekko zamroczony.

Widział gdzieś twarz tamtego. W przytułku. Tak. Z dwoma czarnoskórymi detektywami. Tak. Tak.

— Jesteś z policji? — zapytał. — Czy mnie aresztowano?

Tamten zachichotał niskim głosem, co wydało się bardzo dziwne.

— Nie, profesorze. Mogę się zwracać do pana po imieniu, Stanislawie?

Chociaż sytuacja zaczęła się powoli krystalizować, nadal nie miała żadnego sensu.

— Skąd wiesz, jak mam na imię?

— Powiedzmy, że jestem twoim wielbicielem — odparł tamten. — Widziałem, co zrobiłeś na Farragut Square ostatniej nocy. Nie kryję, że dostarczyłeś mi dreszczyku emocji. Warto było podjąć trud i znaleźć się na miejscu.

Wajda poczuł skurcz żołądka, jakby za chwilę miał zwymiotować albo nawet stracić przytomność.

— Jezu...

— Nie martw się. Nie zdradzę twojego sekretu. — Mężczyzna przysunął drugie krzesło i usiadł naprzeciw niego. — Powiedz mi coś, Stanislawie. O co chodzi z tymi liczbami pierwszymi? W policyjnych raportach wspominają coś o hipotezie Riemanna. Czy to prawda?

Zatem wiedział. Ten dziwny facet wiedział, co zrobił. Stanislaw poczuł ciepłe łzy w kącikach oczu.

— Tak — odparł. — Riemanna. To prawda.

— O co w niej konkretnie chodzi? Oświeć mnie, profesorze. Umieram z ciekawości.

Stanislaw od dawna nie widział zaciekawienia w oczach młodej osoby. Od lat. Całe życie temu...

— Jak pan wie, funkcja zeta Riemanna wyznacza linię krytyczną pomiędzy zerem i jedynką. Jeśli funkcja zeta przyjmuje wartość zero...

— Nie — przerwał mu tamten. — Nie słuchałeś uważnie. Czemu zabijasz z jej powodu? Jakie to ma dla ciebie znaczenie?

— Ogromne — odpowiedział. — Zrozumieć hipotezę Riemanna to pojąć nieskończoność. Przekroczyć pojęcie wielkości, a nawet granicy...

Tamten zdzielił go w twarz.

— Nie chcę słuchać idiotycznych wykładów, profesorku. Chcę wiedzieć, czemu zabiłeś tych chłopców. Możesz mi odpowiedzieć czy nie? Jesteś inteligentny, więc nie powinieneś mieć z tym problemu.

Nagle Stanislaw uświadomił sobie, że mógłby to zrobić. Tak. Tak. Przestał mieć wpływ na to wszystko. Nie było miejsca na nic innego prócz prawdy.

— Lepiej dla nich, że nie żyją — wycedził. — Nie czekało ich tu nic oprócz niedoli i cierpienia. Nie rozumiesz? Nie widzisz tego?

— Widzę.

— Znaleźli się poza zasięgiem Boga, ale mimo to zdołałem im pomóc. Mogłem im podarować nieskończoność — ciągnął. — Mogłem przywrócić ich Bogu. Pojmujesz?

— Myślę, że tak — odparł tamten, wstając. — Jestem rozczarowany. Moglibyśmy... — przerwał i uśmiechnął się do niego. — Mniejsza o to, co moglibyśmy zrobić. Dziękuję, profesorze. To było bardzo pouczające.

— To ja dziękuję — rzekł Stanislaw.

Wtedy dostrzegł szpikulec do lodu i powiódł za nim wzrokiem, gdy mężczyzna uniósł narzędzie w górę, aż zniknęło za konturem gołej żarówki tkwiącej w suficie. Stanislaw podniósł wysoko brodę, nadstawiając szyję tak, by niezależnie od tego, co się stanie, tamten nie chybił.

Rozdział 93

Tak przywykłem do telefonów o różnych porach dnia, iż odruchowo sięgnąłem po aparat, zanim zdałem sobie sprawę, że to komórka Bree. Zegar na stoliku nocnym przy łóżku wskazywał czwartą dwadzieścia jeden. Dobry Boże, co tym razem?

— Stone. — Usłyszałem w ciemności jej głos. — Kto mówi?

Usiadła na łóżku. Kiedy zapaliła światło, telefon był przyciśnięty do jej piersi.

— To Kyle Craig — wyszeptała ledwie słyszalnym głosem.

Teraz także ja się obudziłem. Gdy odebrałem jej telefon, Kyle w dalszym ciągu mówił.

— Bree? Czy to ty, kochanie? Jesteś tam?

Muszę wyznać, że gdyby stał przede mną, zabiłbym drania bez chwili namysłu. Starałem się trzeźwo myśleć, zapanować nad emocjami.

— Craig? Tu Alex. Nie dzwoń więcej na ten numer — powiedziałem i się rozłączyłem.

Bree opadła szczęka.

— Co to było? — zapytała. — Czemu to zrobiłeś?

— Wykreśliłem linię na piasku. Nie powinienem mu pozwalać na dyktowanie reguł.

— Myślisz, że zadzwoni ponownie?

— Jeśli tego nie zrobi, zdrzemniemy się jeszcze trochę.

Coś się we mnie zmieniło. Nie mogłem pozwolić, by ta gra toczyła się bez końca. Nie potrafiłem.

Kilka sekund później odezwała się moja komórka.

— Czego? — burknąłem.

— Bree nie odpowiedziała na moje pytanie — zaczął Kyle. — O wasze ślubne plany. Wykombinowałem sobie, że to raczej jej sprawa niż twoja.

— Bzdura — odparowałem. — Chciałeś, żeby twoja groźba zabrzmiała bardziej dosadnie.

Roześmiał się niemal przyjaźnie.

— Podziałało?

— Rozłączam się, Kyle.

— Zaczekaj! — krzyknął. — Mam coś jeszcze. To ważna sprawa, w przeciwnym razie nie dzwoniłbym o tak wczesnej porze.

Nie zapytałem, co to takiego. Miałem zamiar zakończyć rozmowę, ale on gadał dalej.

— Mam dla was prezent zaręczynowy — oznajmił. — Coś w tym guście. Skoro już pozwoliłem się wam pobrać i tak dalej. Mały podarunek, który uwolni cię od części zajęć, żebyś mógł się skoncentrować na swojej uroczej oblubienicy.

Serce mi zadrżało. Musiałem wiedzieć.

— Kyle? Co zrobiłeś?

— Gdybym ci powiedział, zepsułbym niespodziankę, prawda? Poszukaj na skrzyżowaniu Dwudziestej Dziewiątej i K Street. Północno-wschodni róg. Sugeruję, żebyś się pospieszył.

Rozdział 94

O wschodzie słońca przy Dwudziestej Dziewiątej i K Street zjawili się wszyscy członkowie grupy operacyjnej. Chociaż Kyle nie mógł mnie już niczym zaskoczyć i choć zjawienie się we wskazanym przez niego miejscu i czasie mogło być błędem, nie należało lekceważyć tego telefonu. Dlatego przedsięwzięliśmy wszelkie możliwe środki ostrożności.

Wskazane miejsce znajdowało się na skraju Rock Creek Park, gdzie górą biegnie autostrada Whitehursta. Umieściliśmy funkcjonariuszy uzbrojonych w karabiny MP5 na kładce dla pieszych i otoczyliśmy miejsce opancerzonymi wozami SWAT, by zablokować tyle linii strzału, ile się da.

Centrum dowodzenia zorganizowaliśmy w kawiarence przy K Street, skąd dowódca oddziału SWAT, Tom Ogilvy, utrzymywał stałą łączność radiową ze swoimi ludźmi. Obaj z Sampsonem przysłuchiwaliśmy się temu ze słuchawkami na uszach.

W pogotowiu czekała karetka, a oddziały patrolowe blokowały ulicę od każdej strony. Funkcjonariusze nasi mieli na sobie kamizelki kuloodporne z kevlaru i hełmy.

Może wszystko to było daremne. Czy Kyle rzeczywiście nas obserwował? Czy był uzbrojony? Czy trzymał coś w rękawie? A może nic z tych rzeczy. Wiedziałem, że chciał, bym zmagał się teraz z podobnymi myślami.

Drużyna zwiadowcza szybko coś znalazła. Nie minęło pięć minut od chwili, gdy weszli do parku od strony Dwudziestej Dziewiątej Ulicy, kiedy ich dowódca zameldował się przez radio.

— Mamy ciało — powiedział. — Biały mężczyzna w średnim wieku. Wygląda na bezdomnego.

— Zachowajcie ostrożność — odrzekł przez radio Ogilvy. Uprzedziliśmy wszystkich o tym, co może ich czekać. — Starannie zbadajcie miejsce wokół ciała, zanim je ruszycie. Drużyna B, przejdźcie w stan najwyższego pogotowia.

Po trzech minutach milczenia dostaliśmy wiadomość, że jest „czysto" — tak czysto, jak mogło być w takich okolicznościach. Kiedy ruszyłem do drzwi kawiarni, Sampson złapał mnie za ramię.

— Pozwól, że sam to zrobię, Alex. Jeśli Kyle tam jest, może na ciebie czekać.

— To wykluczone — odpowiedziałem. — Jeśli Kyle kiedykolwiek zechce mnie zabić, zrobi to z bliskiej odległości, a nie z dystansu.

— Czyżbyś wiedział wszystko o tym maniaku? — zapytał.

— Tak, wiem aż tyle — odparłem i wybiegłem na ulicę.

Zanim pochyliliśmy się nad ciałem porzuconym w parku,

rozpoznałem brudną kurtkę roboczą Stanislawa Wajdy. Biedak leżał na boku pod kępą krzaków, jak jego własne ofiary.

Tym razem na ciele nie wyrżnięto żadnych znaków. Jedynym widocznym obrażeniem była rana kłuta gardła, podobna do tej zadanej Anjali Patel.

Skóra na szyi była pokryta skorupą zaschłej krwi, która sięgała pod koszulę. Oznaczało to, że ofiara siedziała, gdy została pchnięta, i pewnie umarła w tej pozycji.

Pobraliśmy już odciski palców ze sklepowego wózka i dwuręcznego młota znalezionych przy Farragut Square. Chociaż nie mieliśmy wątpliwości, że Wajda był naszym matematykiem zabójcą, mimo wszystko zrobiło mi się go żal.

— Co to? — spytał Sampson, wskazując jakiś przedmiot tkwiący w dłoni Wajdy.

Założyłem rękawiczki i przyklęknąłem, by wyjąć coś znajdującego się między jego zaciśniętymi palcami.

Była to mała kartka z pozdrowieniami — jedna z tych, które przesyła się zwykle razem z kwiatami. Ta miała zdjęcie weselnego tortu i wizerunek czarnoskórej pary młodej.

— Mój zaręczynowy prezent — powiedziałem, czując, że zbiera mi się na mdłości.

Kiedy otworzyłem kartkę, z miejsca rozpoznałem schludne duże litery Kyle'a.

DLA ALEXA:
CZUJ SIĘ ZAPROSZONY.
— K.C.

Rozdział 95

Denny nie czekał z utęsknieniem na pięć dni ukrywania się z Mitchem w lasach Wirginii Zachodniej. Później przez kilka dni robili rekonesans w Waszyngtonie, zanim uznali, że można przystąpić do akcji. Na szczęście już niebawem stanie się wolnym człowiekiem. Bardzo bogatym wolnym człowiekiem.

Drzwi walnęły za nimi, kiedy weszli na dach National Building Museum.

Kiedy się odwrócił, Mitch podniósł dłoń w przepraszającym geście.

— Nie chciałem — powiedział.

— Zamknij się i chodź — wyszeptał Denny ostrzejszym głosem, niż zamierzał.

Nie żeby huk drzwi miał jakieś znaczenie. Muzeum zamykano na noc, a dwudziestolatek siedzący na parterze za biurkiem ochrony i oglądający horrory na laptopie nie stwarzał najmniejszego zagrożenia. Jego reakcja była spowodowana spędzeniem zbyt wielu nocy w starym subaru razem z Mitchem, odżywianiem się puszkami i słuchaniem, jak facet bredzi o ich „misji".

Otrząsnął się ze złych uczuć i podszedł do południowo-zachodniego rogu dachu, żeby się rozejrzeć.

Jak na piątek na F Street panował niewielki ruch. Wiał lekki wietrzyk zapowiadający deszcz, ale w tej chwili było spokojnie. Za jakieś piętnaście, dwadzieścia minut pierwsze limuzyny zaczną zajeżdżać przed teatr Sidney Harman Hall — Harmana, jak nazywali go miejscowi.

Mitch podreptał za nim i czekał w milczeniu, gdy ten rozwijał brezent. Później wyciągnął swój sprzęt i zaczął składać M110.

— Jesteś na mnie zły, Denny? — spytał w końcu. — Mamy jakiś problem?

— Nie — odrzekł szybko Denny. Nie było sensu denerwować go dziś wieczór. Szczególnie dziś. — Świetnie ci idzie. Po prostu chcę to załatwić, rozumiesz? Zrobiłem się ciut za gorliwy. Moja wina.

Odpowiedź najwyraźniej zadowoliła Mitcha. Skinął głową i zabrał się do swojej roboty. Rozstawił nóżki, ustawił karabin i przytknął oko do lunety. Po chwili przycisnął kolbę do policzka i zaczął regulować celownik.

— Dziś wieczór trzeba będzie oddać dwa strzały, jeden po drugim — przypomniał Denny, starając się mówić przyjacielskim i wyluzowanym tonem. — Samochody będą cały czas podjeżdżały.

Mitch kilkakrotnie powiódł lufą w lewo i prawo, aby przyjrzeć się chodnikowi przed wejściem do teatru.

— Powiedziałeś, że tym razem chodzi o dwóch sędziów?

— Tak. — Denny skinął głową. — O dwóch najbardziej wpływowych drani w całym kraju.

— Co zrobili?

— Wiesz, kto to taki sędzia aktywista?

— Nie. Wytłumacz.

— Niech ci wystarczy, że poczciwa stara Ameryka lepiej sobie bez nich poradzi — odparł Denny. — Wypatrzę drani, a ty ich sprzątniesz, Mitch. Trzeba będzie szybko działać. Przygotuj się, dobrze? Raz, dwa i spadamy.

Mitch zajął pozycję, lekko unosząc kąciki ust. Od kilku dni na jego twarzy nie pojawiło się nic tak bardzo przypominającego uśmiech pewności.

— Nie martw się, Denny — powiedział. — Nie chybię.

Rozdział 96

O siódmej trzydzieści F Street wypełnił długi sznur czarnych limuzyn.

Dziś wieczór w teatrze odbywała się uroczysta gala „Will on the Hill" połączona z doroczną zbiórką na szkoły artystyczne w Waszyngtonie. Dwa tuziny włodarzy z Kapitolu miały wystąpić w *Wieczorze trzech króli* Williama Szekspira dla wtajemniczonych, przed publicznością złożoną z kongresmanów, senatorów, pracowników Kapitolu i połowy mieszkańców K Street.

Denny obserwował ulicę przez lunetę.

— Nie brak dziś lisów w kurniku, co?

— Racja — odparł Mitch, obserwując tłum. — Sądziłem, że przyjdzie paru znanych ludzi, ale nie rozpoznaję żadnego.

— Cóż, też jesteś sławny, a nikt nie wie, jak wyglądasz — zauważył Denny.

— Prawda — przytaknął z uśmiechem Mitch.

Przed chwilą przyjechali Rahm Emanuel i jego żona. Przywódca mniejszości i przewodniczący pro tempore Senatu pokazali się razem minutę temu, robiąc sobie wspólne zdjęcie w samym środku kłótliwej sesji legislacyjnej.

Każdy wysiadł z własnego samochodu i przemierzył chodnik z czerwonej cegły sześcioma krokami, wchodząc pod szklany dach oparty na wspornikach przed głównym wejściem do teatru. Zdecydowanie musieli się szybko uwinąć.

W końcu dziesięć minut przed ósmą Denny zauważył tego, kogo szukał. Do krawężnika podjechała krótka limuzyna marki Mercedes.

Szofer wysiadł i obszedł samochód, żeby otworzyć drzwi pasażerom. Na chodnik wysiadła sędzia Cornelia Summers.

— To ona, Mitch. Na dziesiątej. Długa granatowa suknia, wysiadła z mercedesa.

Tuż za nią ukazał się sędzia George Ponti. Oboje przystanęli na chwilę, by pomachać dziennikarzom i gapiom zgromadzonym za policyjnym kordonem na chodniku. Nawet z daleka Denny zauważył, że oboje wyglądali, jakby nie znajdowali się na swoim miejscu.

— Numer dwa w smokingu, siwe włosy.

Mitch już zajął pozycję.

— Widzę.

Summers ujęła Pontiego pod ramię i oboje odwrócili się do wejścia oddalonego zaledwie o kilka kroków.

— Jestem gotowy — powiedział Mitch.

— Strzelaj.

M110 wydał charakterystyczny ostry odgłos, gdy kula przeleciała przez tłumik z prędkością dziewięciuset metrów na sekundę. Dosłownie w tej samej chwili Cornelia Summers upadła na chodnik z małą czerwoną raną nad lewym uchem.

Sędzia Ponti potknął się, gdy Summers osunęła się po jego ramieniu, i druga kula chybiła. Szklane drzwi trzy metry za głową mężczyzny rozprysły się na milion kawałków.

— Jeszcze raz — powiedział Denny. — Szybko.

Sędzia Sądu Najwyższego odwrócił się do samochodu. Już trzymał rękę na klamce.

— Teraz, Mitch.

— Mam go — rzucił, a sekundę później rozległ się kolejny ostry odgłos wystrzału.

Tym razem Ponti przewrócił się na dobre, a na chodniku przed Harmanem zapanowało istne pandemonium.

Rozdział 97

Kiedy Denny obserwował ulicę, Mitch się załamał. Padający bez przerwy deszcz nie powstrzymał setek ludzi w eleganckich strojach wieczorowych przez rozbiegnięciem się jak karaluchy po ulicy.

— Co się dzieje, Denny? — Mitch już spakował lunetę, łoże i magazynek.

Denny przywołał go skinieniem ręki.

— Chodź tu. Powinieneś to zobaczyć. Spójrz, czego dokonałeś.

Mitch wydawał się zgnębiony, ale gdy Denny skinął do niego ponownie, odłożył broń i powlókł się do krawędzi dachu. Pochylił się nad występem i spojrzał na swoje dzieło.

Harman przypominał przytułek dla obłąkanych ze szklanym frontem. Policyjne radiowozy pojawiły się na ulicy, a jedynymi postaciami, które nie znajdowały się w ruchu, były dwa ciała rozciągnięte na chodniku.

— Wiesz, jak to się nazywa? — spytał Denny. — Misja wykonana. Nie mogłeś się lepiej spisać.

Mitch pokręcił głową.

— Schrzaniłem robotę, Denny. Ten drugi strzał...

— Nie wspominaj o tym. Ciesz się chwilą. Spakuję nas.

Denny wrócił i zaczął zapinać paski plecaka Mitcha, podczas gdy ten obserwował ulicę jak zahipnotyzowany.

— Nieźle jak na jedną noc, co, Mitchie?

— Taak — odrzekł półgłosem Mitch, zwracając się raczej do siebie niż do kompana. — Właściwie to całkiem zdumiewające.

— Kto jest bohaterem opowieści, brachu?

— My, Denny.

— Racja. Prawdziwi amerykańscy bohaterowie. Nikt nie może cię tego pozbawić niezależnie od tego, co się wydarzy. Kapujesz?

Tym razem Mitch nie odpowiedział, ograniczając się do skinienia głową. Jakby od chwili, gdy ujrzał tę scenę, nie mógł oderwać od niej oczu.

Sekundę później już nie żył. Osunął się na dach z kulką w głowie.

Biedaczyna pewnie nawet nie usłyszał, jak Denny wypalił z walthera, bo wszystko stało się błyskawicznie. Jak trzeba. Czasami robota była chałowa, ale Denny mógł to przynajmniej załatwić szybko i fachowo.

— Przykro mi, Mitch. Nie dało się nic zrobić — powiedział.

Później podniósł plecak Mitcha, zostawił inne graty i ruszył w kierunku schodów, nie oglądając się na trzecią ofiarę tego wieczoru.

Rozdział 98

Kiedy nadeszła pierwsza straszna wiadomość, pracowałem w gmachu Daly'ego. Tym razem znalazłem się na miejscu w ciągu kilku minut od strzelaniny. Starałem się nie zwracać uwagi na chaos panujący na ulicy i nie myśleć o ofiarach — jeszcze nie teraz — ale skoncentrować się na najważniejszej rzeczy.

Skąd padły strzały? Czy to możliwe, żeby tym razem popełnili błąd?

Sierżant policji metropolitalnej stojący na chodniku złożył mi wstępny raport, mówiąc, że Cornelia Summers zginęła pierwsza i że znajdowała się po lewej stronie George'a Pontiego, gdy szli do Harmana. Dwóch sędziów Sądu Najwyższego — nawet teraz trudno było w to uwierzyć!

Spojrzałem w lewo, w dół F Street. Mogli strzelać z budynku Jacksona Grahama, ale gdybym był snajperem, wybrałbym National Building Museum. Gmach wznosił się kilka przecznic dalej, był oddalony od miejsca popełnienia morderstwa i miał płaski dach z mnóstwem występów zapewniających świetną kryjówkę.

— Daj mi trzech mundurowych! — poleciłem sierżantowi. — Natychmiast! Pójdziemy tam, do National!

Kilka minut później waliliśmy do frontowych drzwi muzeum. Wystraszony ochroniarz przybiegł po chwili, żeby wpuścić nas do środka. Budynek znajdował się pod jurysdykcją Federal Protective Service, ale powiedziano mi, że zdołają przyjechać dopiero za pół godziny.

— Musimy się dostać na dach — wyjaśniłem strażnikowi. Miał na piersi tabliczkę z nazwiskiem DAVID HALE. Krzepki Dawid. — Jak najszybciej można tam dotrzeć?

Zostawiliśmy jednego funkcjonariusza, żeby wezwał pomoc przez radio i zabezpieczył gmach, i ruszyliśmy za Hale'em centralnym korytarzem muzeum. Była to olbrzymia otwarta przestrzeń z rzędami korynckich kolumn sięgających sufitu, który majaczył kilka pięter nad naszymi głowami. Właśnie tam musieliśmy wejść.

Hale zaprowadził nas do wyjścia awaryjnego w przeciwległym rogu.

— Prosto na górę — powiedział.

Zostawiliśmy go na dole i ruszyliśmy schodami w chaotycznym szyku, pokonując piętro po piętrze z wyciągniętą bronią i świecącymi latarkami.

Na szczycie znajdowały się drzwi przeciwpożarowe.

Powinny być zabezpieczone systemem alarmowym, ale metalowa obudowa leżała na ziemi, a mechanizm zwisał na zewnątrz na kilku przewodach.

Serce waliło mi w piersi od biegu. Udało się. Byliśmy we właściwym miejscu.

Otworzyłem drzwi i ujrzałem pustą przestrzeń dachu z widokiem na Accountability Office po drugiej stronie G Street. Deszcz się nasilił, ale mimo to było słychać syreny i krzyki dochodzące z okolic Harmana.

Dałem znak jednemu z funkcjonariuszy, żeby poszedł w prawo, a drugiemu, by podążył za mną w stronę zgiełku dobiegającego z ulicy.

Kiedy podeszliśmy do południowo-zachodniego krańca dachu, widok przesłonił nam rząd świetlików.

W pobliżu najdalszego ujrzałem jakiś kształt — torbę na sprzęt albo worek ze śmieciami — i wskazałem go gliniarzowi obok mnie. Nie wiedziałem nawet, jak ma na imię.

Posuwaliśmy się dachem z wyłączonymi latarkami, na wszelki wypadek nisko pochyleni.

Kiedy zbliżyliśmy się na wystarczającą odległość, zorientowaliśmy się, że ktoś tam był. Klęczał nieruchomo zwrócony w stronę teatru Harmana.

Uniosłem glocka.

— Policja! Nie ruszaj się!

Wycelowałem w nogi, ale okazało się, że nie było to konieczne. Kiedy funkcjonariusz oświetlił go latarką, ujrzeliśmy wyraźny ciemny otwór w tyle głowy obmyty do czysta przez krople deszczu. Ciało oparło się o występ biegnący wokół krawędzi dachu, który utrzymywał je w pozycji pionowej.

Wystarczył jeden rzut oka, żebym rozpoznał Mitcha Talleya.

Nagle moje nogi stały się jak z galarety. Tego było naprawdę za wiele. Mitch Talley nie żył, naprawdę? Jakim cudem?

— Jezu. — Policjant się pochylił, żeby lepiej mu się przyjrzeć. — Co to było? Kula dziewięć milimetrów?

— Zamelduj przełożonym — powiedziałem. — Niech wystawią list gończy za Stevenem Hennesseyem alias Dennym Humboldtem. Musi być w pobliżu. Zadzwonię do CIC. Trzeba natychmiast zamknąć okolicę. Liczy się każda sekunda.

Jeśli instynkt mnie nie mylił, z sobie tylko znanych powodów Hennessey właśnie rozbił drużynę snajperską Patrioty.

Na jego miejscu zwiewałbym z miasta co sił w nogach. Mógłbym opuścić Waszyngton i ani razu nie obejrzeć się za siebie.

Ale nie byłem Hennesseyem, prawda?

Rozdział 99

Denny krążył godzinami po okolicy. Trzymał się północnych przedmieść i wstąpił do kilku drogerii w Maryland. Kupił sobie bejsbolówkę Nationals, przybory do golenia, parę słabych okularów do czytania i brązową farbę do włosów.

Po skorzystaniu z łazienki na stacji benzynowej sieci Sunoco w Chevy Chase wrócił do miasta. Zaparkował w okolicy ronda Logana i przeszedł dwie przecznice do Vermont Avenue, gdzie czekał na niego znajomy town car.

Zachary pozwolił sobie na rzadki nieskrępowany uśmiech, kiedy Denny wślizgnął się na tylne siedzenie.

— Spójrz na siebie — zaczął. — Jesteś zupełnie niewidoczny. Założę się, że w tym także jesteś dobry.

— Skoro tak mówisz — odrzekł Denny. — Załatwmy sprawę, żebym mógł zniknąć, jak powiedziałeś.

— Chyba wszystko poszło znakomicie, jeśli wierzyć doniesieniom mediów.

— Zgadza się.

— Nie wspomnieli o twoim wspólniku. Ani słowa o Mitchu.

— Byłbym zaskoczony, gdyby to zrobili — odparł Denny. — Ich główny śledczy Cross nie lubi odkrywać kart. Możesz mi wierzyć, że się o to zatroszczyłem. Nie chcę dłużej gadać o Mitchu. Dobrze wykonał swoją robotę.

Pośrednik przyjrzał się uważnie twarzy Denny'ego. W końcu sięgnął przez przednie siedzenie i odebrał woreczek od szofera. Tym razem waga się zgadzała, ale Denny otworzył go i sprawdził na wszelki wypadek.

Rozluźniony Zachary rozsiadł się w fotelu.

— Powiedz mi coś, Denny. Co zrobisz z forsą? Po kupieniu nowej tożsamości.

Denny odwzajemnił uśmiech.

— Zacznę od umieszczenia jej w jakimś bezpiecznym miejscu — powiedział, wkładając woreczek za połę kurtki, jakby chciał dostarczyć przykładu. — Później...

Nie dokończył zdania. Pocisk z ukrytego w wewnętrznej kieszeni walthera trafił szofera w tył głowy. Fontanna krwi i szarej materii opryskała przednią szybę.

Druga kula zatroszczyła się o Zachary'ego, przechodząc przez te jego pretensjonalne rogowe oprawki. Facet nie zdążył nawet sięgnąć do drzwi. W ciągu kilku sekund było po sprawie. Dwa najbardziej satysfakcjonujące strzały w całej karierze Denny'ego.

Oczywiście koniec z Dennym. Już nim nie był. To uczucie także wydawało się miłe. Chciał zostawić to wszystko daleko za sobą.

Z drugiej strony wiedział, że nie czas teraz na świętowanie. Kiedy w wozie ucichło, wysiadł na chodnik i zabrał się do tego, co zawsze najlepiej mu wychodziło. Zaczął się poruszać.

Rozdział 100

Dwadzieścia cztery godziny po strzelaninie przed Harmanem rozpoczęła się obława, jakiej nie widziałem w Waszyngtonie. Ludzie z Command Information Center całą noc sprawdzali samochody. Oddział dochodzeń specjalnych wysłał na ulicę dwa zespoły. Koledzy z NSID usłyszeli, że mają odłożyć na bok wszystkie drugorzędne sprawy. Wspomniane działania dotyczyły jedynie policji metropolitalnej.

Do pościgu włączyły się także pododdziały policji Kapitolu, ATF, a nawet Secret Service.

Rano obława na Stevena Hennesseya przerodziła się z regionalnej w krajową i międzynarodową. FBI zostało postawione w stan najwyższej gotowości i szukało go wszędzie, gdzie mogło. Zaangażowała się również CIA.

Powoli zaczęła do nas docierać waga popełnionych morderstw. Sędziowie Summers i Ponti tworzyli nieoficjalne lewe skrzydło Sądu Najwyższego, uwielbiani przez połowę kraju, a przez drugą uważani za istne lisy w kurniku.

Popołudniowa odprawa w komendzie policji metropolitalnej przypominała korowód zombie. Nikt nie spał ostatniej nocy, a w powietrzu wyczuwało się napięcie.

Spotkanie prowadził komendant Perkins. Obyło się bez zbędnych wstępów.

— Jaka jest sytuacja? — wygarnął prosto z mostu.

W sali zgromadziła się większość szefów wydziałów. Wszystkie miejsca były zajęte, a ludzie stali przy ścianach, przestępując z nogi na nogę.

— Mówcie. Który bądź.

— Gorąca linia i strona internetowa są oblężone — zaczął Gerry Hockney, komendant jednego z okręgów. — Hennessey był tajnym agentem rządowym. Miał kryjówki w Ohio, na Florydzie i w Toronto...

— Są jakieś sprawdzone informacje? — przerwał mu Perkins. — Chcę wiedzieć, co mamy. Nie chcę bezużytecznych bredni.

— Za wcześnie, żeby coś powiedzieć, przyjąć jakąś wersję. Jesteśmy przeciążeni robotą.

— Inaczej mówiąc, nie mamy niczego. Ktoś jeszcze? Alex?

Pomachałem ręką.

— Czekamy na badania balistyczne w sprawie podwójnego morderstwa popełnionego na Vermont Street ostatniej nocy. Dwóch niezidentyfikowanych ludzi zastrzelono w samochodzie. Pieniądze zostały, ale zabrano dokumenty.

— Zginęli od kuli kalibru dziewięć milimetrów, ale nie wiemy jeszcze, czy zabito ich z tej samej broni co Mitcha Talleya.

Przez salę przeszedł głośny szmer, więc musiałem podnieść głos, żeby odzyskać ich uwagę.

— Nawet gdyby tak było — ciągnąłem — potwierdzałoby to jedynie, że Hennessey był w mieście pomiędzy dwudziestą czwartą i czwartą rano.

— Czyli teraz może być dosłownie wszędzie — powiedział Perkins, podsumowując moje wystąpienie. — A to oznacza, że możemy zakończyć obławę w Waszyngtonie.

— Myślisz, że Hennessey pracował dla facetów, których zwłoki znaleziono w samochodzie? — zapytał ktoś z sali.

— Nie wiem — odparłem. — Nadal staramy się ustalić ich tożsamość. Wygląda, jakby facet zacierał za sobą ślady. Nie mamy też odpowiedzi na kolejne pytanie: czy Hennessey skończył, czy nie.

— Masz na myśli zacieranie śladów czy zabójstwa snajpera? — spytał porucznik z pierwszego rzędu.

Wątpliwości były zrozumiałe, ale zaczynały mi działać na nerwy. Rozłożyłem dłonie, wzruszając ramionami.

— Sam mi powiedz.

— Inaczej mówiąc — przerwał nam komendant Perkins — po niemal dwudziestu czterech godzinach wiemy mniej niż przed ostatnimi morderstwami, tak?

Nikt nie miał ochoty udzielić mu odpowiedzi. W pokoju zapanowała długa cisza.

— Coś w tym rodzaju — odrzekłem w końcu.

Rozdział 101

Kolejne dni minęły w szargającej nerwy ciszy, bez żadnego istotnego postępu, śladu Stevena Hennesseya albo kogoś, kto go znał. W końcu coś drgnęło w FBI. Max Siegel zadzwonił, żeby powiadomić mnie o tym osobiście.

— Znaleźliśmy coś w sieci — oznajmił. — Wiadomość przekazał anonimowy informator, ale wydaje się sprawdzona. Facet o nazwisku Frances Moulton idealne pasuje do opisu Hennesseya. Ma mieszkanie przy Dwunastej Ulicy. Nikt go nie widział przez ostatnie dwa miesiące, ale dziś rano ktoś zauważył, jak z niego wychodził.

— Ktoś? Kto? — spytałem.

— Przecież powiedziałem: anonimowy informator. Potwierdził to zarządca budynku. Nie widział Moultona od miesięcy, ale rozpoznał go na zdjęciu Hennesseya, które mu pokazałem.

Albo był to ogromy przełom, albo tak się nam tylko zdawało po bezowocnych poszukiwaniach. Kiedy człowiek jest w rozpaczliwym położeniu, czasami trudno rozpoznać różnicę.

— Co zamierzasz? — spytałem. W końcu był to trop Siegela, a nie nasz.

— Pomyślałem, że moglibyśmy tam obaj posiedzieć i zobaczyć, co się wydarzy — zaproponował. — Jeśli chcesz, jestem gotów spróbować. Widzisz? Potrafię się zmienić.

Nie spodziewałem się takiej odpowiedzi, więc moje milczenie było wymowne.

— Nie utrudniaj sprawy — powiedział Siegel. — Staram się być miły.

Faktycznie na to wyglądało. Czy przypadł mi do gustu pomysł spędzenia kolejnych ośmiu albo więcej godzin w samochodzie razem z Maxem Siegelem? Niezupełnie, ale nie chciałem być ani przez sekundę poza tym śledztwem.

— Zgoda — odrzekłem. — Wchodzę w to. Gdzie możemy się spotkać?

Rozdział 102

Nawet kupiłem kawę.

Siegel też jakąś załatwił, więc mieliśmy dość kofeiny. Siedzieliśmy w crown vicu należącym do FBI, zaparkowanym po wschodniej stronie Dwunastej pomiędzy M i N Street. Była to wąska ulica z rzędem drzew, przy której trwało dużo prac budowlanych, ale nie w Midlands. Właśnie tam miał mieszkanie Frances Moulton, a jeśli byliśmy na właściwym tropie, było to również mieszkanie Stevena Hennesseya.

Lokal, który nas interesował, znajdował się na ósmym piętrze dziesięciopiętrowego budynku i miał dwa duże okna wychodzące na ulicę. Kiedy dotarliśmy na miejsce, były ciemne. Obaj z Maxem przyszykowaliśmy się na długie czuwanie.

Kiedy powiedzieliśmy już sobie wszystko o sprawie, zrobiło się lekko nieswojo — zapanowało długie milczenie. W końcu rozmowa rozpoczęła się ponownie. Siegel rzucił mi łatwą piłkę, pytanie z rodzaju tych, które zadają goście z FBI, gdy nie mają nic lepszego do powiedzenia.

— Czemu wstąpiłeś do policji? — zagadnął. — Nie gniewaj się, że pytam.

Uśmiechnąłem się, nie podnosząc głowy. Facet za bardzo starał się ze mną skumplować.

— W Hollywood mi nie wyszło. W NBA też się nie udało — odrzekłem z kamienną twarzą. — A ty?

— Sam wiesz, egzotyczne podróże, dogodne godziny pracy.

Tym razem zdołał mnie rozśmieszyć. Na samym początku zdecydowałem, że nie będę siedzieć w tym przeklętym wozie i nienawidzić go całą noc. Byłoby to niewyobrażalną torturą.

— Wiesz co — powiedział — gdyby życie inaczej się ułożyło, mógłbym być całkiem niezłym przestępcą.

— Pozwól, że zgadnę — rzuciłem. — Chodzi ci po głowie doskonałe morderstwo.

— A tobie nie? — zapytał Siegel.

— Bez komentarza. — Otworzyłem wieczko drugiej kawy. — Tak jak większości gliniarzy. A przynajmniej doskonałe przestępstwo.

— Następne pytanie — odezwał się po kolejnej dłuższej przerwie. — Czy gdybyś mógł kogoś sprzątnąć, kogoś, kto naprawdę by na to zasługiwał, i wiedziałbyś, że ujdzie ci to płazem, miałbyś wyrzuty sumienia?

— Nie — odpowiedziałem. — Ale to dla mnie za śliska sprawa. Już o tym myślałem.

— Daj spokój. — Siegel wybuchnął śmiechem, oparł się o drzwi samochodu i spojrzał na mnie badawczo. — A gdybyś spotkał Kyle'a Craiga samego w jakieś ciemnej uliczce. Żadnych świadków. Gościowi skończyła się amunicja, a ty nadal

336

masz swojego glocka. Chcesz powiedzieć, że nie nacisnąłbyś spustu i nie odłożył pytań na później?

— Racja — przytaknąłem. Wzmianka o Kyle'u była nieco dziwna, ale nie zwróciłem na nią uwagi. — Mógłbym mieć ochotę, ale bym tego nie zrobił. Aresztowałbym faceta. Z przyjemnością odesłałbym go do więzienia we Florence.

Popatrzył na mnie z uśmiechem, jakby czekał, że się złamię.

— Poważnie? — zapytał.

— Poważnie.

— Nie wiem, czy ci wierzyć.

Wzruszyłem ramionami.

— Co mam powiedzieć?

— Że jesteś człowiekiem. Daj spokój, Alex. Nie można wykonywać tej roboty bez przechodzenia na mroczną stronę.

— Jasne — odparłem. — Byłem tam i to robiłem. Mówię tylko, że nie pociągnąłbym za spust.

Nie byłem jednak pewien, czy to prawda. Zwyczajnie nie chciałem gadać o tym z Siegelem.

— To interesujące — stwierdził, odwracając się w kierunku frontowych drzwi Midlands. — Bardzo interesujące.

Rozdział 103

Alex bezczelnie kłamał. Potrafił kłamać i bez wątpienia to robił. Gdyby wiedział, że siedzi naprzeciw Kyle'a Craiga, natychmiast wyciągnąłby glocka, a sekundę później wpakował mu kulkę.

Czy nie o to właśnie chodziło? Cross nie miał o tym zielonego pojęcia. Nie było co do tego żadnych wątpliwości. Lepiej już być nie mogło, prawda? Nie, nie mogło.

Kyle pociągnął łyk kawy i podjął:

— O to w tym wszystkim chodzi, nie? — rzekł bezceremonialnie.

Interesująca sprawa, sposób mówienia Siegela i jego modulacja stały się dla niego bardziej naturalne niż własne.

— Czyli o co? — spytał Cross.

— Pamiętasz „lisy w kurniku”? Dobrzy i źli faceci wymieszani ze sobą. Linia oddzielająca dobro i zło przestała istnieć.

— To prawda — przytaknął Cross — ale bardziej dla FBI niż policji.

— Według mnie dla wszystkich — ciągnął Kyle. — Dranie są wszędzie. Nieuczciwy kongresman, chciwy dyrektor sukinsyn, którego nie zadowoliło pierwszych dziesięć milionów. Zakonspirowane komórki terrorystyczne. Co za różnica? Mamy drani pod nosem, żyją obok nas. Jakby świat przestał być czarny i biały, jakby cały stał się szary, jeśli tylko lekko zmrużyć powieki.

Alex spojrzał na niego uważnie. Patrzył mu prosto w oczy. Czyżby się w końcu domyślił?

— Mówisz o Stevenie Hennesseyu czy o sobie, Max?

— Ho-ho! — odrzekł Kyle-Max, kiwając na niego palcem. — Nawet nie spostrzegłem, jak zamieniłeś kapelusze. Bardzo sprytnie, doktorze Cross.

Alex się roześmiał. To było naprawdę zdumiewające. Kyle zdołał skłonić Crossa, żeby znienawidził Maxa Siegela, a teraz, przykręciwszy kilka śrubek, zrobił z Alexa istnego fana bystrego, ale odpychającego agenta.

Kto wie, może Siegel dostałby zaproszenie na rodzinny obiad lub coś w tym stylu, gdyby sytuacja w dalszym ciągu tak się rozwijała. Jednak chwilę później stało się coś, czego nawet Kyle się nie spodziewał.

Przednią szybę samochodu przeszyła kula.

Rozdział 104

Obaj z Siegelem w tym samym momencie znaleźliśmy się na chodniku, chowając się za drzwiami. Usłyszałem, jak następna kula uderzyła w grill, a później doleciał mnie kolejny przyprawiający o mdłości odgłos, gdy pocisk trafił w karoserię po stronie Siegela.

— Max?

— Nic mi nie jest. Nie dostałem.

— Skąd strzela?

Wyciągnąłem glocka, ale nie wiedziałem nawet, w którą stronę go skierować. Drugą ręką wstukałem dziewięćset jedenaście, przesuwając wzrokiem po otaczających nas budynkach.

— Z jednego z tych dwóch okien — odpowiedział Max, wskazując Midlands i miejsce na północ od niego.

Ponownie spojrzałem na mieszkanie Hennesseya — nadal ciemne, z zamkniętymi oknami. W końcu facet wolał strzelać z dachu, nie?

— Halo? Jesteś tam? — powiedział ktoś w moim telefonie. — Tu numer alarmowy dziewięć jeden jeden! Słyszysz mnie?!

— Mówi detektyw Cross z policji metropolitalnej. Mamy strzelca przy Dwunastej w Northwest pod numerem tysiąc dwieście dwadzieścia jeden. Przyślij mi natychmiast wsparcie! Wszystkie wolne radiowozy!

Kolejna kula rozbiła żardynierę i okno na piętrze tuż za moimi plecami. Usłyszałem krzyk dochodzący z wnętrza mieszkania.

— Policja! — krzyknąłem tak, żeby wszyscy mogli usłyszeć! — Na ziemię!

Pół tuzina ludzi na chodniku nadal szukało kryjówki, a nie można było zrobić niczego, by zatrzymać kolejnych przechodniów.

— Trzeba działać. Nie możemy tu tkwić, bo facet kogoś zabije — powiedział Max.

Spojrzałem na niego zza fotela kierowcy.

— Jeśli używa karabinu z celownikiem optycznym, musimy się poruszać szybko. Może nie zdoła za nami nadążyć.

— A przynajmniej za nami oboma — odparł ponuro Siegel. — Biegnij do Midlands. Ja skręcę w kolejną.

Wiedziałem, że złamaliśmy wszelkie obowiązujące procedury. Powinniśmy zaczekać na wsparcie, ale prawdopodobieństwo strat wśród ludności cywilnej było tak duże, że nie mogliśmy zwlekać ani chwili dłużej.

Siegel podniósł się bez słowa i przebiegł na drugą stronę ulicy. Nie sądziłem, że potrafi tak szybko biec.

Doliczyłem do trzech, by zrobić między nami przerwę, a potem pognałem ze spuszczoną głową. Za moimi plecami prysło kolejne okno. Ledwie zwróciłem na to uwagę. Skupiłem wszystkie myśli na dotarciu do frontowych drzwi domu, a później wejściu do środka i ruszeniu za Hennesseyem.

Rozdział 105

Wpadłem do środka i popędziłem schodami. Dach znajdował się na wysokości dziesiątego piętra, ale byłem w całkiem dobrej formie, a adrenalina też zrobiła swoje.

Kilka minut później wgramoliłem się na dach Midlands. Dziwne *déjà vu* — poczułem się jak poprzedniej nocy na dachu muzeum.

Powiodłem glockiem z lewej na prawą. Nic. Nikt nie ukrywał się też za drzwiami.

Wszedłem na dach przez pomieszczenie techniczne, więc ściany zasłaniały mi widok na bok budynku od strony Dwunastej Ulicy. Właśnie stamtąd strzelałby Hennessey, gdyby siedział na dachu.

Z oddali dolatywało wycie syren. Miejmy nadzieję, że radiowozy jechały w moją stronę.

Przywarłem plecami do muru i ruszyłem wolno w kierunku rogu z pistoletem wyciągniętym przed sobą.

Część dachu od strony ulicy była słabo oświetlona i wyglądała na pustą. Zauważyłem kilka składanych krzeseł ogrodowych i przewróconą stalową beczkę.

Ani śladu Hennesseya.

Dotarłem do krawędzi dachu i wyjrzałem. Na rozciągającej się w dole Dwunastej zaległa cisza. Oprócz samochodu FBI z otwartymi drzwiami i kawałkami szyby rozsypanymi na ulicy nic nie wskazywało na to, co się przed chwilą stało.

Kilku ludzi szło chodnikiem nieświadomych grożącego im niebezpieczeństwa.

Gdy się wychyliłem, żeby lepiej widzieć, mój but trafił na przedmiot, który wydał cichy metaliczny dźwięk. Wyciągnąłem latarkę i oświetliłem dach, aby sprawdzić, co to takiego.

Karabinowe łuski. Kilka.

Serce mocniej mi zabiło i odwróciłem się w samą porę, by ujrzeć lufę dziewięciomilimetrowego walthera.

Facet stojący z palcem na spuście, przypuszczalnie Steven Hennessey, trzymał pistolet parę centymetrów od mojego czoła.

— Nie ruszaj się — wycedził. — Nawet nie drgnij, bo z takiej odległości nie chybię.

Rozdział 106

Całkiem dobrze udało mu się zmienić wygląd — okulary, ciemne włosy, gładko ogolona twarz. Dość, by mógł się swobodnie poruszać po mieście.

Pomyślałem, że pewnie dość, by odejść stąd niepostrzeżenie. Wszystko zaczęło pasować.

— Hennessey?

— Zależy, kto pyta — odrzekł.

— To ty złożyłeś anonimowe doniesienie w FBI, prawda?

Byłem pewny, że ukartował wszystko, że daliśmy mu dokładnie to, czego chciał — mały oddział obserwacyjny złożony z ludzi, którzy wiedzieli o nim najwięcej. Nadal jednak nie było jasne, czy chciał nas sprzątnąć w samochodzie czy zwabić bliżej.

— Zobacz, co złapałem — powiedział. — Powoli wyciągnij rękę za siebie i zrzuć glocka z dachu.

Pokręciłem głową.

— Upuszczę tutaj. Nie mogę wyrzucić pistoletu na ulicę.

— Możesz — stwierdził, przyciskając chłodną lufę walthera do mojego czoła. Najwyraźniej kilka minut temu użył czegoś większego.

Wyciągnąłem rękę za siebie i cisnąłem pistolet. Kiedy brzęknął o betonowy chodnik, poczułem, że żołądek mi się ściska.

Zrobił krok wstecz, by znaleźć się poza zasięgiem moich rąk.

— Prawdę mówiąc, chciałem cię po prostu sprzątnąć, ale skoro już tu jesteś, dam ci trzydzieści sekund, byś ujawnił, co na mnie macie — wycedził. — Nie mówię o tym, co napisali w gazetach.

— Nie wątpię — odparłem. — Chcesz wiedzieć, jak głęboko będziesz musiał sięgnąć, zanim ponownie znikniesz?

— Dwadzieścia sekund — rzucił. — Może nawet pozwolę ci żyć. Słucham.

— Jesteś Steven Hennessey alias Frances Moulton alias Denny Humboldt — powiedziałem. — Do dwa tysiące drugiego służyłeś w jednostce specjalnej armii USA, ostatnio w Afganistanie. W Kentucky jest grób z twoim nazwiskiem. Sądzę, że od tego czasu zniknąłeś z radaru i zacząłeś pracować jako wolny strzelec.

— A FBI? — zapytał. — Gdzie mnie szukają?

— Wszędzie — odpowiedziałem.

Poprawił chwyt i ustabilizował łokcie.

— Ja też wiem, kim jesteś, Cross. Mieszkasz na Piątej Ulicy. Nie ma powodu, żebym tam nie wstąpił przejazdem. Kapujesz?

Poczułem przypływ gniewu.

— Nie żartuję. Chwytaliśmy się wszystkich sposobów. Skąd wiesz, że nie mamy tu całej grupy?

— Nie sądzę — rzekł, choć syreny z każdą chwilą się zbliżały. — Coś jeszcze? Jak widzisz, nadal żyjesz. Mów dalej.

— Zabiłeś swojego wspólnika Mitcha.

— Nie pytałem cię o to. To twoja ostatnia szansa — warknął. — Przekaż mi jakąś cenną informację, bo nie będziesz ostatnim Crossem, który zginie tej nocy.

— Na Boga, powiedziałbym ci, gdybym wiedział!

Pierwszy radiowóz zatrzymał się z piskiem opon przed domem.

— Wygląda, że twój czas się skończył — oznajmił.

Usłyszałem strzał i zamknąłem powieki, zanim zdałem sobie sprawę, że nie padł z broni Hennesseya. Facet wytrzeszczył oczy, a strużka krwi spłynęła mu na górną wargę. Chwilę później runął przede mną, jakby ktoś przeciął sznurki, na których był zawieszony.

— Alex?

Obejrzałem się w prawo. Max Siegel stał na dachu sąsiedniego budynku oświetlony wąskim snopem światła z klatki schodowej. Jego beretta była nadal uniesiona i wycelowana w moją stronę, ale opuścił ją, gdy się do niego odwróciłem.

— Nic ci nie jest?!

Podszedłem do Hennesseya i wyjąłem mu z palców walthera. Nie wyczułem pulsu na szyi, a jego oczy przypominały puste spodki. Odszedł. Max Siegel sprzątnął drania i ocalił mi życie.

Kiedy się podniosłem, ulica w dole roiła się od ludzi. Oprócz syren słyszałem dźwięk zamykanych drzwi i trzask policyjnych radiostacji. Ulicę zamknięto, ale mimo to musiałem zejść na dół i poszukać swojego glocka.

Siegel odprowadził mnie wzrokiem do drzwi. Byłem mu winien podziękowanie, lecz zgiełk dochodzący z ulicy zagłuszyłby moje słowa, więc pokazałem mu jedynie uniesione kciuki.

Znakomita robota.

Rozdział 107

Następnego ranka padał deszcz. Zamierzaliśmy zwołać dużą konferencję prasową na dworze, ale skończyło się na tym, że przenieśliśmy ją do sali w gmachu Daly'ego, gdzie pokazywano świadkom podejrzanych. Zjawiło się stu albo więcej reporterów, a w holu na dole wstawiono głośniki, żeby spóźnialscy też mogli usłyszeć.

Obaj z Maxem siedzieliśmy przy ustawionym z przodu stole razem z komendantem Perkinsem i Jimem Heekinem z centrali FBI. Wszędzie było słychać pstryk aparatów wycelowanych głównie w Maxa i we mnie. Nie miałem wątpliwości, że stanowimy dziwną parę.

Była to moja chwila sławy, choć miewałem takie już wcześniej. Wiedziałem, że w ciągu następnych tygodni będę zasypywany prośbami o udzielenie wywiadu, może otrzymam jedną lub dwie propozycje napisania książki, a paru reporterów będzie z pewnością czekało przed moim domem, kiedy dowlokę się tam wieczorem.

Konferencję rozpoczęło dziesięciominutowe oświadczenie burmistrza wyjaśniające, czemu to, co się wydarzyło, oznacza, że powinniśmy oddać na niego głos w przyszłych wyborach. Później komendant przedstawił główne fakty dotyczące sprawy i nadszedł czas na pytania z sali.

— Detektywie Cross — spytał z miejsca reporter Foxa — czy może nam pan opisać, co się rozegrało na dachu Midlands ostatniej nocy? Klatka po klatce? Tylko pan może nam opowiedzieć tę historię.

Ta część sprawy była najbardziej „sexy" — z gatunku tych, które podnoszą nakład gazet i zwiększają przestrzeń reklamową. Udzieliłem odpowiedzi wystarczająco zwięzłej, by konferencja nie utraciła tempa, i na tyle szczegółowej, żeby nie musieli poświęcić kolejnych trzydziestu minut na dopytywanie się, jakie uczucia budzi stanięcie twarzą w twarz z bezwzględnym zabójcą.

— Czy to znaczy, że agent Siegel ocalił panu życie? — spytał ktoś z sali.

Siegel nachylił się do mikrofonu.

— To prawda — rzekł. — Nie sprzątnął go nikt inny, tylko ja.

Reporterzy powitali jego słowa salwą śmiechu.

— Poważnie mówiąc — ciągnął — może i zdarzały się drobne starcia po drodze, ale to śledztwo jest doskonałym przykładem współpracy władz federalnych i lokalnych w zwalczaniu poważnego zagrożenia. Jestem dumny z tego, czego udało się dokonać detektywowi Crossowi i mnie. Mam nadzieję, że również nasze miasto będzie z tego dumne.

Najwyraźniej także jasna strona Siegela miała duże ego, ale nie byłem w nastroju do grymasów lub małostkowości. Jeśli chciał błyszczeć przed kamerami, w porządku.

Odpowiedziałem na kilka następnych pytań, aż ktoś zadał nieuniknione.

— Co było ich motywem? Czy może pan kategorycznie stwierdzić, że Talley i Hennessey działali sami? Co nimi kierowało?

— Badamy różne możliwości — odrzekłem. — Mogę państwu jedynie powiedzieć, że dwaj snajperzy odpowiedzialni za zabójstwa dokonane przez Patriotę nie żyją. Sytuacja w mieście powróciła do normy. Nie mamy nic więcej do dodania w sprawie otwartych wątków śledztwa.

Siegel spojrzał na mnie, ale trzymał usta na kłódkę, więc przeszliśmy do dalszej części przedstawienia.

Tak po prawdzie, choć nie ujawniliśmy tego prasie, mieliśmy dość powodów, by wierzyć, że Talley i Hennessey działali na polecenie osoby trzeciej. Może dowiemy się kogo, a może nie. Jeśli tamtego ranka miałbym zgadywać, powiedziałbym, że sprawa została zamknięta tak, jak to było możliwe.

Często tak się dzieje. Duża część policyjnej roboty sprowadza się do odsłaniania dolnej warstwy spraw bez sięgania wyżej, choć faktem jest, że to ludzie na górze się liczą. Ci, którzy dla nich pracują — najemni cyngle, zbiry i uliczni przestępcy — najwięcej ryzykują i często są jedynymi, którzy wpadają.

Właśnie wtedy pomyślałem o „lisach w kurniku".

Rozdział 108

Po dwóch dniach nudnej i wyczerpującej papierkowej roboty wziąłem wolny weekend i poświęciłem trochę czasu na zabawę w coś, co dzieciaki nazywają keczupem. Polegało to na wyłączeniu komórki i przebywaniu z nimi tak długo, jak to możliwe, choć w niedzielne popołudnie razem z Bree udało się nam wymknąć na kilka cudownych godzin.

Pojechaliśmy do miejsca w Cleveland Heights nazywanego Tregaron. Jest to olbrzymia neogregoriańska rezydencja położona na terenie kampusu Washington International School, w której latem można wynajmować pomieszczenia. Oprowadziła nas ich wiecznie spięta dyrektorka do spraw kontaktów z lokalną społecznością, Mimi Bento.

— A to sala tarasowa — oznajmiła, z wielkiego korytarza wprowadzając nas do środka.

Było to wyłożone parkietem wnętrze z mosiężnymi żyrandolami, wychodzące na tylny taras osłonięty baldachimem. Za tarasem rozciągały się nieskazitelne grody i widok na Klingle

Valley. Miejsce nie było tandetne. Szczerze mówiąc, piękne i z klasą.

Pani Bento zajrzała do notatnika w skórzanej oprawie.

— Sala jest wolna jedenastego i dwudziestego piątego sierpnia... przyszłego roku. Ilu gości chcieliby państwo zaprosić?

Spojrzeliśmy na siebie z Bree. To dziwne, ale nie uzgodniliśmy wcześniej tej sprawy. Pomyślałem, że chcielibyśmy, by impreza zachowała kameralny charakter. Wszystko to było dla nas zupełnie nowe.

— Nie jesteśmy pewni — odrzekła Bree, a kąciki ust Bento lekko opadły — ale zależy nam, żeby ślub i przyjęcie odbyły się w tym samym miejscu. Pragniemy, aby uroczystość była możliwie najprostsza.

— Rozumiem — mruknęła, a znak dolara zaczął maleć w jej oczach. — Cóż, rozejrzyjcie się państwo. Będę u siebie, jeśli zechcecie zadać jakieś pytania.

Kiedy wyszła, udaliśmy się na zewnątrz, żeby obejrzeć taras. Był piękny wiosenny dzień, więc łatwo było sobie wyobrazić odbywający się w tym miejscu ślub.

— Masz jakieś pytania? — zagadnęła Bree.

— Tak. — Wziąłem ją za rękę i przyciągnąłem do siebie. — Czy tutaj zatańczymy nasz pierwszy taniec?

Zaczęliśmy wirować po parkiecie w takt melodii Gershwina, którą nuciłem jej do ucha. *Nie, nie, nie mogą mi tego odebrać...*

— Wiesz co? — powiedziała nagle Bree. — To miejsce jest absolutnie wspaniałe. Kocham je.

— W takim razie załatwione.

— Ale raczej nie powinniśmy brać go pod uwagę.

Przestałem tańczyć i na nią spojrzałem.

— Nie chcę spędzić kilku następnych miesięcy, rozmyślając nad kolorem zaproszeń albo sposobem posadzenia gości — wyjaśniła. — To miejsce nadaje się na ślub kogoś innego, nie mój. Nie nasz. Chcę po prostu za ciebie wyjść. Choćby teraz.

— Teraz? — zapytałem. — Masz na myśli teraz?

Roześmiała się i pochyliła, żeby mnie pocałować.

— W każdym razie już niedługo. Kiedy Damon wróci do domu ze szkoły. Co o tym sądzisz?

Nie musiałem się zastanawiać. Chciałem jedynie, żeby uroczystość spełniła jej pragnienia — było mi obojętne, modna rezydencja czy gmach sądu w Waszyngtonie. Pod warunkiem że ona tam będzie.

— Zgoda, kiedy Damon wróci do domu — rzekłem, przypieczętowując umowę kolejnym pocałunkiem. — Następne pytanie: Myślisz, że możemy się wykraść tyłem czy powinniśmy powiedzieć o tym Mimi?

Rozdział 109

Pięknie przystroili ogród za domem. Sampson, Billie i dzieciaki pozawieszali na drzewach małe białe światełka, a wszędzie, gdzie spojrzałeś, paliły się świeczki. W powietrzu słychać było dźwięki jazzu, a na tarasie ustawiono kilkanaście krzeseł z wysokimi oparciami dla przyjaciół i członków rodziny, których zaprosiliśmy z krótkim wyprzedzeniem.

Dzieci towarzyszyły nam podczas całej uroczystości — Ali trzymał obrączki, Jannie stała rozpromieniona w pięknej białej sukni, którą jej kupiliśmy, a Damon sprawiał wrażenie wyższego, bardziej świadomego siebie i pewniejszego niż chłopak, którego ostatniej jesieni posłaliśmy do Cushing.

Jeśli chodzi o Bree, to wyglądała olśniewająco w prostej białej sukience bez ramiączek. Była dla mnie prosta i doskonała.

Ona i Jannie miały te same małe kwiatki we włosach, a Nana siedziała dumnie w pierwszym rzędzie z kwiatem hibiskusa za uchem i iskierką w oczach, której nie widziałem od kilku lat.

Punktualnie o osiemnastej trzydzieści nasz pastor od Świętego

Antoniego, doktor Gerry O'Connor, skinął Nanie, że pora rozpocząć uroczystość. Nana miała tylko jedną prośbę — chciała wygłosić uroczystą mowę.

— Wierzę w instytucję małżeństwa — zaczęła, zwracając się do zebranych podniosłym głosem. — A mówiąc bardziej konkretnie, wierzę w to małżeństwo.

Podeszła do mnie i Bree i ujęła nas za ręce.

— Nie prosiliście mnie o to, ale oddaję was sobie dziś wieczór i czuję się ogromnie zaszczycona z tego powodu. Nie miałam okazji poznać twoich rodziców, Bree, niech Bóg da pokój ich duszom, ale wierzę, że byliby szczęśliwi, widząc, jak bierzesz sobie mojego wnuka za męża. To dobry człowiek — powiedziała, a ja dostrzegłem łzy w jej oczach. — Jest moim jedynym, niełatwo mi go oddać. A ty — ciągnęła, zwracając się do mnie — ty wygrałeś los na loterii.

— Nie musisz mi tego mówić — odparłem.

— Wiem, ale czy kiedykolwiek mnie to powstrzymało? Ta kobieta to czysta miłość, Alex. Widzę to w jej twarzy, gdy na ciebie patrzy. Widzę, gdy patrzy na dzieci, a nawet gdy spogląda na tę gadatliwą głupią staruchę. Nie spotkałam kobiety o szlachetniejszym sercu, a wy? — spytała zebranych.

Zaprzeczyli gromkim „nie!", a w kilku wypadkach „nie, proszę pani!".

— To prawda — dodała i wycelowała we mnie swój kościsty palec. — Dlatego nie waż mi się tego zepsuć!

Usiadła wśród salw śmiechu, choć wielu śmiało się przez łzy. Nana podsumowała wszystko kilkoma pięknymi słowami.

— Teraz twoja kolej, pastorze — powiedziała.

Kiedy doktor O'Connor otworzył swoją księgę, żeby zacząć, a ja spojrzałem na uśmiechnięte twarze, które mnie otaczały — na mojego najbliższego przyjaciela Johna Sampsona, moją babcię, moje piękne dzieci i tę najcudowniejszą kobietę, Bree, bez której nie umiałem wyobrazić sobie życia — wiedziałem, że jego pierwsze słowa nie mogły w doskonalszy sposób ująć tego wszystkiego, co w tamtej chwili wypełniało moje serce i umysł.

A tymi słowami były: „Moi umiłowani".

Rozdział 110

Najlepsze przyjęcie, w jakim brałem udział, trwało do późnej nocy. Nie skąpiliśmy jadła, zamówiwszy w zaprzyjaźnionej firmie cateringowej ogromne ilości pikantnej wieprzowiny po jamajsku, ryżu z wiórkami kokosowymi, smażonych rajskich bananów i czegoś, co Sampson nazywał breelexem. Napój ów składał się z dwóch rodzajów rumu, soku z ananasa, imbiru i wiśni — albo tylko soku z ananasa, imbiru i wiśni dla dzieci, choć zauważyłem, że raz Damon skosztował drinka dla dorosłych.

Jerome Thurman przygrywał ze swoim zespołem Fusion na podwórku za domem, gdzie goście tańczyli pod gwiazdami, a ja odśpiewałem nawet parę kawałków po wypiciu jednego lub dwóch breelexów. Może nawet trzech. Dzieciaki powiedziały, że brzmiałem „fałszywie” i „absolutnie okropnie”.

Mimo to wstaliśmy wcześnie następnego ranka. Taksówka zawiozła nas na lotnisko na rejs do Miami, a później do Nassau. Po wylądowaniu na miejscu limuzyna dostarczyła nas zgrabnie do hotelu o stosownej nazwie One&Only Ocean Club.

Bree i ja widzieliśmy to miejsce w moim ulubionym filmie o Jamesie Bondzie *Casino Royale*, a ja przysiągłem, że kiedyś ją tam zabiorę. Żarty o Bondzie zaczęły się od chwili, gdy tylko zajechaliśmy na charakterystyczny podjazd w kształcie łezki, z zaparkowanymi wozami wartymi krocie.

— Cross — powiedziała Bree, kiedy pomagałem jej wysiąść z limuzyny. — Bree Cross.

Myślę, że zaskoczyła wielu ludzi, przyjmując moje nazwisko. Nie naciskałem na nią w tej sprawie, ale kochałem ją za to, co zrobiła. Lubiłem tego słuchać i to wymawiać.

— Doktor Cross i pani Cross chcieliby się zameldować — oznajmiłem uprzejmej, bardzo serdecznej pani w recepcji. Bree uścisnęła moją dłoń i roześmialiśmy się jak para dzieciaków. Albo para nowożeńców. — Jak szybko będziemy mogli się zanurzyć w oceanie na tyłach hotelu?

— Za jakieś trzy i pół minuty — odparła kobieta, przesuwając klucze po kontuarze. — Ulokowaliśmy was w tych pokojach. Otrzymaliście jeden podwójny apartament w Crescent Wing i jeden domek nad oceanem. Życzę przyjemnego pobytu.

— Na pewno będzie przyjemny! — zawołała Jannie, wyskakując zza naszych pleców. Nana, Damon i Ali czekali na zewnątrz, pożerając wzrokiem białą piaszczystą plażę i turkusową wodę. Naprawdę turkusową.

— Masz, panno J. — Wręczyłem jej klucz do apartamentu. — Czynię cię oficjalnie odpowiedzialną za ten pokój. Do zobaczenia jutro na lunchu.

— Tatusiu, nadal uważam, że to zwariowany pomysł, by nas tu przywieźć — powiedziała, pochylając się do przodu, jakby chciała mi przekazać jakiś sekret. — Ale naprawdę się cieszę, że to zrobiłeś.

— Ja również — szepnąłem.

Bo oprócz zabrania dzieci miała to być nasza podróż poślubna. Po cóż innego mają w hotelach wywieszkę PROSIMY NIE PRZESZKADZAĆ?

Rozdział 111

Nasz domek był gwoździem programu. Ludzie mówią na to „jak w filmie". Jedną ścianę tworzyły żaluzjowe rozsuwane drzwi otwierające się na prywatny taras i basen sprawiający wrażenie, że ciągnie się aż po horyzont, oraz schodki prowadzące na plażę. Pracownicy hotelu poumieszczali wszędzie świeże kwiaty, na zewnątrz i w środku, a mahoniowe łoże w stylu kalifornijskim kosztowało pewnie tyle, ile moje roczne pobory.

— Taak, ujdzie — skwitowałem, zamykając drzwi do świata poza nami. — Wystarczy dla Zero-Zero-Och-Siedem i takich tam.

— Och! James! James — zażartowała Bree, ciągnąc mnie na łóżko. — Zniewól mnie, James, jeśli tylko potrafisz!

Zrobiłem to, skoro prosiła. Jedno szybko doprowadziło do drugiego i nasze plany niezwłocznego udania się na plażę zostały odsunięte w bliżej nieokreśloną przyszłość. Mimo to nie straciliśmy ochoty na jedzenie. Kiedy wstaliśmy z łóżka, słońce zaczęło się zanurzać w oceanie i oboje byliśmy gotowi na wspaniałą ucztę.

Nie miałem pewności, co było lepsze w ten wyjątkowy wieczór — francusko-karaibska kuchnia serwowana w restauracji Dune i specjalna butelka pinot noir, którą sobie zamówiliśmy, czy zwyczajne uczucie, że nie musiałem i nie chciałem być w żadnym innym miejscu na świecie.

Bawiliśmy się całą noc, po kolacji wstępując do kasyna w Atlantis Resort na partyjkę blackjacka. Bree przez pewien czas wygrywała, a później ja, ale kiedy około północy opuszczaliśmy ten przybytek, mieliśmy zaledwie kilka dolarów przy duszy. Ale kogo to obchodziło? Na pewno nie nas.

Ruszyliśmy do naszego domku na plaży, trzymając się za ręce.

— Jesteś szczęśliwa? — zapytałem Bree.

— Zamężna — odpowiedziała. — Szczęśliwie zamężna. Właściwie jeszcze tego nie czuję. Czy to się dzieje naprawdę? Chyba mi się nie śni, co, Alex?

Zatrzymałem się i objąłem ją ramionami. Staliśmy, wpatrując się w księżycową poświatę falującą na oceanie.

— Słuchaj, nie zanurzyliśmy się jeszcze w tej błękitnej turkusowej wodzie. — Moje palce zaczęły rozpinać górne guziki jej sukienki. — Masz ochotę na nocne pływanie, pani Cross?

Bree rozejrzała się wokół.

— Czy to wyzwanie?

— Zaproszenie — odparłem. — Ale czułbym się trochę głupio całkiem nagi i samotny na tym pustkowiu... — Nie dokończyłem, bo już zaczęła zdejmować mi spodnie.

Zostawiliśmy ubrania na piasku i skoczyliśmy do wody. Słyszałem dochodzące z jakiegoś hotelu odgłosy bębnów zrobionych ze stalowych pojemników na ropę, ale mimo to czułem się tak, jakbyśmy mieli dla siebie cały ocean. Przez chwilę całowaliśmy się w wodzie, a później ponownie się kochaliśmy wprost na brzegu. Było to nieco ryzykowane i „zapiaszczone" doświadczenie, ale mam do czynienia z niebezpieczeństwem siedem dni w tygodniu.

Rozdział 112

Następnego dnia obudziliśmy się późnym rankiem i rozpoczęliśmy leniwe przygotowania do czekającego nas dnia. Bree przeglądała hotelową ofertę, a ja naciągałem T-shirt, gdy zadzwonił telefon. Chociaż było za wcześnie na wiadomość od dzieciaków, wcale mi to nie przeszkadzało. Właściwie to spodziewałem się jakichś kawałów z ich strony.

— Dzień dobry! — powiedziałem.

— Fakt, to dobry dzień. — Moje ucho przeniknął znajomy głos Kyle'a Craiga. — Jak tam wesele? — zapytał.

Powinienem się na to przygotować. Podjąć większe środki ostrożności. Te telefony stały się jego wizytówką.

Zanim zdążyłem odpowiedzieć, usłyszałem ryk samolotu nad głową i nagle zdałem sobie sprawę, że słyszę go również przez telefon.

Podbiegłem do frontowego okna i wyjrzałem na zewnątrz.

— Kyle? Gdzie jesteś? Co jest grane?

— Zauważyłeś, że dotrzymuję słowa? — rzucił. — Powiedziałem, że pozwolę ci się ożenić, więc to zrobiłem.

— Pozwoliłeś?!

Nie zauważyłem ani śladu jego obecności na zewnątrz, choć oczywiście niczego to nie dowodziło, prawda? Facet mógł się ukryć dosłownie wszędzie. Najwyraźniej był gdzieś blisko.

— Chcesz wiedzieć dlaczego? — zapytał.

Zacząłem ciężko dyszeć, rozglądając się dookoła.

— Nie — burknąłem. — Nie chcę.

— Bo wierzę w małżeństwo — powiedział, przedrzeźniając Nanę. — Czy nie tak wyraziła się niedawno?

Nagle poczułem, że nie mogę oddychać.

— Oprócz tego — ciągnął — znacznie większą frajdą jest pozbawienie faceta żony niż dziewczyny. Byłem cierpliwy, Alex, ale pora przejść do następnego punktu.

— Do następnego punktu? O czym ty mówisz, do licha? — zapytałem, choć obawiałem się, że już wiem.

— Oświecę cię, przyjacielu. Spójrz na plażę. Przypatrz się uważnie.

Odsunąłem drzwi i wyjrzałem na zewnątrz. Po sekundzie ich ujrzałem.

Jannie i Ali machali do mnie z plaży. Kilka kroków za nimi, choć wydawało się to absurdalnie niemożliwe, stał Max Siegel. Miał okulary słoneczne i jaskrawą koszulę, plażowy ręcznik w jednej i telefon komórkowy w drugiej dłoni. Uśmiechnął się na mój widok, a później poruszył ustami, a ja usłyszałem w uchu głos Kyle'a Craiga.

— Niespodzianka!

Rozdział 113

Poczułem, jakby serce zamarło mi w piersi, a później zaczęło ponownie bić. Mój umysł pracował gorączkowo. Kyle musiał się poddać poważnej operacji plastycznej. Jego twarz w ogóle nie przypominała twarzy Kyle'a.

— To prawda — wycedził. — To, o czym myślisz, jest prawdą. Oprócz tego, że zdołasz wszystkich ocalić. Bo to się nie stanie.

Kawałek dalej Nana przypatrywała się im spod plażowego parasola. Damon, jedyny, który nie poznał Maxa Siegela, siedział na leżaku obok niej, słuchając muzyki ze swojego iPoda.

— Co myślicie, dzieciaki? — Kyle znów naśladował ton głosu Siegela. — Chcecie podejść i pocałować tatę na dzień dobry?

Wetknął telefon do kieszeni i ujął rękę Alego, pokazując mi błyszczący przedmiot ukryty pod ręcznikiem. Pistolet.

Boże, tylko nie to. To nie mogło się dziać naprawdę.

Celowo zostawiliśmy naszą broń w Waszyngtonie. Teraz

uznałem to za potworny błąd. Musiałem improwizować. Tylko jak? Jakiej broni mogłem użyć?

Szepnąłem Bree, jaki mam plan, gdy ruszyli plażą. Nie było czasu na rozważanie różnych możliwości. Mogłem liczyć tylko na instynkt i zmówić szybką modlitwę, abyśmy zrobili to, jak należy.

— Cześć, tato! — zawołał Ali, gdy podeszli do stopni tarasu. Starał się podbiec do mnie, ale Siegel... Kyle... trzymał go mocno za rękę. Mogłem jedynie pozostać tam, gdzie byłem.

Jannie popędziła przodem.

— Wiesz, że pan Siegel tu jest? — zapytała, całując mnie w policzek. — To zwariowane, prawda?

— Niewiarygodne — odpowiedziałem.

Odniosłem wrażenie, że ani ona, ani Ali nie zauważyli, jak pusto zabrzmiał mój głos.

— Przepraszam, że wpadam bez zapowiedzi — zaczął Kyle udający Maxa.

Uśmiechał się do mnie, rzucał wyzwanie wzrokiem, najwyraźniej pragnąc skłonić do wykonania jakiegoś ruchu.

I ten jego głos, który był, a jednocześnie nie był głosem Kyle'a. Jak mogłem wcześniej tego nie zauważyć? To zdumiewające, jak mózg podąża za tym, co widzą oczy. Albo czego nie dostrzegają.

— Nie ma sprawy — odparłem. — Wejdź. — Odegrałem tę komedię ze względu na dzieci, cofając się do środka. — Bree bierze prysznic, ale za chwilę wyjdzie.

Kyle położył dłoń na ramieniu Alego, a ja poczułem, że przewraca mi się w żołądku.

— Mógłbyś po nią pójść? — zapytał z uśmiechem. —
Poczekam sobie z dziećmi. Na pewno ucieszy się, że tu jestem.
Cóż za zbieg okoliczności? Czyż to nie szaleństwo?
Między nami przeszło jakieś elektryczne wyładowanie —
coś podobnego do nienawiści.

— Bree?! — zawołałem. Ruszyłem w kierunku łazienki, nie
spuszczając Kyle'a z oczu. — Możesz tu przyjść?

Na sekundę zajrzałem do środka.

— Odwiedził nas Max Siegel — powiedziałem tak głośno,
żeby usłyszał.

Bree zdejmowała właśnie koszulkę i wkładała głowę pod
prysznic, kiedy wymieniliśmy bezradne spojrzenia.

— Zaraz będę! — odkrzyknęła.

Ponownie odwróciłem się do Kyle'a, który nadal trzymał
Alego.

Jannie siedziała na krawędzi rozścielonego łóżka, ale teraz
wpatrywała się we mnie z napięciem. Myślę, że zaczęła czuć,
iż dzieje się coś złego.

— Zaraz przyjdzie — poinformowałem tak naturalne, jak
potrafiłem.

— Znakomicie — oznajmił Kyle. — Zabiorę was wszystkich
na przejażdżkę. Dzieci, macie ochotę na małą przygodę?

— Jasne! — zawołał Ali.

Jannie nie odpowiedziała. Kyle cały czas trzymał prawą dłoń
pod ręcznikiem, ukrywając broń.

Kiedy Bree weszła do pokoju, była bosa i miała na sobie
hotelowy szlafrok. Patrząc na nią, nigdy byś nie odgadł, że
była tak przerażona i podkręcona jak ja.

— Miło cię widzieć, Max — odezwała się, podchodząc do niego i wyciągając dłoń.

— Nie tak miło jak mnie ciebie — odparł, nie kryjąc zadowolenia.

Kiedy mieli wymienić uścisk, Bree wyciągnęła z kieszeni szlafroka małą puszkę — spray do włosów z gratisowego wyposażenia łazienki — i prysnęła mu w oczy. Kyle krzyknął z bólu, a ona błyskawicznym płynnym ruchem kopnęła go w krocze.

W tym samym momencie chwyciłem szklaną karafkę z baru, przy którym stanąłem. Przemierzyłem pokój trzema szybkimi krokami i zamachnąłem się tak silnie, jak potrafiłem. Ciężkie naczynie roztrzaskało się na szczęce i nosie Kyle'a. Upadł na podłogę, a kawałki szkła poleciały dookoła.

Ali krzyknął, ale nie było czasu na wyjaśnianie lub pocieszanie. Bree chwyciła go jak piórko, szarpnęła Jannie za ramię i wyciągnęła oboje z pokoju.

W tym czasie ja runąłem całym ciężarem na Kyle'a.

Rozdział 114

Kyle zamachnął się i grzmotnął mnie pięścią w szczękę. Głowa mi zadrżała, ale nie mogłem użyć rąk, by mu oddać. Trzymałem teraz jedną dłoń na jego nadgarstku, a drugą na pistolecie, który miał ze sobą.

Zamiast tego uderzyłem go głową tam, gdzie był ranny. Wystarczyło, żeby wypuścił broń. Dziewięciomilimetrową berettę. Ulubioną spluwę Maxa Siegela.

Odczołgałem się do tyłu, mierząc mu między oczy, które wściekle pocierał, starając się mnie zobaczyć.

— Połóż się na brzuchu! — poleciłem, wstając. — Twarzą do podłogi! Trzymaj ręce z daleka od tułowia!

Uśmiechnął się. Jego oczy poczerwieniały od krwi, która spływała razem ze łzami, ale wiedziałem, że odzyskał wzrok.

— Cóż za ironia — powiedział. — Mógłbym przysiąc, że kłamałeś tamtej nocy w samochodzie, ale ty naprawdę nie potrafisz pociągnąć za spust, co?

— Nie potrafię bez powodu — wysapałem. — Dostarcz mi go albo się przekręć i pocałuj podłogę! Już!

— Wiem, że nie żartujesz, Cross, ale możesz się walić!

Nagle błyskawicznie się przekręcił i przyskoczył do mnie z kawałkiem szkła w zaciśniętej dłoni. Poczułem przeszywający ból łydki. Moje kolano zadrżało. Byłem w połowie drogi na podłogę, gdy zrozumiałem, co się stało.

Kyle stał na nogach.

Potknął się, gdy uciekał, i pewnie to ocaliło mu życie. Strzał, który oddałem, roztrzaskał drzwi zamiast jego głowy. Chwilę później zeskoczył z tarasu i zniknął.

Rozdział 115

Strzeliłem w powietrze, wybiegając na plażę. Wszyscy, którzy jeszcze nie uciekli na widok Kyle'a, rozbiegli się w popłochu. On sam kuśtykał przed siebie chwiejnym krokiem. Możliwe, że miał wstrząs mózgu, ale moja ranna noga też mi nie pomagała. W życiu nie widziałem takiego pościgu.

Niektórzy krzyczeli, inni wyciągali dzieci z wody. Nie mogąc strzelać, bezradnie patrzyłem, jak Kyle podnosi z piasku dwu- lub trzyletniego chłopca, zanim matka zdążyła do niego dotrzeć.

Kobieta biegła ku nim, ale Kyle zasłonił dzieckiem tułów jak tarczą.

— Cofnij się! — krzyknął. — Cofnij się, bo...

— Weź mnie! — Kobieta upadła na kolana, nie mogąc się bardziej zbliżyć ani zawrócić. — Weź mnie zamiast niego!

— Puść go, Kyle!

Odwrócił się, żeby na mnie spojrzeć. Byłem na tyle blisko, by spostrzec, że jego wzrok się uspokoił. Miał kartę przetargową i o tym wiedział.

— Przyjechałeś tu po mnie, a nie po tego chłopca! — zawołałem. — Wypuść go! Weź mnie!

Biedne dziecko płakało, wyciągając ręce do mamy, ale Kyle uniósł je nieco wyżej i przycisnął mocniej do siebie.

— Najpierw pistolet! — rzekł. — Ani słowa więcej! Połóż pistolet na piasku i się cofnij. Raz, dwa...

— W porządku. — Zacząłem przyklękać. Noga mi zesztywniała i ledwie mogłem nią poruszać. — Kładę broń na ziemi.

W życiu nie powierzyłbym dzieciaka Kyle'owi. Musiałem zaryzykować. W ostatniej chwili odwróciłem broń i oddałem niski strzał. Chłopiec nie był wystarczająco duży, by osłonić go całego. Kula trafiła poniżej kolana.

Zawył jak dzikie zwierzę. Chłopiec upadł na piasek i powlókł się do matki. Kyle próbował się podnieść, ale mógł stać tylko na jednej nodze, dopóki nie trafiłem także w nią.

Ponownie runął na piasek z piersią falującą od bólu. Jego nogi przypominały teraz krwawą masę. Nie zaprzeczę, że sprawiło mi to przyjemność. Szczególnie podobało mi się, że załatwiłem drania jego własną bronią.

Ujrzałem Bree biegnącą ku nam z dwoma umundurowanymi funkcjonariuszami. Pokazała im Kyle'a, a później ruszyła w moją stronę.

— Boże. — Objęła mnie ramieniem, żeby odciążyć moją nogę. — Nic ci nie jest?

Pokręciłem głową.

— Nic, ale on będzie potrzebował karetki.

— Już jedzie — odezwał się jeden z policjantów.

Oczy Kyle'a były zamknięte, lecz otworzył je, gdy mój cień przesunął się między słońcem i jego twarzą.

— To koniec, Kyle — powiedziałem. — Tym razem na dobre.

— Czyżby? — wycharczał. — Myślisz, że zwyciężyłeś?

— Nie mówię o zwycięstwie — odparłem — ale o umieszczeniu cię w miejscu, gdzie nie będziesz mógł zrobić nikomu krzywdy.

Próbował się uśmiechnąć.

— Ostatnim razem mnie nie powstrzymałeś.

— Wiesz, co mówią. Jedyną rzeczą gorszą od izolatki jest ponowne trafienie do pudła — powiedziałem. — Ale może tylko tak się mówi.

Pierwszy raz ujrzałem w oczach Kyle'a Craiga coś przypominającego lęk. Trwało to zaledwie ułamek sekundy, po czym przybrał ponownie twardą minę.

— To nie koniec! — wychrypiał do moich pleców.

Dostrzegłem jadącą plażą karetkę i chciałem ostrzec ratowników.

— Opatrzcie najpierw jego, ale zachowajcie szczególną ostrożność. Ten człowiek jest bardzo niebezpieczny.

— Zrozumieliśmy, proszę pana — odpowiedział jeden z policjantów. — Proszę oddać mi broń.

Niechętnie oddałem berettę, a Bree pomogła mi usiąść na plażowym leżaku, z którego mogłem mieć oko na wszystko. Potem sięgnęła po ręcznik i mocno owinęła mi nogę.

Kyle się nie opierał, gdy ratownicy podali mu kroplówkę i maskę z tlenem, a później obcięli nogawki spodni. Stracił dużo krwi. Jego twarz zbladła jak papier. Pewnie dotarła do niego perspektywa powrotu do więzienia we Florence.

Ułożyli go na noszach, kładąc torebkę z lekiem i butlę tlenową między nogami, żeby mogli przenieść wszystko do karetki.

— Trzeba go skuć! — zawołałem do policjantów. — Nie pozwólcie, żeby ratownicy pojechali z nim sami!

— Proszę się uspokoić — odpowiedział jeden z nich gniewnym głosem.

— Jestem policjantem, wiem, co mówię! — krzyknąłem. — Ten człowiek jest poszukiwany przez FBI! Musicie go skuć! Natychmiast!

— Dobrze, dobrze. — Skinął głową partnerowi i obaj ruszyli w kierunku Kyle'a.

Niczym w filmie wyświetlanym w zwolnionym tempie widziałem, jak pierwszy z policjantów wsiada do karetki i wyciąga kajdanki. Kyle wyrwał mu je z siłą, którą w takich okolicznościach zdołałby wykrzesać z siebie jedynie psychopata. Użył kajdanek, by przyciągnąć do siebie funkcjonariusza, i sekundę później trzymał w dłoni jego broń.

Bree skoczyła instynktownie, żeby im pomóc, ale ja sturlałem się z leżaka, ciągnąc ją za sobą na ziemię.

Rozległ się strzał, a po nim kolejny.

Po strzałach nastąpiła pierwsza z dwóch głośnych eksplozji. Później ustalono, że pocisk przedziurawił butlę tlenową Kyle'a.

W ciasnym wnętrzu ambulansu buchnęła kula ognia, a potem eksplodował zbiornik z benzyną.

Samochód implodował z tak ogłuszającym hukiem, że omal

nie popękały mi bębenki w uszach. Szkło i metal poleciały do środka zamiast na zewnątrz, a nas obsypał deszcz piasku. Ludzie ponownie zaczęli krzyczeć.

Kiedy podniosłem głowę, zobaczyłem, że nikt nie ocalał. Karetka zamieniła się w poczerniały wrak, a w powietrze buchały płomienie i czarny dym. Dwaj policjanci i dwaj ratownicy nie żyli.

Zginął także Kyle. Kiedy ogień przygasł i podeszliśmy bliżej, zobaczyliśmy jego zwęglone ciało.

Twarz, w którą tyle zainwestował, była zupełnie nierozpoznawalna, jak pozbawiona rysów czarna maska, a nie ludzkie oblicze. Prawdę mówiąc, niewiele z niego zostało.

Zastanawiałem się, czy Kyle celowo strzelił w butlę z tlenem. Może nie mógł znieść myśli o pobycie w pojedynczej celi. Więzienie mogło go w końcu zabić i pewnie o tym wiedział.

Może nawet próbował zabrać mnie ze sobą — podjął ostatnią próbę dokończenia dzieła, które z jakiegoś powodu stało się misją jego życia.

Szczerze mówiąc, sądzę, że znam odpowiedzi na wszystkie pytania, choć nigdy nie będę miał pewności. Może któregoś dnia przestanie mieć to dla mnie znaczenie.

Epilog

Lato

Rozdział 116

Kiedy wróciłem do tego wszystkiego, co zostawiłem w domu, czekała mnie istna medialna burza. Kyle Craig był najbardziej znanym i poszukiwanym przestępcą w kraju, a wszyscy głośno domagali się własnego kawałeczka tej historii. Przez kilka dni musiałem korzystać z usług firmy ochroniarskiej Rakeema Powella, żeby trzymać gapiów na dystans i stworzyć rodzinie namiastkę prywatności.

Sądziłem, że Nana zrobi mi awanturę z powodu wydarzeń w Nassau, ale tak się nie stało. Wszyscy staraliśmy się zachować spokój.

W ciągu następnych dni rozpocząłem powolny, ale nieprzerwany proces rozmawiania z dziećmi, indywidualnie i w grupie. Chciałem, aby wiedziały, że ostatnie wydarzenia, choć bardzo realne, zakończyły pewien rozdział w naszym życiu.

Myślę, że każde z nich zrozumiało to na własny sposób. Gdy moje dwutygodniowe wakacje dobiegły końca, wszyscy radzili sobie bardzo dobrze.

Podjąłem także pewną ważną decyzję. Postanowiłem, że będę przebywać w domu częściej niż dotąd, przynajmniej przez pewien czas. Złożyłem podanie o bezpłatny urlop do końca lata i miałem nadzieję, że przełożeni wyrażą na to zgodę. Jeśli nie, mówi się trudno. Znajdę sobie inną robotę.

Szczerze mówiąc, myślałem poważnie o napisaniu kolejnej książki, tym razem o Kyle'u Craigu i sprawie Masterminda. Kyle był nie tylko największym wyzwaniem w mojej karierze, ale także byłym przyjacielem. Czułem, że mam do opowiedzenia historię, która wywrze na ludziach silne wrażenie.

Tymczasem nadeszła pora sadzenia słoneczników i oglądania nowych filmów. Trzeba było powrócić do treningów bokserskich w piwnicy, do gry w kosza i wycieczek do Instytutu Smithsona. Do długich obiadów ciągnących się do zmroku, dobrych rozmów i gry w karty. Było to dla mnie nowe życie, które chciałem napełnić całą miłością, na jaką potrafiłem się zdobyć.

No i oczywiście nowe życie, które rozpoczęliśmy wspólnie z Bree.

Rozdział 117

Szkoda, że to nie mogło trwać wiecznie, że lato nie mogło się ciągnąć w nieskończoność.

Po weekendzie czwartego lipca otrzymałem telefon z policji metropolitalnej, choć wszyscy przysięgali, że tego nie zrobią niezależnie od okoliczności.

Wypytywał o mnie detektyw z Austin w Teksasie. Prowadził sprawę podwójnego zabójstwa, zaskakującego i potwornego. Ale nie chodziło tylko o morderstwa. Sprawa była uderzająco podobna do jednej z moich własnych — jak sądziłem, zamkniętej dawno temu.

Mimo to uprzejmie odesłałem faceta do detektywa, z którym pracowałem w Dallas, i zostałem przy swoim. Nie byłem przecież gliniarzem. Przynajmniej do września.

Dwa tygodnie później odebrałem kolejny telefon. Tym razem od detektyw z San Francisco o nazwisku Boxer. Prowadziła sprawę, która też przypominała jedną z moich — morderstwa popełnione przez szaleńca znanego jako pan Smith. Schwytałem Smitha i widziałem, jak zginął. A przynajmniej tak mi się wydawało.

Ale o tym kiedy indziej.

Spis treści

Prolog
Znalezione nie kradzione 7

Część pierwsza
Gotowi do strzału 19

Część druga
Lisy w kurniku 109

Część trzecia
Liczby pierwsze 187

Część czwarta
Ostatni cel, ostatnia strategia 243

Epilog
Lato 377

Polecamy thrillery Jamesa Pattersona

PROCES ALEXA CROSSA

Czarnoskóry detektyw Alex Cross, specjalista od tropienia seryjnych zabójców, cofa się do początku XX wieku, by opowiedzieć historię, która wydarzyła się na amerykańskim Południu za rządów prezydenta Theodore'a Roosevelta. Jej bohaterem jest młody biały prawnik Benjamin Corbett, który wraz z stryjecznym dziadkiem Alexa, Abrahamem Crossem, rzuca wyzwanie członkom Ku Klux Klanu.

Rok 1906. Ben Corbett, były żołnierz, obecnie wzięty waszyngtoński prawnik podejmuje się misji zleconej przez prezydenta Roosevelta: ma powrócić do położonego w Missisipi rodzinnego miasteczka Eudora, by zbadać coraz bardzo niepokojące doniesienia o nasilających się aktach agresji i samosądach na czarnoskórych. Jego łącznikami ze światem kolorowych mieszkańców miasta stają się Abraham i jego wnuczka Moody. Działania Bena w obronie czarnych przysparzają mu niebezpiecznych wrogów. Grupa ekstremistów, zwana Białymi Najeźdźcami, szukuje się do wymordowania rodziny Crossów. Tylko Ben ma odwagę się im przeciwstawić. Czy uda mu się przerwać spiralę terroru, odkryć, kto stoi za rasistowskimi atakami i doprowadzić do historycznego procesu?

JA, ALEX CROSS

W trakcie przyjęcia urodzinowego Alex Cross otrzymuje straszną wiadomość: jego bratanica Caroline Cross, którą ostatni raz widział, gdy była jeszcze małą dziewczynką, została zamordowana w makabryczny sposób. Wstrząśnięty do głębi poprzysięga, że użyje wszelkich środków, by dopaść sprawcę tej zbrodni. Wkrótce wychodzi na jaw, że Caroline dorabiała jako luksusowa prostytutka. I prawdopodobnie nie była jedyną ofiarą – w Waszyngtonie i okolicach w ciągu ostatnich kilku miesięcy zaginęli inni młodzi ludzie, którzy parali się podobną profesją. Sprawą, z polecenia samego wiceprezydenta Stanów Zjednoczonych, zaczynają interesować się także agenci Secret Service. Tropy prowadzą do ekskluzywnej agencji towarzyskiej, dostępnej wyłącznie dla wysoko postawionych osób i spełniającej każde, nawet najbardziej perwersyjne życzenia klientów. W miarę postępu śledztwa Cross nabiera pewności, że sprawcą jest ktoś z Białego Domu...